YEŞİL DENİZ KABUĞU

ÖZGÜN ADI: Always
KİTABIN ADI: Yeşil Deniz Kabuğu
YAZAR: Sarah Jio
ÇEVİREN: Fatma Zeynep Öztürk
EDİTÖR: Gökçe Yavaş
KİTAP TASARIM: Karen Yardımlı
BASKI VE CİLT: Pasifik Ofset
Cihangir Mah. Güvercin Cad. No: 3/1 Baha İş Merkezi A Blok Kat: 2
34310 Haramidere / İSTANBUL
Tel: 0212 412 17 77 Sertifika No: 12027

1. Baskı: Kasım 2015, 60.000 adet
9. Baskı: Mart 2018, 7.000 adet

ISBN: 978-605-9126-39-7

PENA YAYINLARI A.Ş.
Halaskargazi Caddesi No: 51 Şişli-İstanbul
Tel: +90 212 368 8300 | Faks: +90 212 381 7648
e-posta: info@penayayinlari.com | www.penayayinlari.com

Yayıncı Sertifika No: 27481

Sarah Jio

YEŞİL DENİZ KABUĞU

İngilizceden Çeviren:
Fatma Zeynep Öztürk

PENA

Tuğçe'nin Kitaplığı'ndan Tuğçe Nida Sevin'e,

seyhandan.blogspot.com'dan Seyhan Çinko'ya,

Sarah Jio Turkey'den Berna Selen Saray'a katkıları için teşekkür ederiz.

"Her zaman aşka bir kez daha güvenecek cesaretiniz olsun."

Maya Angelou

GİRİŞ

16 Eylül 2050

Breton, Fransa

"Büyükanne, bizimle plaja sen de gelecek misin?"

Torunum Adelaide, üstünde açık mavi bir elbiseyle yatak odamın kapısında dikiliyordu. Yirmi iki yaşına basmak üzereydi. Benim tüm dünyayı avucumda tuttuğum, kalbimin aşkla dolu olduğu yaştaydı. Gevşek bir topuz yaptığı saçlarıyla Fransa'daki bu sahile aitmiş gibi görünüyordu. Tıpkı yıllar önce benim buraya ait olduğum gibi. Tıpkı şimdi buraya ait olduğum ve her zaman olacağım gibi.

Artık yaşlı bir kadındım, sekseni devirmiştim. Güzelliğim gitmişti. Vücudumdaki kırışıklık ve çizgiler yavaş yavaş, yaşlanan eklem ve kemiklerin verdiği ağrıyla birleşiyordu. Sonra bir gün, aynaya baktım ve devasa çatlaklarımı gördüm. Yaşlılık galip gelmişti. Bir anda.

Ama burada kendimi güzel hissediyordum. Burada kendimi genç hissediyordum. Kalbim anılarla capcanlıydı. Bu küçük taş ev yıllardır benimdi. Ailem yaz tatillerinde burada olurdu.

Addie bana doğru yürürken, "Hep birlikte kayalıklara gideceğiz," dedi. "Bizimle gelebilecek kadar iyi hissediyor musun?"

"Siz gidin, canım," dedim. Açık pencerelerden ılık bir meltem süzüldü, beyaz dantel perdeleri hafifçe havalandırdı. Eski duvarlara ışık ve gölge vurdu.

Addie, yanımdaki sandalyeye otururken, "Ben de senin yanında kalacağım," dedi.

Kemiklerimi süsleyen kolyeye dokunurken gülümsedim. Zincir bunca yıl boyunca birçok sefer kopmuştu ama madalyon yerli yerinde duruyordu. Addie çocukken küçük parmağını bu madalyonda gezdirirdi. Tıpkı annesi Grace'in küçükken yaptığı gibi.

"Bana şimdi anlatır mısın, büyükanne?"

Addie hayatını borçlu olduğu adamla ilgili hiçbir şey bilmiyordu. Belki de artık zamanı *gelmişti.* Bu gece dolunay vardı. Yıllar önce vefat eden arkadaşım Tracy'yi ve onun batıl inançlarını düşünerek gülümsedim. Yıllar önce kumsaldaki o güne döndüm.

Güneş gökyüzünde en tepedeydi. Bir ömür boyunca özenle sakladığım bu sırrın tek şahidiydi. Yatmadan önceki veya uyandıktan sonraki o sakin anlarda ya da gözlerim gün ortasında kısa bir süreliğine kapandığında, bazen bütün olanlar bana bir rüyaymış gibi geliyordu. Gerçek olmak için fazlasıyla trajik, gerçek olmamak için de fazlasıyla güzel.

Ahşap zeminde ayak sesleri duydum, sonra sıcak, güçlü kollar omuzlarımı sıvazladı.

"Sana bir şeyler getirmemi ister misin, tatlım?"

Kafamı salladım ve kocamın buruşuk elini sıktım. "Sağol, canım," dedim. "İhtiyacım olan her şeye sahibim."

Hasta olduğumuzda sevdiğimiz herkes her bir kucaklaşmanın, öpücüğün ve dokunuşun sanki sonuncuymuş gibi kıymet verilmesi gerektiğini bilir. Bu yüzden kocam alnımdan öptü ve odadan çıktı. Kapıyı yavaşça kapattı. Addie'ye döndüm ve başımı salladım.

"Tamam, canım, anlatacağım," dedim. Yorgun bedenimi sandalyeye yasladım. "Çay demler misin, tatlım?"

1. Bölüm

12 Kasım 2008

Restorana doğru yürürken nişanlım Ryan'a, "Hay aksi," dedim. "Çantamı arabada unutmuşum."

Arabayı daha yeni valeye vermiştik, pencereden baktığımızda Ryan'ın BMW'sinin uzaklaştığını gördük. Ryan, yanağımı öperek, "Ben gidip alırım," dedi. "Sen masa bul. Hemen dönerim." Dört yıl önce, ilk randevumuz Le Marche'taydı. Burası, Dördüncü Cadde'de, beş aylık bir bekleme listesi olan bir Fransız restoranıydı. Her nasılsa Ryan o zaman da, bu gece olduğu gibi, bir masa bulabilmeyi başarmıştı.

Elimi tuttu ve, "Harika bir gece geçirmeni istiyorum," dedi. İstediğimden çok daha iri olan pırlanta, sağ parmağımda parlıyordu. Temmuzda Fairmont Oteli'nde evleniyorduk.

Ben kabanımı vestiyere bırakırken garson, "Rezervasyonunuz var mı?" diye sordu.

"Evet," dedim. "İki kişilik. Winston adına." İnanmak zordu ama aylar içinde Bayan Ryan Winston olacaktım. Tabii Ryan'ın soyadını almayı kabul edersem. O, soyadını almamı istiyordu. Aslında benim de bir yanım bunu istiyordu. Sonuçta bu *Winston* ailesiydi. Gate ve Nordstrom ailelerinin dert ortağıydılar. Bu, insanın kaçmak istemeyeceği bir soyadıydı.

Ama ben hep Kailey Crane olmuştum. Kısaca *KC*. Bundan vazgeçmek zordu. Gözlerimi sımsıkı kapatıp tekrar açtım. Yüzeye çıkmak isteyen bir anıyı kafamdan atmak istediğim zaman böyle yapardım.

Garson, "Bu taraftan," dedi ve beni pencere kenarındaki küçük bir masaya götürdü. Camdan baktığımda yağmur damlalarının dışarıdaki ışıkları mücevherlere benzettiğini fark ettim.

Seattle yaşlı, kır saçlı bir kadın olabilirdi ama bulut örtüsünün altında hâlâ parlıyordu. Elbisemin sağ kolunu gergin bir şekilde çekiştirdim ve biraz daha aşağı indirdim. Ryan'ın birlikte büyüdüğü tipteki insanlarla haşır neşir olduğumda hep böyle yapardım. Ryan sağ omzumdaki dövmeyi pek sevmiyordu. Sanırım aynı şey benim için de geçerliydi.

On yıl önce dövme işlenen bu ten, geleceğe dönüşmemiş bir geçmişin, buharlaşıp giden hayallerin bir hatırlatıcısıydı. Bu hayalleri sürdürememiştim ama Fransızcada "daima" anlamına gelen *toujours* sözcüğü tenime kazılı duruyordu. Elimde sihirli bir silgi olmasını umarak omzumu ovuşturdum.

Oturdum ve kapüşon ve şemsiyeleriyle yoldan geçen çiftleri izledim. Yirmili yaşlardaki bir kadın, erkek arkadaşına sıkıca tutunmuştu. Su birikintisinden kaçmaya çalışırken gülüştüler. Bu sahne beni yirmi üç yaşıma götürdü. Tracy'yle birlikte Seattle'a taşındığımız seneye. O zamanlar masum ve idealisttik. Gerçek aşka ve mutlu sonlara inanıyorduk.

Şimdi her şeyin böyle değişmesi ne garip.

Artık hayatım, *Herald* gazetesindeki işimle ve Wallingford'daki evin tadilat planlarıyla doluydu. Bu evi tabii ki Ryan'la birlikte almıştık.

"Dışarıda muson var sanki," dedi Ryan, yağmur damlalarıyla lekelenmiş çantamı bana verirken. Sesi beni düşüncelerimden ayırdı. Kafamı çevirdim. Masanın yanında duruyor ve yağmurdan ıslanan saçlarını düzeltiyordu. Onu en iyi tarif edecek sözcük "yakışıklı"ydı. Bu klasik bir yakışıklılıktı. Ryan'ı Tracy'yle tanıştırdığım zaman, Tracy restoranın tuvaletinde Ryan'ın fiziksel olarak Disney çizgi filmlerindeki prense benzediğini fısıldamıştı. Evet, benziyordu. Hâlâ da benziyor. Uzun boyluydu, koyu renk saçları vardı: Ona bir zırh ve beyaz at verip görmeliydiniz; nişanlımın Külkedisi'nin aklını başından alan prense benzerliği olağanüstüydü. Şanslıydım.

Sandalyesine otururken, "Selam," dedi. Gülümsedi ve elimi tutmak için masanın karşısından uzandı. "Daha önce arayıp ellerinde en sevdiğin Bordeaux şarabından olduğunu öğrendim."

Ryan elimi dudaklarına götürürken sırıttım. "İyi misin?" diye sordu.

Derin bir nefes aldım. Zorla gülümseyerek, "Evet," dedim. "Niye sordun?"

"Bu gece biraz düşüncelerinde kaybolmuş gibi görünüyorsun," dedi.

Nişan yüzüğümle oynadım ve başımla onayladım. Ryan beni her zaman çok iyi anlardı. Belki de benim kendimi anladığımdan daha iyi anlardı. "İş çok yoğundu," dedim. "Pioneer Square'le ilgili yazıyı yazarken canım çıkıyor."

Ryan sırıttı. "Bana sorarsan o altı blokluk alanı dinamitle patlatsınlar. Orada keş ve berduşlardan başka bir şey yok. İnsan dışkısına basmadan yürümek mümkün değil."

Onunla tartışmak için gereken enerjiyi bulamayarak, "Oradaki insanların sağlıklı yiyeceklere ihtiyacı var. The Hope Gospel Mission da bu konuda bir şeyler yapan tek kuruluş. Kapılarını açık tutmalarına yardım etmek istediğim için beni suçlayamazsın," dedim.

Ryan yumuşak bir tavırla, "Tatlım," dedi. "Senin kocaman bir yüreğin var. Seni hiçbir zaman suçlayamam. Hiçbir şey için."

Şarabımdan bir yudum daha aldım ve *Herald* gazetesinde üstlendiğim üç bölümlük yazıyı düşündüm. Öğleden sonrayı The Hope Gospel Mission'ın müdürü olan Melissa adlı tıknaz bir kadınla görüşme yaparak geçirmiştim. Gözlerime bakmış ve bu kuruluşu Ryan'ın birlikte çalıştığı insanlardan korumam için bana neredeyse yalvarmıştı. Bunlar, ucuz apartman daireleri yapmaya ve bu süreçte yüzlerce insanı evsiz bırakmaya hevesli olan açgözlü müteahhitlerdi.

Seattle'ın Pioneer Square mahallesinin biraz perişan durumda olduğu doğruydu. Yatırımlar bu sokaklara yeni bir can getirebilirdi ama Ryan çok uzun süredir sevdiğim bu yerin acımasız bir resmini çizmişti. Yüreği olan herkes, bu mahalleyi elden geçirme planının sadece The Hope Gospel Mission kuruluşunun kapılarının kapanmasına sebep olmakla kalmayacağını, aynı zamanda binlerce düşük gelirli aileyi ve iki barınağı yok edeceğini de bilirdi. Müteahhitler, birçoğunun mali durumunu Ryan idare ediyordu, Seattle şehrinde çıkmaza düşmüştü.

"Sanırım ben orayı olduğu gibi seviyorum," dedim. "O mahallede eski Seattle havası var. Kötü bir yer, biliyorum ama gerçek. Orası birçok insanın yuvası."

Ryan omuz silkti. O veya işortakları bugün yayımlanan ilk bölümü okuduysalar bile Ryan hiçbir şey belli etmemişti. "Senin şu eski erkek arkadaşın da orada yaşamıyor muydu? Müzisyen olan?"

Başımla onayladım. Kucağımdaki peçeteyi katladım.

"Ne oldu ona?"

"Ayrıldık," dedim. "Daha önce söylemiştim."

"Hayır," dedi. "Ne *oldu?* Adam şimdi nerede?"

"Bilmiyorum," dedim.

"Yani onu arayıp bulmayı hiç denemedin mi?"

Yıllar boyu merakımın beni tükettiğini, bazen bir kanser hücresi gibi yiyip bitirdiğini söylemedim. Google'da dibine kadar araştırmış, Facebook sayfalarını didik didik etmiştim. Cade beni terk etmekle kalmamış, dünyayı da terk etmişti sanki.

Omuz silktim. "Ayrıldıktan sonra bir daha hiç konuşmadık."

"Çok tuhaf," dedi. "Birkaç yıl boyunca birlikteydiniz, değil mi?"

Başımla onayladım. "İki." İki yılın bir ömür gibi gelmesi ne tuhaftı.

"Ee?"

"Söyleyecek başka bir şey yok."

Ryan kaşlarını çattı. "Bu bana tuhaf geliyor. Ben eski sevgililerimin hepsiyle arkadaş kalmayı başardım."

Sırıttım. "Vanessa gibi mi?" Babası, Ryan'ın babasıyla yakın arkadaş olan güneyli dilber; adamların ikisi de Batı ve Doğu Yakası'nda önemli bağlantıları olan gayrimenkul devleriydi. Vanessa, Ryan'ın karısı olması en muhtemel adaydı. Ta ki ben Ryan'ın hayatına girene ve hepsinin planını altüst edene kadar. Yüzlerindeki ifadeyi düşünsenize! "Anne, baba, bu Kailey. Onu seviyorum. Üstelik bir de dövmesi var!"

"Vanessa'yla eskiden çok yakın arkadaş olduğumuzu sen de benim kadar iyi biliyorsun," dedi. "Biz birlikte büyüdük."

Hiç tereddüt etmeden, "Ve hâlâ sana âşık," dedim.

Ryan kafasını salladı. "Hayır, değil."

"Ryan," dedim. "Ben bir kadınım. Kuzey Carolina'da onun sana nasıl baktığını gördüm." Vanessa, o zaman ailesiyle birlikte Greenbrier'daydı. Greenbrier, Ryan ve ailesinin, arkadaşlarının yıllardır katıldıkları, her yıl gerçekleştirilen büyük bir partiydi. Erkekler golf oynar, kadınlar yemek yerdi. Bu işkenceyi, sempatik bir garsondan çayıma biraz viski eklemesini isteyerek atlatmıştım.

Ryan bana bu konuyu geçiştirmene izin vermeyeceğim der gibi baktı. "Yani şimdi sen, bana bunca yıldan sonra onu hiç düşünmediğini mi söylüyorsun?"

Kafamı salladım ve gülümsedim. "Nereden çıktı şimdi bu? Geçmişimdeki bir hayaleti kıskanıyor olamazsın, değil mi? O sadece bir hayalet. Anı bile sayılmaz."

Sandalyesinde doğruldu. "Tatlım, seni hiçbir zaman kıskanmam. Sana çok güveniyorum. Ama..."

"Ama ne?"

"Ama düğün yaklaşıyor ve bazı şeylerden emin olmam gerek."

Elini tuttum. "Emin olabilirsin." Yağmur camlara vururken *ne garip,* diye düşündüm. Gökyüzündeki minicik bir açıklıkta dolunay parlıyor, bulutların arasından umutsuzca kendini göstermeye çalışıyordu. Tracy buna süper ay demişti. Mistik şeylere karşı ilginç bir tutkuya sahip bilimsel eğitim görmüş bir doktor olarak o gece gerçekleşen astrolojik bir tutulmayla ilgili konuşup durmuştu. Astrolojiye ilgim olmasa da onun günlük yorumlarını içten içe çok severdim. Her nasılsa, en yakın arkadaşım dikkatlice seçip söylediğinde en saçma inanışlara bile dayanabiliyordum. Ryan'ın tedirginliğinin metafizik bir sebebi olabilir miydi? İpeksi ve aynı zamanda keskin bir tadı olan şarabımdan ilk yudumumu alırken aklımda bu düşünce vardı. Bardaktan gelen şarabın sesini duydum. Hatırladığım anıyla kendi kendime gülümsedim. Ama her zamanki gibi bu anıyı ait olduğu yere, derinlere, çok derinlere ittim.

Bir dakika durduktan sonra, "Bak," dedim. "Esas mesele, geçmişin geçmişte kaldığı. Hiçbir şeyi değiştiremem. Zaten geçmişi özlemiyorum da," dedim.

Bu doğruydu. Uzun süre benimle birlikte olan o kalp sızısını hissetmeyeli bayağı bir zaman olmuştu.

Ryan, "Ama bu defter kapanmış değil," dedi.

"Doğru," dedim. "Ama kesin olan şeyler var. O beni terk etti. Ben de birisi gitmek istediğinde onu tutmamak gerektiğini öğrendim."

Ryan hikâyenin bu kısmını bilse de, "O zaman peşinden gitmedin," dedi.

Kafamı salladım. Cade zincirlerinden kurtulmuştu sanki. Onu seviyordum ama eninde sonunda aşk yeterli olmamıştı sanırım. "Cade esir tutulabilecek birisi değildi." İsmini yüksek sesle söylemenin bende yarattığı hislerin farkındaydım.

Ryan gülümsedi. "Biliyorum, ben daha evcilim."

Gözlerim hissettiğim duygularla kırıştı. "Seni seviyorum, bunu biliyorsun."

"Biliyorum," dedi. "Bu yüzden geçmişindeki hayaletlerden korkmamayı tercih ediyorum."

"Güzel," dedim, gülümseyerek.

Göz kırptı ve eliyle garsona işaret etti. Kadın biraz sonra masamıza geldi.

"Bir Negroni alabilir miyim?"

Garson, "Tabii, efendim," dedi ve bara gitti.

Somonu, patatesleri ve baharatlı karidesleri paylaşarak yedik. Ryan bir ısırık aldıktan sonra, "Biraz fazla sıcakmış, değil mi?" diye sordu.

Ryan'ın sağlam bir damak tadı vardı. Bu benim gibi yemek yemekten zevk alan birisi için güzel bir şeydi ama benim aksime acıya hiç gelemiyordu. Ona ilk kez kahvaltı hazırladığımda dilinde üçüncü derece yanığa sebep oluyordum neredeyse. Yumurtaları acı sosla çırpmıştım ama pek iyi sonuçlanmamıştı. Dersimi almıştım.

"Başka bir şey söylemek ister misin?" diye sordum ama Ryan benim yemeğin tadını çıkarışımı izlemekten mutluluk duyduğunu söyledi.

Düğünden bahsettik. Sohbetteki sükûnet anlarında bakışlarımız restoranın farklı köşelerine kaydı. Ortam huzurlu ve güzeldi. Tıpkı Ryan'la geçirdiğim hayat gibi. Tıpkı ömür boyu olacağı gibi. Bu memnuniyet hissiyle bir kadeh daha içtim.

Ryan hesabı ödedi. Kabanlarımızı giydik. Siyah yün kabanımın düğmelerini iliklerken Ryan, "Ben arabayı getirirken burada beklemek ister misin?" diye sordu. Garsonun güzelce paketlediği somon ve patatesi aldım.

Yağmur durmuştu ama hava soğuktu. "Mükemmel olur," dedim. "Teşekkürler, tatlım."

Mükemmel bir şekilde dikilmiş takım elbisesinin içinde yürüyüşünü izledim. Şanslı olduğumu biliyordum. Bu yakışıklılık, bu adam. Başarılıydı, komikti, gözü benden başkasını görmüyordu. Dört dörtlüktü.

Derin bir nefes aldım ve kendimi onaylarcasına başımı salladım.

Pencerenin dışında sakallı bir adam, arabalarını bekleyen başka bir çifte yaklaştı. Çift öfkelendi ve farklı bir yöne doğru yürümeye başladı. Evsiz adam da bağdaş kurarak kaldırıma oturdu.

Garson başını salladı. "Bunlar güvercin gibiler," dedi. "Bir kez dadandılar mı bir daha kurtulamıyorsun."

"Belki karnı açtır," dedim. "Mutfakta hiç artık yemek yok mu?"

Adam kafasını salladı. "Saygısızlık etmek istemem, efendim ama biz aşevi değiliz. Ayrıca yiyecek istemiyorlar ki. Uyuşturucu alabilmek için para istiyorlar."

Araştırmalarımdan bunun bir genelleme olduğunu biliyordum. Evsizlik sadece madde bağımlılığına bağlanamazdı. İnsanların kendilerini sokakta bulmalarına neden olan başka yüzlerce sebep vardı. Ama adamla bu konuda tartışmayacaktım. Kaldırıma doğru yürüdüm. Evsiz adama dikkatlice şöyle bir baktım. Zayıftı, çok zayıftı. Kıyafetleri üstünden sarkıyordu. Elimdeki artık yiyecekleri hatırladım ve adama biraz daha yaklaştım.

"Pardon?" dedim. Beni duymamış gibiydi. Biraz daha yüksek sesle tekrarladım. "Pardon, yiyecek bir şeyler var biraz. İster misiniz?"

Ben yaklaşırken adam da kafasını kaldırdı. Bakışlarımız buluştuğunda anlamlandıramadığım bir aşinalık hissiyle doldum. Paket elimden kaydı ve ıslak kaldırıma, ayağımın yanına düştü. Beynimdeki devreler yandı. Anılarım, ters yüz olmuş bir dolap gibi akın akın ortaya çıkmaya başladı. Adam beni tanıdıysa da belli etmiyordu. Bir araba yaklaştı. Arkamda bir arabanın durduğunu duydum. Döndüm ve Ryan'ın arabayla yanıma geldiğini gördüm. Tam o anda, adam kemikli elleriyle pakete uzandı ve kutuyu paketten çıkardı. Bir an kutuyu dikkatli bir şekilde inceledikten sonra kapağını açtı. Bakışlarındaki açlığı görebiliyordum. Somonu eliyle tuttu ve ağzına attı. Yiyecek parçaları sakalına dökülüyordu.

Ryan penceresini indirdi. "Kailey, her şey yolunda mı?"

Başımla onayladım ve bir adım geriledim. Hissiz bir şekilde yürüdüm ve arabaya bindim.

Ryan'a iyi olmadığımı söylemedim.

Ryan'a bu adamı tanıdığımı söylemedim.

Ryan'a bu adamın adının Cade olduğunu ve bir zamanlar hayatımın aşkı olduğunu söylemedim.

2. Bölüm

15 Nisan 1996

Tracy, birlikte yaşadığımız Seattle'daki dairede kafasını kitabından kaldırdı ve, "Ruh ikizlerine inanır mısın?" diye sordu. Bir duvarı tuğla ve pencereleri tavandan yere kadar olan bu daireyi, çocukluğumdaki yatak odamdan bile küçük olmasına rağmen görür görmez beğenmiştik. 35 metrekarelik küçük bir stüdyo dairede iki kişi yaşamamalıydı ama Birinci Cadde'deki en havalı binada, Elliot Körfezi manzarasıyla yaşamak isteyen yeni üniversite mezunları bazı tavizler vermek zorunda kalıyordu. Neyseki Tracy horlamıyordu.

Tracy'ye, "Hayır," dedim. Uzun, koyu saçlarını atkuyruğu yaparken çevik bilek hareketlerini izledim. Hiç çaba göstermesine gerek kalmadan güzeldi. Çıkık elmacık kemikleri, esnek bir vücudu, ona model olarak çok para kazandıracak doğal bir güzelliği vardı. Ama kameralara poz vermektense dirsek çürütmeyi tercih etmişti.

Üniversitede oda arkadaşıydık. Mezun olduktan sonra ikimiz de ABD haritasına uzun uzun bakmış ve Seattle'da karar kılmıştık. Bir hafta sonra bütün eşyamızı babasının (uzun yol boyunca, saatlerce ayarsız çalan) teybi bozuk eski Subarusunun bagajına doldurduk ve Amerika'daki en yağmurlu şehre doğru yola çıktık. O ay ben *Seattle Herald* gazetesinde muhabir olarak iş buldum. Tracy de tıp fakültesi sınavına çalıştı. Gençlik hayallerimizi yaşıyorduk.

"Her cumartesi gecesi evde oturarak *bulamazsın* zaten, canım," dedi. Kitabını kapattı ve gözlüğünü burnunun üstüne doğru itti.

Büyükannemin ben üniversiteye gitmeden bir hafta önce yaptığımız alışverişte aldığı kahve makinesinden bir fincan kahve aldım ve pencerenin önündeki eski, kırmızı, oval IKEA sandalyeye oturdum. İkimiz de IKEA reklamlarından fırlamış gibiydik.

Tracy, "Bugün burcunu okudun mu?" diye sordu.

"Trace, öyle şeylere inanmadığımı biliyorsun," dedim.

"Eh, ben okuyayım o zaman." Sehpanın üstündeki gazeteyi aldı, birkaç sayfa çevirdi. Sonra bir an sessiz kaldı. En sonunda, "İşte!" dedi. "Ufukta yeni bir aşk varmış." Başıyla onayladı. "Ama diyor ki: 'Kendinizi bu aşka açmanız gerekiyor. Evde oturmak yerine anlık ve beklenmedik bir şey yapın. Kiminle tanışacağınızı bilemezsiniz.'"

Gözlerimi devirdim.

Tracy, "Bu gece bizimle gel!" diye çığlık attı.

Tracy, Washington Üniversite'sinde cerrahi stajı yapan Mark diye bir çocukla çıkıyordu. Mark uzun boylu bir çocuktu, seyrelmeye başlamış saçları ve gürültülü bir kahkahası vardı.

Ne zaman boş zamanları olsa, ki bu nadiren oluyordu, Mark, Tracy'yi konsere veya tiyatroya götürüyordu. Green Lake'te yürüyüş yapıyorlardı. Bazen hayatımda Mark gibi birine ihtiyacım olduğunu düşünüyordum. Bazen, beni tiyatroya, alışverişe ya da konsere götürecek biri olsa hoşuma gider gibi geliyordu. "Mark, Crocodile'daki Mazzy Star konserine bilet almış."

Sol kaşımı kaldırdım ve, "Bunu kabul edersem çöpçatanlık işine bulaşmış olacak mıyım?" dedim.

Tracy, sinsi sinsi, "Mark'ın arkadaşı Eric de *gelecek*," dedi.

"Bilmiyorum ki," dedim. Körfezden ayrılan bir feribotu izledim.

Tracy, "Gel işte," dedi. "Sırf Mazzy Star'ı seviyorsun diye."

Sırıtarak, "Mazzy Star'ı cidden severim," dedim. "Hem son albümleri daha yeni çıkmadı mı?"

Başıyla onayladı. "Güzel. Karar verildi."

Yağmur başlamıştı. Tracy, Mark ve ben kulübün önündeki bir tentenin altında bekledik. Kısa kâkülleri ve burnunda hızması olan bir kadın biletlerimizi aldı. İçerisi karanlıktı. Hoparlörlerden tanımadığım karamsar bir müzik duyuluyordu. Havada duman vardı. Çevremizde en az üç kişiden biri eskimiş Doc Martens marka bot giyiyordu. Seattle'ı seviyordum.

Mark, "Eric birkaç dakika içinde burada olur," dedi. "İçecek bir şeyler getireyim mi size?"

Tracy, "Ben bir votka soda alayım," dedi.

"Ben de," dedim. Mark bara doğru gitti.

Tracy beni dirseğiyle dürttü. "Mark dedi ki Eric hastanedeki en iyi cerrahi stajyerlerden biriymiş."

Omuz silktim.

Tracy gülümsedi. "Eğlenmeye çalış. Kim bilir, belki ondan hoşlanırsın. Ayrıca..."

Biri bana çarpınca bir adım geriledim. Adamın elinde kocaman lensleri olan bir kamera vardı. Flaş patladıktan sonra kamerayı indirdi. Gülümseyerek, "Pardon," dedi. "Seni görmedim." Benden yaşça büyüktü. Koyu renk saçları ve kirli sakalı vardı. Botları ve solmuş, düz tişörtü sahneyle bir ilgisi olduğunu gösteriyordu ama onda kimseye benzemeyen bir şeyler vardı. Gülümsemesinden kendini beğenmiş mi, yoksa özgüveni yüksek mi olduğunu anlayamamıştım. Belki de her ikisi birdendi.

"Sahne, ışıkların altında ne kadar güzel görünüyor?" dedi. Kamerasını tekrar kaldırdı. Flaş arka arkaya patladı. "Hope en unutulmaz seslerden birine sahip," dedi. "Ama çok mütevazıdır. Kendini Tanrı'nın müziğe hediyesi olarak gören o diva sanatçılardan filan değil."

Gözlerimi kıstım. "Onu tanıyormuş gibi konuşuyorsun."

Gülümseyerek, "Tanıyorum zaten," dedi.

Kesinlikle kendini beğenmişti.

"Beş yıl önce plak şirketimle anlaşma imzaladı," dedi. "Sadece bir solo albümdü tabii ama bunun ilgi çekmesini sağladığını düşünmek hoşuma gidiyor."

"Plak şirketi mi?"

Göz kırptı. "Müzik işindeyim."

İş.

"Demosunu görmen lazımdı," diye devam etti. "Saf sihirdi." Hafifçe göğsüne vurdu. "Hissedebileceğin cinsten."

Kafam karışmıştı. "Nasıl yani?" diye sordum.

Bana bir adım yaklaştı. "İyi müzik seni harekete geçirir. Hatta değiştirir." Elimi tuttu ve göğsüme bastırdı. Kollarımdaki tüyler diken diken olmuştu. "İşte tam burada. Yetenekli bir sanatçı insanın içine işleyen müzikler yaratabilir." Elimi bıraktı ama elimi göğsümden çekmedim. "Herneyse, ben her zaman bu tarz sanatçıların peşindeyim."

Mark elinde içkilerle geldi. Kolumu yana indirdim.

"Ben Cade," dedi. Bakışları benimkilere odaklanmıştı. Elini bana doğru uzatırken kulüpte bizden başka kimse yokmuş gibi hissettim.

Hissiz bir şekilde elini tuttum. "Ben Kailey Crane."

Sırıtarak, "KC," dedi.

Mark boğazını temizledi. Yanında kıvırcık kahverengi saçları olan orta boylu bir çocuk olduğunu gördüm. Üstünde bir gömlek vardı. Gömleğini, paçaları biraz fazla kısa olan pantolonunun içine sokmuştu. "Kailey, bu *Eric*."

Cade gülümsedi ve, "Neyse," dedi. Hızlıca kafasını salladı. "Tanıştığımıza memnun oldum. İyi eğlenceler."

Eric'in bakışlarını üstümde hissettim. Hevesli bir şekilde, "Mark senin bir yazar olduğunu söyledi," dedi.

İçkimden bir yudum aldım ve, "Evet," dedim. İçki sertti, alkol kokuyordu. Mideme doğru inerken hafifçe titredim. "*Herald* gazetesinde muhabirlik yapıyorum ama en sevdiğim konu yemek."

Bakışlarımı gönülsüz bir şekilde etrafta gezdirdim ve Cade'in elini çok çekici bir sarışının omzuna attığını gördüm. Bakışlarımı tekrar Eric'e çevirdim ve, "Ya sen?" dedim. "Senin uzmanlığın ne?"

"Ayaklar," dedi.

Gülmeye başladım ama yüzündeki ifadenin değişmediğini, en ufak bir gülümseme belirtisi olmadığını görünce hemen durdum.

"Yani şaka yapmıyor musun? Gerçekten de uzmanlığın..." Kendimi toplamak için durdum. "Ayaklar mı?"

İfadesiz bir suratla, "Evet," dedi. "Taraf tutuyor olabilirim ama bence ayaklar vücudun en ilginç organı. Sence de öyle değil mi?"

Gülmemek için kendimi tutarak, "Yani," dedim. "Ayaklar konusunda ne hissettiğimi pek düşünmemiştim sanırım. Ama sanırım gerçekten de... harikalar? Bizi nereye istersek götürüyorlar."

Kafasını eğip ayaklarıma baktı. Tam o sırada grup sahneye çıktı ve bilmediğim bir şarkı söylemeye başladı. Kalabalık alkışa başladı. İki şarkı sonra ayak doktoru bana yaklaştı. Gülümseyerek, "Bu biraz tuhaf gelebilir," dedi. "Ama bence senin ayakların çok güzeldir." Bir kaşını kaldırdı. "Bir ara görmek isterim."

Neredeyse boğulacaktım. Sola kayarak, "Bir içki daha almam lazım," dedim.

Ayak doktoru, "Dur ben alayım," dedi.

Hemen, "Hayır, hayır," dedim. "Sıra çok uzun. Ben... kendim... alırım."

Başıyla onayladı. Elindeki biradan bir yudum aldı ve Mark'a dönüp bir şeyler söyledi. Şu anda Mark'ı katletmek istiyordum. Bara gittim ve bir votka soda daha söyledim. Bu kez duble istemiştim.

Cade, birden ortaya çıkarak, "Ben de aynısından alacağım," dedi.

Gergin bir şekilde gülümsedim ve bakışlarımı sahneye çevirdim.

"Ee, randevun nasıl gidiyor?"

"Randevu *değil* bu," diye itiraz ettim.

Gülümseyerek, "Hadi oradan, ilk randevunuzda olduğunuz yüzünüzden belliydi," dedi.

"Doğruyu söylemek gerekirse," dedim, "Bu kabul etmediğim çok talihsiz bir çöpçatanlık işi."

"Sen de bara kaçtın yani."

"Aynen."

"Adam ne iş yapıyor?"

"Doktor. Uzmanlık alanı..." Durdum ve sırıttım. "Ayaklarmış."

"Yok canım."

"Aynen," dedim. "Benim ayaklarımı da görmek istedi!"

"Çok trajik."

"Kesinlikle."

Barmen elinde iki votka sodayla döndü. Ben hiçbir şey söyleyemeden Cade içkileri kendi hesabına yazdırdı.

İçkisinden bir yudum aldı ve, "Bir fikrim var," dedi.

Merakla, "Neymiş?" diye sordum.

"Randevunu baltalamaya ne dersin?"

Bir kaşımı kaldırdım.

"Yani randevu olmayan randevunu." Gülümsedi. "Sahne arkasına gitmek ister misin?"

"Sahne arkasına mı?"

"Evet," dedi. "Konserin geri kalanını en iyi koltuklarda izler ve Doktor Kısa Pantolon'un saçmalıklarını dinlemekten kurtulursun."

"Pantolonu gerçekten kısaydı, değil mi?"

"O pantolon muhtemelen bazı ülkelerde yasadışıdır," dedi.

Güldüm.

"Hadi bakalım, ne diyorsun?"

Temkinli bir şekilde gülümsedim. En sonunda, "Olur," dedim.

Elimi tuttu ve beni kalabalıkta yönlendirdi. Siyah duvarda kaybolmuş siyah bir kapıya geldik. Uzun bir koridordan geçtik ve sahnenin yan tarafında kalan bir kanepeye oturduk.

"Fena değil, değil mi?" Grup *Fade Into You* şarkısını söylemeye başladı.

"Bu şarkıyı severim," dedim.

"Ben de."

Ellerini müziğin ritmine göre hareket ettirdi. Hayali bir enstrüman çalıyor gibiydi. "Tef," dedi. "Çok güzel bir ilave."

"Mazzy Star'ı tefsiz düşünemiyorum," dedim. "Onların ezgisi bu."

Başıyla onayladı. Sonra piyano başlayınca elini kaldırdı. Sanki başlama işareti verir gibiydi. "Tam burası, çok güzel bir geçiş," dedi.

"O zaman sen de müzisyensin?" diye sordum.

Kafasını salladı. "Hayır, nota filan okuyamam. Ben sadece müzikten anlarım." Kalbine hafifçe vurdu. "Sana daha önce de söylediğim gibi, müziği hissederim." Bir an durdu, "Tam burası," dedi.

Grubu izliyor olmam gerekiyordu ama bakışlarımı Cade'den ayıramıyordum.

Hafifçe, "Şu sözü dinle," dedi. "'İçindeki eli tutmak istiyorum.' Çok güzel bir söz. Beni her dinlediğimde duygulandırır."

Başımla onayladım. "Bu şarkıyı üniversitedeyken keşfetmiştim. Kasedi tekrar tekrar dinlemiştim."

"Sana ne ifade ediyor?"

Bir an durdum. İkinci içkim yüzünden hafiflemiştim. Gözlerimi kapattım ve bir an için naif aşk hayallerimi hatırladım.

"Sanırım burada sevdiğin biriyle tamamen bir olmayı istemekten bahsediyor. Yani, birinden bir oda uzakta olsan bile onu özlemek ya da yanıbaşında olmasına rağmen bu arzuyu hissetmek. Ona daha..."

İkimiz de aynı anda, "Yakın olma arzusunu," dedik.

Gülümsedim ve kafamı çevirdim. Cade'in bakışları da sahneye çevrildi. Elini uzattı. Tuttum.

3. Bölüm

12 Kasım 2008

Telefon çalarken kalbim gümbür gümbür atıyordu. Mutfaktaki saate baktım: 23:34. *Tracy, uyanık olsan iyi olur. Uyan. Uyan. Uyan.*

"Alo?" Sesi huysuz ve uykuluydu.

"Çok şükür açtın telefonu," diye fısıldadım.

"Kailey," dedi. Sesi sabit ve kızgındı. "*Umarım* önemli bir konudur. Bir haftadır nöbetteydim. Daha *yeni* yatmıştım."

"Kusura bakma," dedim.

"Bir dakika, neden fısıldayarak konuşuyorsun?"

"Ryan'ı uyandırmak istemiyorum. Tracy, bu gece kimi gördüğüme inanamazsın."

Tracy esnedi. "Pes ediyorum."

"Tracy, Cade'i gördüm."

"Cade mi? Hani şu Cade?"

"Evet, o Cade."

"Emin misin?"

Merdivenlerin başında bir gıcırtı duydum. Parmakuçlarımda yürüyerek Ryan'ın uyanıp uyanmadığına baktım. Ryan uyanmamıştı. Sesi çıkaran benim yaşlı siyah labradorum Eddie'ydi. On bir yaşındaydı ama içinde hâlâ bir yavru köpekti.

"Evet, eminim," diye fısıldadım. "Ama hiç kendinde değildi, Trace. Beni tanımadı bile."

"Nasıl yani?"

"Bu gece restoranın önündeydi. O... O..." Bir an durdum. Sözcüğü söyleyemiyordum bile. "O... evsizdi."

Tracy, "Anlam veremiyorum," diye cevap verdi.

"Sakallarla onu zor tanıdım zaten," diye devam ettim. "Kıyafetleri kirliydi, eski püsküydü. Tracy, bunca yıl sonra ne yapacağımı veya ne diyeceğimi bilemedim. O öylece ortadan kaybolduktan sonra, Avustralya gibi delice bir yere taşındığını, evlendiğini filan düşünmüştüm." Gözlerim dolmuştu. "Ama sanırım başı belaya girmiş, Tracy. Sanırım başına çok kötü bir şey gelmiş."

"Vay be," dedi. "Ryan'a söyledin mi?"

"Hayır," diye cevap verdim. "Daha söylemedim. O kadar şaşırdım ki... söyleyemedim."

"Ne yapacaksın?"

"Ona yardım etmem gerek," diye fısıldadım.

"Nasıl edeceksin, Kailey? Ya uyuşturucuya bulaşmışsa? Ya tehlikeliyse?"

Kafamı salladım. "Hayır," dedim. "Cade hiçbir zaman tehlikeli olamaz."

Tracy bir an için sessiz kaldı. "Seninle gelmemi ister misin?"

Yanağımdaki bir damla yaşı sildim ve, "Evet," dedim. "Gelebilir misin?"

Tracy, "Gelebilirim," dedi.

"Onu sevmiştim, Trace," diye fısıldadım. "Onu çok sevmiştim."

"Biliyorum, tatlım. Hatırlıyorum."

Uyandığımda pencereden içeri ışık süzülüyordu. Döndüm ve yüzümü yastığa gömdüm.

Ryan, banyodan tatlı tatlı, "Günaydın," dedi. Belinde bir havlu vardı. Kaslı göğsünde su damlaları parlıyordu.

Uykulu bir halde, "Saat kaç?" diye sordum.

"Dokuz buçuk," diye cevap verdi. "Uzun zamandır böyle uyumamıştın. İyi oldu. Dinlenmeye ihtiyacın vardı."

Doğruldum ve gerindim. İşte o zaman sis perdesi kalktı ve dün gece olanları hatırladım. Restoranın önünde Cade'i görmüştüm. Yatakta gergin bir şekilde doğruldum. Ryan üstüne bir kot pantolon ve tişört geçirip yanıma atladı. "Bugün programında neler var bakalım, Bayan Winston?"

Burnumu kırıştırdım. "Ryan, biliyorsun, soyadımı değiştirip değiştirmeyeceğime daha karar vermedim."

Bir an için morali bozulsa da hemen toparladı. "Biliyorum, kusura bakma." Bir süre boynuma masaj yaptı. "Kahvaltı etmek ister misin?"

"Çok isterdim," dedim. "Ama sen git. Yazı dizim konusunda yapmam gereken çok şey var ve Tracy buluşmak istiyor." Söylediklerim çok da yalan sayılmazdı. Yarıdoğruydu. Görüşme yapacağım kişilerin birkaçıyla Occidental Park'ta buluşmayı planlamıştım.

"Tamam," dedi. "Gelirken bir şeyler getirmemi ister misin?"

"Yok," dedim. "Açıkçası dün geceden sonra hâlâ tokum."

Başıyla onayladı, alnımı öptü ve kapıya yöneldi. Adımları uzaklaşıp da ön kapı kapanınca cep telefonumu aldım ve Tracy'yi aradım.

"Bana gelebilir misin?"

İnledi.

"En azından bir saat daha uyuyamaz mıyım?"

Sadece en yakın arkadaşların konuşabileceği tarzda bir aciliyetle, "Olmaz," dedim. "Sana ihtiyacım var, Tracy."

"Tamam," dedi ve uzun uzun esnedi. "Ama önce bir giyineyim ve damarlarıma biraz kahve girsin. Yarım saate gelirim."

"Teşekkürler," dedim.

"Kailey, iyi misin?"

Açıkça, "Hayır," dedim. "Hayatım altüst olmuş gibi hissediyorum."

Kahve makinesinin filtresini indirdim, kendime koca bir fincan kahve koydum. Moralsiz bir şekilde oturma odasına yürüdüm ve kanepeye çöktüm. Eddie de yanıma kıvrıldı. Yıllar önce yavruyken yaptığı gibi kafasını kucağıma koydu. Yıllar önce Cade'e yaptığı gibi. Kapının açıldığını duyunca kafamı kaldırdım.

"Kailey?"

"İçeri gel," dedim. "Çok şükür geldin."

Tracy hiç vakit kaybetmedi. "Bana her şeyi anlat."

Kahve fincanımı bıraktım. "Dediğim gibi, Ryan'la Le Marche'taydık. Cade de orada, tam restoranın önündeydi."

Tracy başını salladı. "O olduğundan emin misin?"

"Eminim," dedim. "En azından emin olduğumu sanıyorum."

"Çok uzun zaman oldu, Kailey," dedi. "Belki de adam ona benziyordur? Ya da onu düşünüyordun da o yüzden ona benzettin? Yani bu evsiz adamın yüzünde Cade'i gördün. Böyle şeyler var. Medyumlar böyle şeylerden bahsediyor."

İç geçirdim.

"Bilemiyorum."

Tracy, "Bunca yıl burnumuzun dibinde tanınmadan yaşaması ihtimali nedir ki?" diye devam etti.

"İmkânsız göründüğünü biliyorum," dedim. "Ama gözlerini gördüm. O gözleri tanıyorum ben."

Tracy başıyla onayladı. "Tamam, o zaman gidelim ve neler yapabiliriz bir bakalım."

"Ne yapabiliriz ki?"

"Ona yardım ederiz, sosyal hizmetler filan. O gibi şeyler."

Başımla onayladım. Pioneer Square için muhabirlik yaparken elde ettiğim bağlantıları düşündüm. Bir tarafım hâlâ felçli gibiydi. "Trace, nereden başlayacağımı bile bilmiyorum ki."

Tracy, "Öncelikle onunla konuşacağız," dedi. "Neler diyecek, yardımımızı istiyor mu, ona bakacağız."

"Ya istemiyorsa?"

"Kailey, bu onun kararı. Biz sadece teklif edebiliriz, o kadar."

Başımı ellerime dayadım. "Sence başına ne gelmiş olabilir?"

"Ben sadece basit bir radyoloğum. Ama evsizlik konusunda akıl hastalıklarının baş zanlı olduğu kabul edilir."

Kafamı salladım. "Cade hiç depresyon filan yaşamadı ki, en azından ben bilmiyorum."

Tracy, nadiren duyduğum o ciddi sesiyle, "O zaman bir kaza geçirmiş olabilir," dedi.

"Kaza mı?"

"Tabii, belki de kafasından yaralanmıştır," dedi. "Mesela akut amneziyle sonuçlanan bir kaza geçirmiş olabilir. Bazı insanlar hiç iyileşemiyor."

"O zaman iyileşme şansı hiç yok mu yani?"

"Hayır, hayır," dedi. "Ben böyle bir şey söylemedim. Detaylı bir muayene yapmadan, beyin taramaları filan olmadan kesin olarak bilemeyiz. Ayrıca, açıkçası, ben gördüğün adamın Cade olduğundan bile emin değilim, K."

Tracy'nin şüphelerini kabul edemiyordum. Boğazımı temizledim. "Eğer iyileşirse," dedim. Sonra durdum ve bu cümlenin getirdiği ağırlığı hissettim. Bunca yıl hayatımdan temelli çıktığını düşünmüştüm. Ama şimdi dönmüştü. "Tracy... Ben *evleniyorum.*"

"Biliyorum, tatlım," dedi. "Bu sana çok ağır geliyordur, eminim. Ama hemen bir sonuca varmayalım. Hemen endişelenmeye başlama. Gidip bir görelim. Eğer *o* ise, ki o olduğuna ikna olmuş değilim, o zaman bakarız." Elimi sıktı. "Çok zaman geçti. Artık aynı insanlar bile değiliz."

Söyledikleri bir an için beynimi rahatlatmıştı. Eddie elimi yaladı. Sağ kulağının arkasında o çok sevdiği noktayı okşadım. "Belki de haklısındır," dedim. Nişanlımla yaşadığım güzel eve baktım. Şöminenin üstünde seyahatlerimizde birlikte aldığımız küçük biblolar vardı. Duvardaki tabloları sanatçılardan almıştı. Yemek masasında bir sürü arkadaşımızı ağırlamıştık ve daha bir sürüsünü ağırlayacaktık. Dünyamı süsleyen şeyler 1996 senesinden bu yana çok değişmişti, evet ama yine de beni düşündüren şey, içimde, derinlerde bir yerde, hâlâ pek de değişmemiş olmamdı.

Tracy, "Geçmişten söz açılmışken," dedi. Sehpanın üstündeki derginin sayfalarını karıştırdı. Bu, *Dwell* dergisinin son sayısıydı. Yapacağımız tadilatla ilgili fikirler bulduğum sayfaların kenarlarını Ryan'a göstermek için kıvırmıştım. "Geçen gün markette kiminle karşılaştım, bil bakalım?"

"Kiminle?"

"Liseden bir amigo kızla," dedi. "Chrissie Gearheart." Şaşkın şaşkın kafasını salladı. "Kocası ve iki çocuğuyla Seattle'da yaşıyor. Şunu itiraf etmem lazım, lisedeki en güzel kızın kendini resmen saldığını bilmek beni rahatlatıyor. Chrissie Gearheart. Her erkeğin hayali."

Kıkırdayarak, "Komikmiş," dedim. "Ayrıca niye herkes amigo kızların ad ve soyadını tam olarak hatırlayabiliyor?"

Tracy, "Cidden, haklısın," dedi. "Dokuzuncu sınıfta sürekli birlikte öğle yemeği yediğimiz kızların soyadını sorsan söyleyemem ama Chrissie Gearheart ağzımdan kolayca çıkıveriyor."

"Sheena Thompson," dedim. "Roosevelt Lisesi'nin ponponlu güzeli."

Tracy, "Geçmişin bu kadar iyi hatırlanması tuhaf," dedi. Ayağa kalkıp dergiyi sehpaya, kendime sürekli incelemek için zaman bulacağımı söylediğim gelinlik dergilerinin yanına attı. Kabanını giydi ve derin bir nefes aldı. "Şimdiyle yüzleşmeye hazır mısın?"

Başımla onayladım. Kalkmadan önce Eddie'yi son bir kez sevdim. "Hazırım."

4. Bölüm

8 Haziran 1996

Sit & Spin adlı kafede, Tracy'nin kafasını ders kitabına gömdüğü masaya gittim ve çamaşır sepetimi masaya bıraktım. Tracy anatomi çalışıyordu. Turuncu bir sandalyeye oturdum ve kocaman fincandaki köpüklü, fındıklı lattemden bir yudum aldım. Tracy'yle Seattle'a taşındığımızda, her köşe başına kondurulmuş kafeler bizi büyülemişti. Ama en çok bu kafeyi sevmiştik. Kafeye dönüşmüş bir çamaşırhanenin ancak burada bu kadar cazibesi olabilirdi.

Tracy, "Sanırım bu Soundgarden grubundaki çocuk," diye fısıldadı.

Omzumun üstünden baktım ve sakallı Kim Thayil'in iri görünümlü başka bir adamla bira içtiğini gördüm.

Tracy, rüyadaymış gibi, "Mark, Soundgarden'ı seviyor," dedi. "Emin değilim, sanırım ben de seviyorum. Eddie Vedder'ı burada görsem gerçekten çıldırırdım."

Lattemden bir yudum aldım. "Bir gün köpeğim olursa adını Eddie koyacağım."

Tracy sırıttı. "Kendine bir bak, daha yeni Seattle'lı oldun ve şimdiden hayali köpeğine şehrin en sevilen rock şarkıcısının adını veriyorsun."

Başımla onaylayarak, "Eddie," dedim. "Golden Retriever. Hayır, siyah bir labrador." Çamaşır sepetime döndüm ve bir tişörtü katlamaya başladım. Ardından bir kot pantolon. Sonra iç çamaşırlarına geçtim. Bir tanesinin arka tarafında gözle görülür bir delik vardı.

"Off, alışveriş yapmam lazım," dedim.

Birden Tracy'nin bakışları irileşti. "Sakın bakma," dedi. Kitabını bir kenara itti ve dikkatini lattesine verdi. "Ama sanırım Mazzy Star konserindeki çocuk geldi."

Kalp atışlarım iznim olmadan hızlanmaya başladı. O gece Crocodile'da numaramı peçeteye yazmıştım ve neredeyse iki ay geçmesine rağmen, Cade'den hiç ses çıkmamıştı. *Numaramı mı kaybetmişti? Ben ondan onun benden etkilendiğinden daha mı çok etkilenmiştim? Öylesine bir Seattle gecesi miydi sadece?* Emin değildim.

Tracy, "Git konuş," dedi.

"Asla olmaz," dedim. Normal görünmeye çalışıyordum ama aslında bu zamana kadar onunla karşılaşmayı umuyordum. Hatta işten sonra bir akşam Crocodile'a gitmiş ve oralarda olup olmadığına bakmıştım.

Tracy, "Bir dakika," dedi. Kitabını okuyormuş gibi yaptı. "Bu tarafa doğru baktı."

"Hadi ya?" Üstümde en paspal tişörtümün olduğunun ve yüzümde tek damla makyaj olmadığının farkındaydım.

Cade'le bir araya gelebileceğim o kadar gün içinde bunun gerçekleşeceği an bu an olmamalıydı.

Hemen kâküllerimi düzelttim. Keşke yüzümde en azından rimel olsaydı.

"Kailey?"

Bakışlarım onunkilerle buluşurken, "Aa, merhaba," dedim. "Cade'di, değil mi?" Tracy az daha lattesinde boğulacaktı.

"Evet," dedi. "Seni gördüğüme sevindim." Bakışları nazik ve kendinden emindi.

"Ben de seni," dedim. Önümdeki çamaşır sepetine baktım ve delikli iç çamaşırımın yığının en tepesinde olduğunu görünce panikledim.

Sırıtarak, "Seattle'da çamaşır yıkanacak daha iyi bir yer yoktur," dedi. İç çamaşırlarımı görmüştü. *Kesinlikle görmüştü.*

"Kurt'le burada tanışmıştım," dedi.

Tracy boğazını temizledi. "Kurt derken, Kurt Cobain mi?"

Cade ifadesiz bir yüzle başını salladı ve köşedeki cansız görünen bitkiyi gösterdi. "Tam orada duruyor ve pikaba bozuk para atıyordu. Tabii bu, Nirvana ilk konserine çıkmadan çok önceydi." Omuz silkti. "Kurt o zamandan sonra çok değişti. Ünlü olmak neşesini elinden aldı, o da bunun farkındaydı. Üzücü bir şey ama birçok sanatçı bunu yaşıyor."

Havalı görünümlü, taş çatlasa yirmi yaşında olan kızıl saçlı bir kadın ben cevap veremeden yanımıza yaklaştı. Tracy'yle bana gergin bir şekilde gülümseyerek, "Pardon," dedi. Sonra Cade'e döndü. "Siz... Element Plak'tan *Cade McAllister* mısınız?"

Cade, gülümseyerek, "Evet," dedi.

Kız, heyecanlanarak, "Vay," dedi. "Çok büyük bir hayranınızım. Çok. Bütün gruplarınıza bayılıyorum. Sizin plak şirketiniz muhtemelen bugün hayatta olabilmemin nedenidir. Yaptığınız müzikler zor zamanlarımı atlatmama yardımcı oldu. Sizinle tanışmak çok güzel."

Cade, sıradan bir şekilde, "Teşekkürler," dedi ve her nasılsa bu tarz şeylerin her zaman olduğunu hissettim.

"Ben, Jenna," dedi. Elini kalbine koydu. "*Teşekkürler.*" Bana döndü. "Kusura bakmayın, gelip bir selam vermek istemiştim. Sohbetinizi daha fazla bölmeyeyim."

Kız gittikten sonra Cade'le bakıştık. "Vay, oldukça önemli birisin, değil mi?"

Omuz silkti. "Ben sadece sevdiği işi yapan şanslı bir adamım."

"Peki, senin tutkun ne, Kailey? Çamaşır yıkamak olduğunu sanmıyorum." Çamaşır sepetine doğru göz kırptı.

Tracy, "Cebindeki son kuruşu Pike Place Pazarı'ndaki en nadir keçi peyniri için harcayabilir," dedi.

"Ee, bana bir akşam yemek yapar mısın?"

Tracy kitabına odaklanmış gibi görünüyordu ama kafasının üstünde bir konuşma balonu olsaydı içinde "!!!!!!!!!!!!" şeklinde ünlem işaretleri olacağından emindim.

"Hımm, bilmem ki..." Ne diyeceğimi bilememiştim.

"Pardon, biraz haddimi aştım mı yoksa?"

Sırıttım. "Belki birazcık."

"Peki, şöyle yapsak," dedi. "Ben seni bir akşam yemeğe çıkarsam? İyi vakit geçirirsen sen de bana bir akşam yemek yaparsın. Anlaştık mı?"

Mahcup bir şekilde gülümsedim. Bir an duraksadım. En sonunda, "Anlaştık," dedim.

"Güzel," dedi. Kapıya doğru döndü. Kapıdan giren sakallı ve dövmeli bir adama el salladı. Sonra tekrar bana döndü. "Çamaşır yıkamak demişken, tanıştığımız gece numaranı bir peçeteye yazmıştın. Peçeteyi cebime koymuştum ama sonra o pantolonu yanlışlıkla yıkamışım." Sırıttı. "Yani, numaranı tekrar alabilir miyim?"

Sırıtarak, "Tabii ki," dedim. Çantamı kurcaladım ve bir kalem buldum.

Cade elini uzattı. "Bu sefer elime yaz. Daha garanti olur."

Gülerek, "Tamam," dedim. Elini tuttum ve avucuna adımla numaramı yazdım. "Sakın elini yıkama."

Göz kırparak, "Yıkamam, söz," dedi.

Cade gittikten sonra Tracy bana döndü. "Ne düşünüyorum biliyor musun?"

"Ne?"

Kafasını sallayarak, "Bence bu adam içine işleyecek," dedi.

Çoktan içime işlediğini söylemedim.

O gece ilerleyen saatlerde mutfaktaydım, tarçınlı kek için hamur yoğuruyordum. "Büyükannem her zaman tarçının mutlu bir yuvanın göstergesi olduğunu söylerdi." Kendi kendime gülümsedim. "Bu her zaman hoşuma giderdi."

Tracy, üstünde kitap ve defterlerin açık olduğu sehpadan kafasını kaldırdı ve, "Tarçın mı?" diye sordu.

"Evet," dedim. "Tuhaf bir teorisi vardı; bir evde ne kadar çok tarçın tüketilirse o kadar çok sevgi olur." Hamuru bir kaba aktardım, tahta kaşığın ucunu yaladım. "Çok güzel, değil mi?"

Tracy başını salladı. "Dünya büyükanne ve büyükbabalarımızın zamanında çok daha romantikmiş. Benimkiler tanıştıktan iki hafta sonra evlenmişler. Düşünsene, iki hafta!"

Gülümsedim. "Benimkiler savaş zamanında bir dans salonunda tanışmışlar. Büyükbabam büyükannemi dansa kaldırmış. O kadar. Sonra Glenn Miller melodileriyle âşık olmuşlar."

Tracy, elini dramatik bir şekilde kalbine koydu. Baygın bir bakışla, "*Moonlight Serenade*," dedi. Tam o sırada telefon çaldı. Ben keki fırına verirken Trace de telefona baktı.

Tracy, "Alo," dedi. Bir an durdu ve gülümsedi. "Evet, burada. Bir dakika." Telefonu gösterdi ve sessizce, "O arıyor!" dedi.

Kalp atışlarım hızlandı. Ellerimi bir havluya sildim ve telefona koştum. Normal konuşmaya çalışarak, "Alo," dedim. Ama sesim tiz çıkmıştı.

"Selam, ben Cade." Sesi telefonda daha boğuk geliyordu. Bu hoşuma gitmişti. Midemde kelebekler uçuşmaya başladı.

"Selam," dedim.

"Bugün seninle karşılaştığıma çok sevindim," dedi. "Düşündüm de belki cumartesi günü akşam yemeğine çıkabiliriz. Tabii sen de uygunsan."

"Güzel olur," dedim.

"Wild Ginger'a gittin mi hiç?"

"Hayır," dedim. "Ama editörüm çok beğenmiş, övüp duruyor. Bir gidip bakmak istiyordum."

"Güzel," dedi. "Yedide orada buluşalım mı?"

Tracy bana bir şeyler söylemeye çalışıyordu ama görmezden geldim.

Tracy'nin bakışlarıyla buluşarak, "Tabii ki," dedim.

Trace, "Burcu neymiş bir sor," diye fısıldadı.

"Hayır," dedim, hiç ses çıkarmadan.

"Cidden," dedi. "Benim için. Bilmem lazım."

"Tracy!" diye fısıldadım.

Sırıtarak, "Lütfen?" dedi.

Telefona, "Hımm," dedim. "En yakın arkadaşım biraz kafadan çatlak ve burcunu bilmek istiyor."

"*Burcumu* mu?" Kıkırdadı.

Tracy'ye gözlerimi devirdim. Keşke çenemi kapalı tutsaydım. "Kendisi astrolojiye bayılır da. Ben astrolojiyi sevmiyorum ama onu seviyorum."

Cade güldü. "Astroloji konusunda hiçbir şey bilmiyorum. Ama boğa burcu olduğumu biliyorum."

"Boğa demek," dedim. Tracy başını salladı.

"Ona bir gün burç yorumunu dinlemek istediğimi söyle," dedi.

Sırıttım. "Aslında onu cesaretlendirmemek daha iyi."

Gülerek, "Tamam," dedi. "Cumartesi görüşürüz, *KC*."

Sırıtarak, "Görüşürüz," dedim ve telefonu kapattım.

Tracy çığlık attı. Yanına oturdum. "Birilerinin randevusu var."

Gülümsemeden edemedim. "Gerçekten var."

Baygın bir sesle, "Üstelik *boğa burcu,*" dedi.

Omuz silktim.

"Bu iyi bir şey, K. *Gerçekten.* Boğalar aşk konusunda şanslıdır. Güzellik ve zevki temsil eden Venüs gezegeni tarafından yönetilirler." Kendi kendine gülümsedi. "Ona müthiş yemeklerinden birini yap. Sonra oldu bu iş."

Gülümsedim. "O kadar kolay yani?"

"Bence öyle." Tişörtümdeki unları silkeledi. "Bak sana diyorum, bu çok büyük bir şeyin başlangıcı."

Bir feribot Elliot Körfezi'nde ilerliyordu. Belki de bir ihtimal, Tracy'nin haklı olabileceğini düşündüm.

5. Bölüm

13 Kasım 2008

I5 yolunda ilerlerken Tracy'nin arabasının ön camına yağmur damlaları vuruyordu. Silecekler, kalp atışlarımla birlikte sağa sola hareket edip duruyordu.

Tracy, biraz da nostaljik bir havayla, "Onunla ilk buluşmanızı hatırlıyorum," dedi.

Ona dönerek, "Öyle mi?" diye sordum.

"Çok gergindin. Bir sürü kıyafet denemiştin."

"Wild Ginger," dedim. Beynim hızla yeni anılar bulup çıkarıyordu. "Oraya gitmiştik."

"Neredeyse polisi arayacaktım çünkü normalde ev kuşu olan sen, gece ikiye kadar eve gelmemiştin. Az kalsın kalp krizi geçirecektim."

Tracy, James Sokak çıkışına yöneldi ve oradan Dördüncü Cadde'ye geçti. "Buraya park edip biraz yürüyebiliriz. Bakalım onu restoranın orada bulacak mıyız?"

Gergin bir şekilde, "Tamam," dedim.

Bir kafenin yanından geçerken durdu. "Önce kahve."

Onu takip ettim. İkimiz de duble *americano* söyledik. Sonra Tracy kendi siparişini daha büyük boya çevirdi. Gülerek, "İçtiğimiz latteleri hatırlıyor musun?" dedi.

"Onca şeker," dedim. "Sanırım koca bir yıl boyunca kızarmış marşmelovlu latte içmiştim."

"Ben de beyaz çikolataya takmıştım," dedi. "Bir de tiramisuya. Ne düşünüyorduk bilmem ki?" Güldüm ama bu sığ, yalnız bir gülüştü. Bu, eski hayata duyulan özlem ve pişmanlıkla dolu bir gülüştü.

O Torani şurupları artık hatıralarda kalmıştı. Tıpkı bir zamanlarki o iki masum 23'lük gibi.

Kahvelerimizi içtik ve araştırmamıza başladık. Dördüncü Cadde'de yürürken bakışlarım sağa sola kayıyordu. Sonra Üçüncü Cadde'ye geçtik. Her ara yola, her çöp kutusuna, her yere baktım. Yağmur şimdi daha şiddetli yağıyordu. Kabanımın kapüşonunu geçirdim. Tracy bir binanın saçağının altına girdi.

"Le Marche ileride," dedim. "Şu anda kapalıdır ama Cade orada olabilir."

Tracy başını salladı ve beni takip etti. "Burası muhtemelen onu bulma şansımızın en yüksek olduğu yer."

Sessizce yürüdük. Kahve bardağımı bir çöp bidonuna attım. Konuşamıyordum. Doğru dürüst düşünemiyordum. Kalbim göğsümde gümbürderken tek yapabildiğim bir adımımı diğerinin önüne atmaktı.

Uzakta Le Marche'ın yeşil tentesini gördüm. Caddede karşıdan karşıya geçerken o kadar dikkatim dağılmıştı ki sağımdaki SUV'u görmedim. Sürücü ben geçerken kızgınlıkla kornasına bastı.

Pencerelerden baktım. Restoranın içi karanlıktı. Dışarıyı inceledim.

Hayal kırıklığına uğramış bir halde, "Burada değil," dedim.

Tracy telefonunu cebinden çıkardı ve tentenin altına girerek gelen aramayı cevapladı. Ben de restoranın yanındaki sokağa bakmak için biraz yürüdüm ama bu sokak da çöp bidonu ve ıslanmış mukavva bir kutu haricinde boştu.

On beş dakika daha bekledik, sonra Beşinci Cadde'ye yürümeyi önerdim. Geçen sene yazdığım yazıyı anımsayarak, "Orada bir evsizler barınağı var," dedim. Yazı, evsizlere yemek yapmak için bir hayırseverle işbirliği yapan başarılı bir aşçıyla ilgiliydi. Onların çabaları sayesinde peynirli sandviçlerin yerini somon, marul salatasının yerini şekerli ceviz almıştı. "Gidip bir..." Durdum. Cade'in durumuna hâlâ inanamıyordum. Bir barınağa girip onu orada sidik lekeli bir şiltenin üstünde yatarken bulacağıma inanamıyordum.

Tracy hafifçe koluma vurdu. "Korkma," dedi. "Bunu yapabilirsin."

Başımla onayladım. Birlikte diğer bloğa doğru yürüdük ve boyaları kalkmış siyah bir kapısı olan tuğla binaya doğru ilerledik. Kahverengi saçları tel tel olmuş dişsiz bir kadın, kaldırımda dikiliyor, kahverengi kâğıt torbaya sarılmış bir şişeden bir şeyler içiyordu.

Derinden gelen, rahatsız edici bir sesle, "Polis misiniz?" diye sordu ve bir adım geri çekildi.

Tracy, "Hayır," dedi. "Değiliz."

Kadın başını salladı ve şişeyi bir kez daha dudaklarına götürdü. Sol kolunda mikrop kapmış ve kızarmış bir açık yara olduğunu fark ettim. İçten içe ürperdim. Tracy elini kapı koluna koydu. "Belki bu kez şansımız yaver gider," diye fısıldadı.

Arkadaşımın peşinden lobiye girdim. İçeride, top sakallı ve saçları dökülmeye başlamış orta yaşlı bir adam, masada oturuyordu. Havada ter, ıslak halı ve sigara, ayrıca hüzün ve altüst olmuş hayallerin kokusu vardı.

Adam kafasını kaldırarak, "N'aber?" dedi. Yüzü tanıdık geliyordu. Sesindeki beklenmedik neşe tınısını da hemen hatırlamıştım. Sanırım o da beni tanımıştı. "Sen *Herald*'dan gelen muhabirsin, değil mi?"

"Evet," dedim. "Kailey Crane." Onunla görüşmemizin üstünden en az bir yıl geçmişti. "Kusura bakma, adını hatırlayamadım."

Elini uzatarak, "Abe Farrel," dedi. "Sanırım ikiniz bu gece için kalacak bir yer aramıyorsunuz." Kendi kendine güldü ama Tracy'yle ben bu çabasına yanıt veremeyecek kadar şaşırmıştık. İkimiz de boş boş bakıyorduk. "Sizin için ne yapabilirim?"

Bir adım yaklaşarak, "Biz birini arıyoruz," dedim. "Bir adamı."

"Adı var mı?"

Önce Tracy'ye, sonra Abe'e baktım. "Evet, adı Cade McAllister."

Adam kafasını salladı. "Burada o isimle kimse olduğunu sanmıyorum ama konu bizim hastalarımız olunca emin olmak mümkün değil. Bazıları kendi adını bile bilmiyor."

Başımla onayladım. "1.80 boylarında. Zayıf. Sakallı. Dün, asker yeşili bir ceket ve bot giyiyordu." Onun kaldırımda otururkenki hali hâlâ gözümün önündeydi. Hüzünlü, yitik gözlerini hâlâ görebiliyordum. Titredim.

"Pantolonunda delikler vardı." Bacaklarımı gösterdim. "Tam buralarda."

Adam tekrar gülümseyerek, "Kusura bakmayın, hanımefendi," dedi. "Bu söyledikleriniz buradaki her adam için geçerli."

Yenik bir şekilde iç geçirdim.

Omuz silkti. "Bir fotoğrafı filan varsa daha çok yardımcı olabilirim belki." Cüzdanıma uzandım ve Cade'le birlikte Big Sur'da bir doğa manzarası eşliğinde yol kenarında çekildiğimiz fotoğrafı çıkardım. O geziyi detaylarıyla hatırlarken kendi kendime gülümsedim. Üstü açılabilir bir araba kiralamıştık. Başıma bej rengi bir şalı Grace-Kelly tarzında bağlamıştım. O manzaraya ulaştığımızda arabayla çok fazla viraj ve dönemeçten geçtiğimiz için ikimizin de midesi bulanıyordu, kötü durumdaydık. Ama fotoğraftan bir şey anlaşılmıyordu.

Fotoğrafı Abe'e doğru tutarak, "İşte bu adam," dedim. Abe fotoğrafa gözlerini kısarak baktı ve omuz silkti.

Biraz sonra, "Sanırım burada böyle birisi yok," dedi. "Ama isterseniz sizi içeri götüreyim de bir bakın."

Önce Tracy'ye sonra Abe'e baktım. "Teşekkürler," dedim. "Çok iyi olur."

Biraz da temkinli bir şekilde adamın peşinden gittik. Küçük bir koridordan geçtik. Sonra kapıdan girdik ve daha büyük bir odaya geldik. Burada duvarın kenarına ranzalar sıralanmıştı. Üç adam ortadaki masada oturmuş, kart oynuyordu. Birkaç tanesi ranzalarında uyuyordu. Bir tanesi köşede kendi kendine söyleniyordu. Hiçbiri Cade değildi.

İç geçirerek, "Hayır," dedim. "Burada değil."

Abe, "Kusura bakmayın," dedi. "Bu adam sizin... erkek arkadaşınız mı?"

Kafamı salladım. Nişan yüzüğümle oynayarak, "Hayır, hayır," dedim. "Eski bir arkadaşım."

Adam, "Anladım," dedi. "Eski arkadaşınız sizin gibi onunla ilgilenen birine sahip olduğu için çok şanslı." Gülümsedi. "Umarım onu bulabilirsiniz."

"Umarım," dedim.

Adam kapıya doğru giderken elimi sağ omzuma koydum. "Bir dakika," dedim. Ceketimi çıkardım ve tişörtümün kolunu kaldırdım. "Bu dövme... Aynısından onda da var. Tanıdık geliyor mu?"

"Hayır, böyle bir dövme görmedim hiç," diye yanıtladı.

Tam o sırada, kart oynayanlardan yaşlı, uzun kır sakalları olan adamın bana baktığını fark ettim.

"Tamam," dedim. Tekrar ceketimi giydim. Adam masadan kalktı.

Bana doğru yürürken, "Pardon," dedi. Sağ elinde kartlar vardı. Elinde maça ası olduğunu fark ettim. Cade'e büyükannemlerin en sevdiği oyun olan 31'i oynamayı öğrettiğim zamanı anımsadım. Cade kazanmıştı, ben ikinci olmuştum. "O dövme... Mitchell'ın dövmesine benziyor."

Kafamı salladım. "Mitchell mı?"

"Evet, tuhaf biridir. Hiç konuşmaz. Arada gelir gider ama zamanının çoğunu Dördüncü Cadde'deki şu güzel Fransız restoranında geçirir. Adı..."

Başımı sallayarak, "Le Marche mı?" dedim. "Fransız restoranı."

"Evet, o."

Gözlerim irileşti. "Dövmeyi tanıdığınızdan emin misiniz?" Ceketimi tekrar çıkardım ve dövmeyi gösterdim.

Adam daha yakından bakarak, "Evet, han'fendi," dedi.

Başımla onayladım. "Anlayamıyorum. Ona neden Mitchell diyorsunuz?"

Omuz silkti. "Gerçek adını biliyorum da sanki. Her zaman giydiği o askeri ceketin üstünde Mitchell yazıyor. Sanırım bu yüzden herkes adını Mitchell sandı. Belki öyledir, belki değildir." Kendi kendine kıkırdadı. "Benim adım da Frank ama herkes bana Kuduz Köpek diyor."

"Kuduz Köpek," dedim. "Teşekkürler."

Başını salladı ve tekrar kart oyununa döndü. Üstünde Mitchell yazan askeri ceketiyle Cade'i düşündüm. *Bu nasıl olmuş olabilir?*

Kuduz Köpek bir kez daha bana döndü. "Burnumu sokuyorum, kusura bakmayın ama," dedi, "sizin gibi biri nasıl oluyor da onunla aynı dövmeye sahip oluyor?"

Gözlerim doldu. "Nasıl mı oluyor?" Sesim titredi. "Söyleyeyim." Derin bir nefes aldım. Alt dudağım titriyordu. "O ve ben birbirimizden farklı değiliz. Biz aynıyız. Onu bir zamanlar sevmiştim, hem de çok."

Tracy'nin elini koluma koyduğunu hissettim. "Hadi, K, gidelim." Hissiz bir şekilde Tracy'nin peşinden sokağa çıktım.

Yağmur tekrar başlamıştı. Le Marche'ın önündeki kaldırıma ulaştığımızda tekrar tentenin altına girdik.

"Şimdi ne yapıyoruz?" diye sordu.

"Sanırım ben bir süre burada kalacağım," dedim. "Dönüp dönmeyeceğine bakacağım."

Tracy başını salladı. Çalan telefonunu cebinden çıkardı. Birkaç adım attım ve restoranın yanındaki ara sokağa tekrar baktım. Kaldırımı didikleyen güvercin dışında kimseler yoktu.

Tracy, bir dakika sonra yanıma geldi. "Hastaneden arıyorlar," dedi. "Hastalarla ilgili bir durum var. Çok özür dilerim ama gitmem lazım."

"Kendi başıma hallederim," dedim. Güvercin ürktü ve caddenin tenha ve gri kısımlarına doğru uçtu.

Birkaç dakika kaldırımda dikildim, sonra Starbucks'a yürüdüm. Bir kahve daha söyledim ve huzursuzlanana kadar pencerenin önündeki sandalyede oturdum. Dışarı çıktığımda yağmur şiddetlenmişti. Cam da tıpkı aklım gibi puslanmıştı. Geleni geçeni görebilmek için ceketimin koluyla camı sildim. Aralarından herhangi biri Cade olabilirdi ama hiçbiri değildi.

Bir saat geçti, sonra iki saat. Ryan aradı, ona alışveriş yaptığımı söyledim. Beyaz yalan. Akşama risotto yapmamı istedi. Tamam dedim ve Whole Foods'tan Arborio pirinci almasını söyledim.

Konuşmamız normaldi, sıradandı. Sanki ikimizin de elinde yazılı bir senaryo varmış gibi akıyordu. Ama şu anda bu senaryoyu hiç sevmiyordum. Cade şehrin bir köşesinde üşümüş ve muhtemelen açken, yağmurun altında bir ara sokakta beklerken benim Arborio pirincinden ve Whole Foods'tan bahsediyor olmamdan nefret ediyordum. Hepsinden nefret ediyordum. Pirinçten, yağmurdan, hayatın gözler önüne serdiği şeylerden nefret ediyordum.

Öğle yemeği için açılan restoranın tuğla duvarına yaslandım. Pencereden, barda oturan çekici bir çift gördüm. Kadın fırfırlı, fildişi rengi keten bir elbise giyiyordu. Belli ki Free People'dan alınmıştı. Uzun kahverengi saçlarını savurdu ve koyu renk gözlükleri olan, yeni tıraş olmuş adama doğru eğildi. Konuşmalarını hayal etmeye çalıştım.

Kadın, "İstiridyeleri çok severim," diyordu.

Adam, "Ben de," diye cevap veriyordu.

Kadın, "Ama midyeleri sevmem," diyor ve şarabından bir yudum alıyordu.

Adam, hemen onu onaylayarak, "Ben de sevmem," diyordu. "Midyeler biraz şaibeli yumuşakçalar."

Kadın gülüyor ve yanaklarına sürdüğü Mac marka allıkla aynı renk olan şarabından bir yudum daha alıyordu. Allığı çok mu sürdüm acaba, diye düşünüyordu. Bir de ruh eşiyle tanışıp tanışmadığını merak ediyordu.

Önümden bir araba geçti. Sıçrattığı çamurlu sudan son anda kurtuldum. Ruh eşlerine inanıp inanmadığımı bile bilmiyordum artık. Boynumdaki altın zinciri tuttum ve parmaklarımla kolyenin ucundaki madalyona giden yolu takip ettim. Altın madalyonun arkasına ismimin baş harfleri kazınmıştı. Bunu onuncu doğumgünümde büyükannemle büyükbabam hediye etmişti. O zamandan beri boynumdaydı.

Kolyeyi ilk taktığımda büyükannem, "İçine ne koyacaksın?" diye sormuştu.

"Bilmiyorum," demiştim. İçine koyacağım şeyin çok özel bir şey olması gerektiğini düşünüyordum.

İşte o gün, büyükbabam eski bir sigara kutusu çıkardı. Eski bozuk paraları, fotoğrafları, kartpostalları, sararmış kâğıt parçalarını ayırdı ve küçük bir şeyi eline aldı.

"En güzel kız için en güzel deniz kabuğu," dedi ve alnıma bir öpücük kondurdu.

Sırıtarak kabuğu elimde çevirdim.

"Bu deniz kabuğunu nasıl bulduğumu öğrenmek ister misin?" diye sordu.

Başımla onayladım. Bakışlarımı yeni hediyemden ayıramıyordum. Büyükbabamın hikâyelerini oldum olası severdim.

"1944 yılı Ağustos ayıydı. Fransa'ya özgürlüğünü kazandırmıştık. Sıcak bir gün olduğunu hatırlıyorum. Bunaltıcı bir hava vardı. Arkadaşlarımdan birkaçı denize gitmişti.

O sabah radyoda Eisenhower'ı dinlemiştik. Herkesin morali iyiydi. Bu yüzden komutan kamptan ayrılıp denize gitmemize kızmadı. Gerçi mayınlar ve mağaralarda ya da köylülerin evinde saklanan düşman kuvvetler konusunda uyarılmıştık. Ama yine de denize gitmek istiyorduk. Ne denizdi ama. Çatışmanın gerçekleştiği Omaha'dan geçtik. Kayalıklı bir uçurumdaki; çim, servi ve birkaç yaşlı elma ağacıyla çevrelenmiş bir koya vardık. Yüzbaşı Raines'le durduk ve elmalardan yedik." Gülümsedi. "Çok komik, şimdi bile ne zaman bir elma yesem sahildeki o güne geri dönüyorum." Büyükbabamın bakışları uzaklardaydı.

"Sonra yürümeye devam ettik," dedi. "Dalgalar çok kuvvetliydi. Tehlikeli bir akıntı vardı. Akıntı Raines'i neredeyse alıp götürüyordu." Kıkırdadı. "Dalgalar sahile vururken kıyıda oturdum. Sonra bir şeyin yüzeye çıktığını gördüm. Önce taş olduğunu sandım ama daha yakından baktığımda bunun bir deniz kabuğu olduğunu anladım. Ama sıradan bir deniz kabuğuna benzemiyordu. Bu kabuk ışıkta parlıyordu. Yeşim rengindeydi, sedefli gibiydi. Daha önce böyle bir şey görmemiştim.

"Raines yanıma oturunca kabuğu ona gösterdim. 'Bu çok özel bir kabuk,' dedi. 'Nereden biliyorsun?' diye sordum. Bana boynunda bu kabuktan yapılmış kolyesi olan bir Fransız kızla tanıştığını anlattı. Bu kabuklar çok nadirmiş. Çok nadiren kıyıya vururlarmış, üstelik sadece *o* kıyıya. Yerliler bu kabuğu bulanın şanslı olduğunu söylermiş. Bu iyiye işaretmiş; aşkın, mutluluğun ve gözetilmenin işaretiymiş." Gülümsedi. "Bu kabuğu yıllar boyunca sakladım ve mutlu bir hayatım oldu. Aslında harika diyebilirim. Artık onu sen saklayacaksın."

Şansıma inanamıyordum. Büyükbabamın kabuğunu başucumdaki komodinde sakladım. Ta ki erkek kardeşim bir gün onu oradan alana kadar. Kapının önünde sendelemiş ve kabuk ellerinden kayıp kaldırıma düşmüştü, bin parçaya ayrılmıştı.

Çok ağladım, hıçkıra hıçkıra ağladım. O kabuğun kırılmasına, ikinci sınıfta en iyi arkadaşımın taşınmasına üzüldüğümden daha çok üzülmüştüm. Büyükbabamın yüzüne nasıl bakacaktım? Ona kabuğun benim korumam altındayken kırıldığını, anılarının sinir bozucu bir kardeş yüzünden paramparça olduğunu nasıl söyleyecektim? Ama söyledim ve o da beni affetti, affedeceğini biliyordum.

Kabuktan kalan en büyük parçayı çekmecemin üstünde, Wonder Woman* baskılı iç çamaşırımın ve gökkuşağı renklerindeki önü büzgülü bikinimin yanında saklamıştım. Ta ki onu yeni yerine, yani madalyonumun içine koyana kadar. Hâlâ orada duruyordu. Yirmi altıncı doğumgünümden iki gün sonra vefat eden büyükbabamı düşünerek madalyona hafifçe vurdum. Onu son gördüğümde bana, "Kabuğunu hâlâ saklıyor musun?" diye sormuştu.

"Saklıyorum," demiştim.

"Aferin kızıma."

Düşüncelerde kaybolmuş bir halde kafamı kaldırdım. Tam o sırada bir erkek sesi duydum. Sert bir biçimde, "Dinlemiyor musun?" diye sordu.

Bu, beline beyaz önlük takmış bir adamdı. Karşısında duran kişiyi vücuduyla görünmez kılıyordu. Olayı anlamak için kafamı yana eğdim.

"Müşterilerimizi her gün rahatsız eden sizin gibi ayaktakımları varken bu restoranı nasıl işleteceğiz?" diye devam etti adam. Kalp atışlarım hızlandı. Bu Cade olabilir miydi?

* Bir kadın süper kahraman ve çizgi roman karakteri. (ç.n.)

Adamın biri ağır ağır ilerlerken, "Bekle!" diye seslendim. Adamın sadece sırtını ve yeşil askeri ceketini görebiliyordum. "Lütfen, bekle."

Restorandaki adam boğazını temizledi. "O adam sizi rahatsız ettiyse çok özür dilerim."

Cevap vermedim ve diğer sokağa doğru yürüdüm. Yeşil ceketli adam köşeden döndü. Daha hızlı koştum, köşeyi döndüğümde adamın Westlake Center'ın önündeki bir plazaya girdiğini gördüm. Burası kalabalıktı. Annelerin, kızların ellerinde Nordstrom alışveriş torbaları ve şemsiyeler vardı. Üniversite gençleri kulaklıklarını takmışlardı. Bir kemancı uzakta doğumgünü şarkısı çalıyordu. Sonra yeşil ceketli adam görüş alanıma girdi.

"Cade!" diye seslendim. Yaklaşık yüz metre ilerideydi. Beni duyduğunu biliyordum çünkü aniden durdu ve sağa sola bakınmaya başladı.

Hemen ona doğru ilerleyerek, "Cade!" diye seslendim. Çok hızlı hareket edersem onu korkuturum diye çekiniyordum. Ben de dikkatli, ölçülü adımlar attım. Korkmuş, yaralı bir yavru köpeği yakalamaya çalışıyormuşum gibi. *Birkaç adım daha.* Onu korkutmak istemiyordum. "Cade, ben Kailey," dedim.

Döndü ve bana baktı. Bakışlarımız buluştuğunda bir zamanlar çağlayan gibi akan dünyanın yavaşladığını, bir damlaya dönüştüğünü hissettim. Çevremdeki konuşma seslerini duymaz oldum. Gelip geçen insanları görmez oldum. Yüzüme vuran yağmuru hissetmez oldum. Sadece Cade vardı ve beni görmüştü.

6. Bölüm

14 Haziran 1996

Tracy elbisemin tamamını görebilsin diye dairemizin mutfağında olduğum yerde döndüm ve, "Nasıl görünüyorum?" diye sordum. Elbise, eteği ve kolları işlemeli mavi bir elbiseydi. Öğle aramda The Bon mağazasından almıştım. "Çok mu abartı?"

Tracy, "Hayır," dedi. "Elbise, 'Ben bir profesyonelim ama aynı zamanda baştan çıkarıcı bir sanatçıyım' diyor."

Burnumu kırıştırdım. "Baştan çıkarıcı bir sanatçı mı?"

"Evet, şu gösterişli, gizemli tarzdakiler," dedi. "Erkekler entrikaları sever."

Elbisenin bel kısmını çekiştirerek, "Bilemiyorum," dedim. Mikrodalganın camındaki yansımama baktım. "Ben pek emin olamadım."

"Endişelenme, K," dedi. "Elbiseni çok beğenecek. Ama tabii şu etiketi çıkarmazsak olmaz." Mutfak tezgâhının üstünden makası aldı. "Dur ben sana yardım edeyim."

Omuz silktim. "Off, flört işlerinden nefret ediyorum."

"Herkes nefret ediyor zaten."

"O zaman neden kendimizi bunca zahmete sokuyoruz?"

Tracy kendi kendine gülümsedi. "Kuşandığın zırhına rağmen sen bir kovasın. Sizin kalbiniz içten içe aşkı mükemmelleştirir, ruh eşlerine inanır."

Ciddi bir sesle, "Bir içki alacağım, en fazla bir de aperatif söylerim. Baktım ortam tuhaf, o zaman yokum ben," dedim.

Tracy çantasını kurcalarken ben de üstüme siyah bir hırka aldım. Bozuk para uzatarak, "Al bakalım," dedi.

Kafam karışmış bir halde baktım.

"Çantana koy," dedi. "Desteğe ihtiyacın olursa bir telefon bul ve beni ara."

Gülümsedim. "Tamam."

Wild Ginger'daki barda oturuyor, pipetimi votka sodamdaki limona batırıp duruyordum. Cade geç kalmıştı. Sadece on dakika geç kalmıştı ama bu, durumu değiştirmiyordu.

Sempatik bir barmen bana doğru bakarak, "Menüye bakmak ister misiniz?" diye sordu.

"Hayır," dedim. "Birini bekliyorum da."

"İlk randevu mu?"

Yanaklarım kızardı. "Evet."

Başıyla onayladı. "Ben de öyle düşünmüştüm."

"Nereden anladın?"

Gülümsedi. "Meslek sırrı."

Nefes verdim. "Evet, kabul ediyorum, biraz gerginim."

"Neden?"

Yanıt vermeye fırsat bulamadan omzumda bir el hissettim ve döndüm.

Cade, "Geç kaldığım için özür dilerim," dedi. Karşımda durdu. "Personel toplantısı uzun sürdü. İşortağıma takıldım kaldım. Bu hafta bu otuz yedinci sefer filan oluyor." Alnını ovuşturdu. "Küçük bir öneri: En yakın arkadaşınla işortağı olma."

"Yazdım bir kenara," dedim. Sırıtmadan edemiyordum.

Gülümseyerek, "Merhaba," dedi.

"Sana da merhaba," dedim. Üstünde kot pantolon, gri bir kazak ve eskimiş bir Doc Martens marka bot vardı. Crocodile'daki geceden hatırladığım gibiydi. Biraz umursamaz, hafif serseri ve kesinlikle merak uyandırıcı.

"Umarım geç kalışımı bana karşı kullanmazsın." Sanki böyle yapmayacağımı biliyormuş gibi sırıtıyordu.

Garson bizi yemek salonunun arka taraflarındaki bir masaya götürürken, barmen bana göz kırptı. İkimiz de oturduk.

"Elbiseni çok beğendim," dedi.

Kucağıma baktım ve elbisemdeki hayali bir kırışıklığı düzelttim. "Beğendin mi?"

"Evet," dedi. "Stevie Nicks tarzında sanki."

Güldüm ve votka sodamdan bir yudum aldım.

"Fleetwood grubunu sever misin?" diye sordu.

"Severim," dedim. "*Gypsy* benim en sevdiğim şarkılardan biridir. Annem eski bir hippidir de."

Garson, Cade'e bir menü uzattı. Cade bana sırıttı ve martiniyle içine peynir doldurulmuş zeytinlerden sipariş etti.

Sonra menüyü bırakarak, "Bir restoranın iyi olup olmadığını nasıl anlarım biliyor musun?" diye sordu.

Sırıttım. "Nasıl?"

Barı gösterdi. "İçine peynir doldurulmuş zeytinlere bakarak."

Kafam karışmıştı. "Anlamadım."

"Bazı yerlerde bu zeytinlerden hiç olmuyor. En lüks yerlerde bile. Önemli nokta, müşterilere bu zeytinlerden yapmayı *teklif* edip etmemeleri. İyi bir restoran, içine peynir doldurulmuş zeytinleri senin için yapar."

"İlginç," dedim.

Göz kırptı. "Restoranlarla ilgili bir hikâye yazacak olursan bu küçük detayı da ekle."

Sırıtarak, "Göreceğiz bakalım," dedim.

"Bana biraz işinden bahsetsene," dedi.

Başımı salladım. "Sanırım *Herald* gazetesinde muhabir olduğumu söylemiştim."

"Evet, doğru," dedi. "Etkilendim."

"Etkilenme. Daha kıdemsizim," dedim. "Öyle işte."

"Hadi ama," dedi. "Bence işin senin gösterdiğinden çok daha heyecan verici."

"İşimi gerçekten seviyorum," dedim. "İlgimi çeken konuları üstlenmeme izin veren harika bir editörüm var."

"Ne gibi konular mesela?" diye sordu.

Oturduğum yerde kıpırdanarak, "Politika, açlık, fark yaratan işler yapan insanların hayatları gibi," dedim.

"Vay," dedi. "Ağır meseleler."

"Önemli meseleler," dedim. "En azından benim için öyle."

Cade uzun bir an bana baktı. Yanaklarımın kızardığını hissettim ve başımı çevirdim. "Kocaman bir yüreğin var."

Gülümsedim. "Ya da belki moda konularıyla sınırlı kalmak istememişimdir."

Garson, Cade'in martinisini getirdi. İçinde kürdana batırılmış peynirli zeytinler vardı. Cade bir tanesini ağzına attı ve martinisinden bir yudum aldı. "Yemek yapmayı oldun olası sever miydin?"

"Evet, her zaman severdim," dedim. "Iowa'da büyükannemin yanında yemekler yaparak büyüdüm."

"Ben de müziği hep sevmişimdir." İçkisinden bir yudum daha aldı. "Asla ölmeyecek tutkularla doğmamız ne komik."

Başımla onayladım. "İşimi bu kadar sevmeseydim şef olabilirdim."

"Bana Iowa'dan bahsetsene."

"Oraya annemle babam öldükten sonra taşındım."

Cade, "Üzgünüm," dedi.

Omuz silktim.

"Ben beş yaşındaydım. Erkek kardeşim de üç yaşındaydı. Grateful Dead konserine giderken bir araçla kafa kafaya çarpışmışlar."

Cade, öne doğru eğilerek, "Onlarla ilgili ne hatırlıyorsun?" diye sordu.

"Annemin sesini," dedim. "Her gece Porgy and Bess operasındaki şarkıyı söylerdi bize."

"*Summertime*'ı mı?"

"Biliyor musun o şarkıyı?"

Başıyla onayladı.

Ezgiyi hatırlamaya çalışarak, "Evet," dedim. Sonra birden nakaratı mırıldanmaya başladım. "Şişşt sus küçük bebeğim..." Hafif hafif mırıldandım.

Cade, "Ağlama," diyerek devam etti ve sözü benim yerime tamamladı. Tüylerim diken diken olmuştu.

Biraz sonra itiraf edeceğim şeyi düşünerek gülümsedim. "Geçen gün işte ağlamaklı bir gün geçirdim. Her nedense annemin giydiği bir elbise takıldı aklıma. Pas rengi bir elbiseydi ve önünde mavi işlemeler vardı... Editörüm beni çok iyi anlıyor," dedim. "Bir kutu peçete uzattı. Annem için ağladığımı biliyordu."

Cade, "Ben de ailemi kaybettim," dedi. "Yedi yaşımdayken teyzem beni yanına aldı."

Şaşkın bir halde, "Yaa," dedim. "Ailesi küçük yaşta ölen başka kimseyi tanımıyordum. Kendimi her zaman annesi babası olmayan tuhaf kız olarak görmüşümdür."

Cade sırıtarak, "Biz iki öksüz," dedi.

"Ailene ne olduğunu anlatsana," dedim.

"Durum şu: Annem kanserden öldü. Onu hatırlıyorum, sanki ruhunu hatırlıyor gibiyim. Tabii bu bir anlam ifade ediyorsa." Durdu. "Müziğe olan ilgimi annemden almışım ama bunun ortaya çıkması birkaç yıl sürdü."

"Tabii ki almışsındır," dedim. "Kısa bir süre önce doğumda bile olsa annelerinden ayrılan çocukların büyüyünce annelerini hatırladıklarını okumuştum. Bu hiçbir zaman zedelenmeyen bir bağ."

Başını salladı. "Annem ikinci yaşgünümden bir hafta sonra öldü. Ondan önce de aylarca hastanede kaldı. Ona dair bir şeyler hatırlamam imkânsız gibi görünüyor ama hatırlıyorum. Sadece açıklayamıyorum."

"Anlıyorum," dedim. "Sanırım beyinlerimiz biz farkında olmadan anılar oluşturup onları kategorilere ayırıyor."

Cade başıyla onayladı.

"Lisedeyken arkadaşlarımdan birinin annesi bana sarılmıştı. Kadının parfümünde çok tanıdık bir şeyler vardı. Kulağa saçma gelecek biliyorum ama yemin ederim o an sanki annemin kokusunu aldım."

Başımla onayladım. Büyükannemin, annemin elbiselerini denememe izin verdiği zaman neler hissettiğimi anımsadım. Kalbime bir kazı makinesi girmiş ve hiç bilmediğim anıları bulup çıkarmış gibiydi.

"Ben sürekli böyle hissediyorum," dedim. "Déjà vu hissi gibi ama daha yoğunu."

Cade başıyla onayladı. "Babam annemin ölümünü hiçbir zaman atlatamadı."

"O nasıl öldü?"

"İntihar etti," dedi. "Garajda egzoz dumanıyla. Onu ertesi sabah buldum."

"Yaa," dedim. "Çok üzüldüm."

Omuz silkti. "Ondan sonra annemin kız kardeşi olan Fay teyzemle yaşamaya başladım."

"Sana iyi davrandı mı?"

"Çok," dedi. "On yaşıma geldiğimde bana bir pikap aldı. Her zaman müziğe başlama sebebimin teyzem olduğunu söylerim."

"Vay," dedim.

"Teyzem, Element Plak'ı kurmamız için bana ve en yakın arkadaşım James'e on beş bin dolar borç verdi. İkimiz de bir hayalden farkı olmayan işletmeyi kurmak için üniversiteden bir yıl erken ayrıldık. Ama Fay teyzem bize inanıyordu. O bize inandığı için bu plak şirketini yirmi milyondan fazla plak satan ve on yedi kişiye istihdam sağlayan bir şirkete dönüştürebildik."

"Bu harika bir şey," dedim.

"Evet," dedi. "Bir hayalin gerçekleşmesi harika tabii ki. Ama çok kolay olmadı."

"En yakın arkadaşınla çalışmanın da zorlukları var yani?"

Cade derin derin iç geçirdi. "Acı gerçek bu maalesef. Lisede birlikte okuduk. O elektronik gitar, ben bas gitar çalıyordum. Biz amigo kızların konuşmak istemediği müzisyen çocuklardık." Elini kalbine koydu. "Ama Stacy Rios'a vurgundum."

Amigoların ad ve soyadlarının hatırlanışıyla ilgili teorimi düşünerek gülümsedim.

"Evet, şirketi kurduk ve işler bir süre iyi gitti. Çok yoğundu ama güzeldi. Her haftasonu uçaktaydım, New York'a, Los Angeles'a, Miami'ye gidiyordum. Yeni gruplar neredeyse ben de oradaydım."

"James de seninle mi geliyordu?"

"Hem evet hem hayır," dedi. "İlk başlarda ikimiz birlikte çok seyahat ediyorduk. Ama sonra onun Seattle ofisinde kalması daha mantıklı geldi. Biz de ayrıldık ve bu şekilde devam ettik."

"İsmi nasıl buldunuz, Element Plak ismini?"

Sırıtarak, "Bir sürü içki içtikten sonra," dedi. "Ama bir anlamı var, en azından benim için."

"Nasıl yani?"

"Ben müziğe bu şekilde bakıyorum," dedi. "Harika olduğunu düşündüğüm bir grubun yakınlarındaysam içimde bir his oluyor. Duyularım keskinleşiyor. Müzik seni hissedebileceğin bir şekilde harekete geçiriyor. Nashville'de bir köşe başında durdum ve sokakta müzik yapan adamlardan birini dinledim. Yanında köpeğiyle hem gitar çalıyor hem şarkı söylüyordu. İnsanlar gitar kılıfına para atıyorlardı. Adama bir kontrat önerdim. Kendisi şu anda çok satan bir sanatçı."

"Vay," dedim.

"İşte ben buna Element* etkisi diyorum. Ama şirketi nasıl yöneteceğimiz konusunda James'le çok farklı fikirlerimiz var. Bazen bu çok zor olabiliyor. Şirketin başarısı arkadaşlığımıza zarar vermedi dersem yalan söylemiş olurum."

---

* "Element" İngilizcede cevher anlamına gelir. (ç.n.)

İçkisinden büyük bir yudum aldı. Yüzü birden gerildi, ciddileşti. James konusunun onu gösterdiğinden çok daha fazla üzdüğünü anlamıştım.

Hemen konuyu değiştirerek, "Bak ne diyeceğim," dedi. "Çok güzel bir gece geçiriyoruz. Bir içki daha söylesek, biraz da atıştıracak bir şeyler tabii. Sonra da yürüyüşe çıksak? Ne zamandır Seattle'da yaşıyorsun?"

"Daha bir yıl dolmadı," dedim.

Sırıtarak, "O zaman iyi bir tura ihtiyacın var," dedi. "Sana *kendi* Seattle'ımı göstereceğim. Benim için önemli olan bütün yerleri. Ne diyorsun?"

"Çok güzel olur," dedim.

Restorandan çıkıp kaldırıma doğru yürürken pahalı görünümlü takım elbiseler giymiş adamlar yanımızdan geçti. İçlerinden bir tanesi NASDAQ borsası hakkında konuşuyordu.

Biraz sonra Cade, "Ben asla onlar gibi olamam," dedi.

Bakışlarıyla buluştum. "Nasıl yani?"

"Takım elbiseliler, sabah sekiz akşam beşçiler. Şirket kâr ve zararlarıyla, bilançolarıyla ilgili sonu gelmeyen toplantılar. Birileri için çalışmak."

Başımla onayladım. "Sen girişimci olarak doğmuşsun."

Birlikte caddede yürüdük.

Cade, gökyüzüne bakarak, "Sihirli saatler," dedi. Güneş yeni batmıştı. Ufukta turuncu bir ışık parlıyordu. Henüz gece olmamıştı ama gündüz de değildi. Zaman gece ve gündüz arası bir yerdeydi. Sanırım Cade ve ben de öyleydik. İki yer arasında kalmıştık.

Cade elime uzandı. Ben de tutmasına izin verdim. İlk kez karşılaştığımızda midemde uçuşan kelebekler geri dönmüştü. Diğer elinde mikrofon varmış gibi yapıyordu.

"Hanımefendi, size bu özel Seattle turumuza katıldığınız için teşekkür etmek istiyorum," dedi. Arada bir resmi bir şekilde boğazını temizliyordu. "Kendimi tanıtayım, ben tur rehberiniz Cade McAllister." Gülmeden edemedim. "Sol tarafımızda Seattle'ın en büyük sırlarından birini görüyorsunuz: Zig Zag Kafe. Yıllardan beri bu mekânın sahipleri Seattle'ın müzik piyasasının elit kesimine kokteyller hazırlıyor." Fısıldamaya başladı. "Ha bir de Gun N' Roses grubundan Duff 'Rose' McKagan'a yakından bakmak istersen bir perşembe akşamı sekizden sonra buraya gel. Barın sağ tarafında oturur."

"Bunu Tracy'ye söyleyeceğim," dedim. "Bunu söylediğimi duysa beni öldürür ama çocukken Gun N' Roses grubunun hayran kulübündeydi."

Birden durdu. "Peki, sen? Sen hangi sanatçıyı görsen çok sevinirsin?"

Bilmezden gelerek, "Bilemiyorum ki," dedim.

"Hadi hadi," dedi. "Beni geçiştirmeye çalışma."

Utangaç bir tavırla, "Çok tuhaf bir yanıt olabilir," dedim.

"İnsanların müzik zevklerini öğrenmeyi seviyorum. Seninkiyle de özellikle ilgileniyorum."

Temkinli bir şekilde, "Tamam," dedim. "Çocukken annemlerin ölmeden önce sevdiği müzikleri dinlerdim. Kız arkadaşlarım seksenler şarkılarına bayılırken ben The Mamas and The Papas; Crosby, Stills, Nash & Young filan dinlerdim."

Sırıttı.

"Görünce çok sevineceğin şarkıcı kim peki?"

"The Turtles'tan *So Happy Together* adlı şarkıyı biliyor musun?" dedim.

"Biliyorum," dedi.

"Oradaki solist Howard Kaylan," diye devam ettim. "Annem o şarkıyı çok severdi. Plağı vardı. Birlikte söylerdik. Anneme ait az sayıda anımdan biri bu. Tabii şimdi bu adam sakallı, yaşlı bir hippi ama sesi ve o şarkı kalbime, tam annemin olduğu yere kazındı sanki. Neyse, bir gün onunla tanışıp ona bunları anlatmak isterim."

Cade, "Çok güzel," dedi. "Yapmalısın da."

Konuyu değiştirerek, "Şimdi turun sonuna mı geldik?" dedim.

Cade kafasını salladı. "Bir sonraki durağımız, ismini vermek istemediğim bir radyo DJ'iyle utanç verici bir ilk randevu hikâyesinin geçtiği yer." Ankesörlü telefonu gösterdi. "Kızdan gerçekten hoşlanıyordum ya da hoşlanmak istiyordum ama randevumuz James'in anlaşmamı istediği bir grupla yapacağım görüşmeyle aynı zamana denk geldi. Kıza sadece on beş dakika süreceğine söz verdim ama telefon konuşmam yarım saat sürdü. Döndüğümde gitmişti. Üstelik bardaki herkese içki ısmarlayıp hesabı da bana kilitlemişti."

Dehşete düşmüştüm. "Ne kadar kaba bir hareket!"

"Ama ben de onu orada yarım saat bekletmiştim. Şöyle diyelim, kızdan bir daha haber alamadım ama dersimi aldım."

Hayali mikrofonu tekrar eline aldı. Sırıttım ve elimi yukarı doğru kaydırıp koluna girdim. İkimiz de sırıtıyorduk. Bir sonraki caddeye geçerken adımlarımız birbiriyle uyumluydu.

"Hemen solumuzda Element Plak'ın ilk ofisi yer alıyor," dedi. Bir Çin restoranının yanındaki gri kapıyı gösterdi. "Fare problemini ve personelden kimsenin bir daha tavuklu erişte yiyemeyeceğini saymazsak, bu küçücük delikten bir sürü çok satan plak çıkardık."

Pencereden baktım ve Cade'in iş hayatına burada başladığını düşündüm. Şu anda çok nadir bulunacak bir ruhla birlikte olduğumun farkındaydım. Yaratıcı, belki dâhi ama alçakgönüllü. Çok yakınımda duruyordu ama ben yine de ona daha yakın olma arzusu taşıyordum.

"Şuradaki sokak lambasına bak," dedi. "Hani biraz yanıp sönüyor ya, o işte."

"Evet, gördüm," dedim. "İşte Pearl Jam grubu orada kuruldu."

Kafamı salladım. "Tam orada mı?"

"Tam orada," dedi. "Şöyle oldu: Eddie Vedder oradaki bardan çıktı. Çok sarhoştu. O lambanın altında şarkı söylemeye başladı. Gitarist Mike McCready onu duydu. Gerisi geldi."

Hava şu anda daha karanlıktı. Evsiz bir adam bize doğru yaklaşınca Cade'e iyice sokuldum. Kıyafetleri üstünden dökülüyordu. Sigara ve sidik kokuyordu.

Adam bana bakarak, "Biraz bozukluk," dedi. İçgüdüsel olarak kafamı salladım ve bir adım geriledim.

Cade, "Tabii, dostum," dedi ve cebine uzandı. Birkaç dolar ve biraz bozukluk çıkardı. "Al bakalım, dostum."

Adam, "Çok teşekkürler," dedi. "Tanrı sizi korusun."

Cade, "Kendine iyi bak," dedi. Yürümeye devam ettik.

Bir dakika sonra, "Orada yaptığın şey çok güzeldi," dedim.

"Ne, evsiz bir adama bozuk para vermek mi?"

"Evet," dedim. "Çoğu insan yapmıyor."

"Eh, daha çok insanın yapması lazım."

Başımla onayladım. "Ama çoğu paraları uyuşturucuya harcamıyor mu?"

"Olabilir," dedi. "Ama onlar da bizim gibi insan. Sebep ne olursa olsun, hayatları planladıkları gibi gitmemiş. Belki kendileri yanlış bir şey yaptıkları için. Belki de bir başkası bir hata yaptığı için. Kim bilir? Ben evsizlerin bireysel bir sorundan ziyade toplumsal bir sorun olduğunu düşünüyorum. Bu insanlar dünyamızın bir parçası." Omuz silkti. "Daha çok insan yardım etmeli. Ben yardım etmeyi seçiyorum."

"Bu hoşuma gitti," dedim.

Birkaç sokak boyunca sessizce yürüdük. Uzun süredir kendimi amaçsızca uçan bir balon gibi yitik hissediyordum. Sonra bu adam geldi, beni aşağı çekti ve ipi bileğine bağladı. Bu çok tuhaf ama bir yandan doğru hissettiriyordu.

Güzel görünüşlü tuğla bir binayı gösterdi ve, "Element Plak'ın ofisi burası," dedi. "James ve ben binayı satın aldık. En üst kata bir bilardo masası koydum."

"Eğlenceye öncelik veren bir patron," dedim. "Bunu sevdim."

Birden durdu. Ağır ağır gülümseyerek, "Bu gece saat kaçta kabağa dönüşeceksin?" diye sordu.

Saatime baktım. Daha ona gelmemişti. "Sanırım biraz daha kalabilirim."

"Güzel," dedi. "Bence bir içki daha içmeliyiz." Bir an durdu. "Dairem biraz ileride."

Tereddüt ederek, "Bilemiyorum ki," dedim. İlk randevuda adamın evine gidilir miydi? Bence gidilmezdi.

"Sadece bir içki," dedi. "Hile yok."

Biraz durduktan sonra "Tamam," dedim. "Bir içki daha."

Sarmaşıklarla kaplı tuğla bir binaya doğru yürüdük. Kaldırımın hemen kenarındaki bir kapının önünde durduk. Cade kapıyı açtı. Peşinden içeri girdim.

"Evim evim güzel evim," dedi. Sehpanın üzerindeki pikabın yanına gitti. "The Breeders grubunu bilir misin?"

"Hayır," dedim.

Başını salladı. Bir plak çıkardı, pikaba büyük bir dikkatle yerleştirdi. Tekrar bana baktı. "Bu grubu seveceksin."

Duvara yaslandım ve şarkıyı dinledim. Hoparlörlerden akılda kalan bir bas ezgisi duyuldu.

"Kim, Pixies grubundaydı," dedi. "Bunun aslında bir deneme, yan proje olması gerekiyordu. Ama en sonunda rock müziğindeki en ham ve öngörülmesi mümkün olmayan müziklerden biri ortaya çıktı. En azından benim bakış açıma göre."

"Hoşuma gitti," dedim.

Gülümsedi. "Seninle paylaşmak istediğim çok müzik var."

Sözcükleri midemde kelebeklerin uçuşmasına sebep olmuştu. O öğretmek istiyordu, ben de öğrenmek.

"Bunu duydun mu?" diye sordu. Elimi tuttu ve davulun ritmine göre sehpada ritim tutmaya başladı.

"Tam burası," dedi. Gözlerini kapattı ve ellerimizle ritim tutmaya devam etti.

"Evet," dedim. Ortam loş olduğu için çok memnundum. Yanaklarım kızarmıştı bile.

"Burada iyi bir davul çalışması var," dedi. Elimi bıraktı ve mutfağa gitti. "Sana bir içki hazırlayayım mı?"

"Olur," dedim.

"Votka soda mı?"

Başımla onayladım. Dairesini inceledim. Burası bir çatı katına benziyordu; tuğla bir duvar ve yukarıdaki yatak odasına giden şu değişik, demir ve sarmal merdivenlerden vardı.

"Off," dedi. "Votkam bitmiş. Markete kadar birlikte yürüyelim mi?"

"Olur," dedim. Anahtarlarını aldı.

Ben yürümeye başladım. O da kapıyı kilitledi.

"Hemen köşede," dedi. "Hâlâ açıktır sanırım."

Başımı salladım. Cade'in evinin yanındaki binaya baktım. İnşaat halindeydi. Çevresinde, kaldırıma kadar uzanan bir yapı iskelesi vardı.

"Burası yeni evsiz barınağının inşaatı mı?" diye sordum. Haber odasında muhabirler arasında konuşulan şeyleri anımsadım. Bir sivil toplum örgütünün yeni barınak inşası için yaptığı cömert bağış, buraya yüksek apartmanlar dikmek isteyen müteahhitler tarafından değersiz bulunmuştu.

Cade, "Evet," dedi.

"Bu konuda ne düşünüyorsun?"

"Hangi konuda ne düşünüyorum?" Kafasını salladı.

"Bu proje oldukça tartışmalı," dedim.

"İhtiyaç sahiplerine yardım etmekte tartışmalı olan ne var?"

Gülümseyerek, "Hiçbir şey," dedim.

"Doğruyu söylemek gerekirse, bir sürü insan ve onların şımarık köpekleriyle dolu aşırı pahalı bir binadansa barınağın daha iyi bir komşu olacağını düşünüyorum," diye devam etti.

Güldüm. "İyi bir noktaya parmak bastın."

"Bir düşünsene," dedi. "Önce ilk apartman dikilir, sonra restoran zincirleri gelir. Sen ne olduğunu bile anlamadan caddedeki en sevdiğin kafe bir Gap mağazasına dönüşür." Bir an durdu ve sokak lambasının altında bakışlarımla buluştu. "Burnun kanıyor," dedi. Kazağının kolunu nazik bir şekilde burnuma tuttu ve yavaşça akan kanı sildi.

"Bir şey mi oldu?"

Kafamı salladım. "Bir şey yok, sık sık olur böyle."

Markette ihtiyacımız olan şeyi bulduktan sonra apartmana döndük. Cade bize içki hazırladı. İkimiz de kanepeye çöktük. Başımı omzuna koydum ve ona doğru sokuldum. Gözkapaklarım ağırlaştı ve düştüklerinde onları açık tutmaya çalışmadım.

İki saat sonra gözlerimi açtım ve telaşla doğruldum. "Saat kaç?"

Cade hâlâ uyanıktı. "Neredeyse ikiye geldi. Seni uyandırmaya kıyamadım. Çok huzurlu görünüyordun."

Gülümsedim. "Gitsem iyi olur."

"Biliyorum," dedi. "Sana bir taksi çağırayım."

O taksi çağırırken ben de hırkamın düğmelerini ilikledim. Bir an keşke kalabilsem diye düşündüm. Bu gece ve ertesi gece. Ve ondan sonraki gece. Daima.

Cade beni sokağa kadar götürdü. Bana sarıldı. Uzun bir an boyunca böyle kaldıktan sonra dudakları dudaklarımı buldu. Öpüştük. Taksi bize doğru yaklaşıyor, beni alabilmek için U dönüşü yapıyordu.

Tracy'nin verdiği bozuk parayı hatırladım. Cade'e el sallamadan önce cebime uzandım ve bozukluğu, kaldırımda köpeğinin yanında oturan evsiz adamın şapkasına attım.

7. Bölüm

13 Kasım 2008

Telefonumu çıkarıp telaşla James'in numarasını bulmaya çalışırken kalbim gümbür gümbür atıyordu. Keatley. James Keatley. Element Plak kapılarını kapatalı uzun zaman olmuştu ama James'in bir teknoloji şirketi açtığından haberim vardı. O ve ortakları milyonlar kazanmışlardı. En azından altı yıl önce denk geldiğim *The Wall Street Journal* haberi böyle söylüyordu. O zamanlar onu arayıp tebrik etmiştim. Sıradan bir şekilde Cade'in neler yaptığından haberi olup olmadığını sormuştum ama o da geçmişteki herkes gibi eski arkadaşının izini kaybettiğini söylemişti.

İşte o zamanlar hayatın bu kadar çabuk değişmesi beni şaşırtmıştı. James plak şirketini kapatmıştı, kız arkadaşı Alexis'le evlenmişti ve birkaç çocuğu olmuştu. Bir sayfa kapanmış, diğeri açılmıştı. İzini kaybettiren, yabancılaşmış bir arkadaşı merak etme fırsatı bulamayacak kadar dolu bir yaşamı vardı. Ama şimdi? Parmaklarım telefonumun rehberinde adını bulmaya çalışıyordu. Ona Cade'in Seattle'da olduğunu, belki de bunca zaman burnumuzun dibinde yaşadığını söylemem gerekiyordu.

Rehberdeki bilgilerine ulaşarak, "İşte," dedim. *James Keatley.* Arama tuşuna bastım.

Telefonun karşı tarafındaki erkek resepsiyon görevlisi, "Keatley, Brown ve Sloane," dedi.

"Evet, James Keatley'yle görüşmek için aramıştım," dedim. "Çok önemli bir konu."

"Kim arıyor diyeyim?"

"Kailey Crane."

Kısa bir duraksamadan sonra, "Kusura bakmayın," dedi. "Bay Keatley meşgul."

"Bakın, anlamıyorsunuz. Lütfen *Bay Keatley*'ye bunun acil bir durum olduğunu söyleyin. Onunla hemen konuşmam gerekiyor. Ya telefonda ya yüz yüze. Ofisiniz Westlake Center'a uzak değil, değil mi? Ben gelirim."

"Ne yazık ki bu mümkün değil," diye cevap verdi. "Bütün gün toplantıda olacak. Aradığınızı ona ileteceğim."

Telefonu kapattım ve hemen bir taksiye atladım. Sürücüye, "Dördüncü Cadde ve Pike Sokak üstündeki binaya, lütfen," dedim.

Ağır kapıyı açmaya çalışırken bir esinti saçlarımı gözlerime savurdu. Güvenlik bölümünde kimsenin olmamasına sevinmiştim. Asansöre yürüdüm ve yedinci kata çıktım. James'in ofisi koridorun sonundaydı. Kapısında, üstünde ismi yazan altın bir plaka vardı.

Resepsiyondan arka taraftaki bölmelere bakarak, "James'i görmeye geldim," dedim.

"Bir dakika, siz..." Resepsiyondaki adam kekelemeye başladı. Üstünde bir takım elbise, kobalt mavisi bir kravat ve görüşü düzelsin diye değil de tarz olsun diye takılmış koyu renk çerçeveli gözlükler vardı.

James'in ofisini buldum, kapıyı çalmadan içeri girdim.

James, kafasını kaldırarak, "Kailey?" dedi. Konuşması aynı hatırladığım gibiydi. Aceleci, kesik kesik, hafif bir spor muhabiri neşesiyle. "Neler oluyor?"

"Selam," dedim. Şakaklarında beyazlar vardı. Düşündüğümden daha çok yaşlanmıştı.

"Uzun zaman oldu," dedi. Ayağa kalktı ve etrafta Pitbull yavrusu gibi dolaşan resepsiyon görevlisini gönderdi. James'in elleri bir tuhaf görünüyordu. Sanki ellerini nereye koyacağını bilemiyor gibiydi.

Ofisi, Ryan'ın incelediği *Dwell* dergisinin son sayısından fırlamış gibiydi. Demir ve eskitilmiş ahşaptan yapılmış bir masa ve dönen koltuk vardı. Duvardaki, hepsi siyah çerçeveli fotoğraflara baktım: bebekler, kumsalda, belki de Hawaii'de palmiye ağaçlarının önünde yalınayak poz veren büyük bir aile, James'in Element Plak'taki grup üyeleriyle konserlerde çekilen fotoğrafları, *Stella May* adlı yatta çekilmiş bir fotoğrafı. Cade'le ilgili hiçbir şey yoktu.

"Güzel görünüyorsun, Kailey, yıllar sana..."

Sıradan sohbetlerle ilgilenmeyerek, "Onu buldum," dedim. Şimdi sohbet zamanı değildi.

"Ne yaptın?"

"Cade'i buldum."

"Buldum derken ne demek istiyorsun?"

"Burada, Seattle'da," dedim. "Hemen burnumuzun dibinde."

"Kaybolduğundan haberim yoktu," dedi. Gergin bir gülümsemeyle kafasını salladı.

Oturdum. "İlk başta ben de bilmiyordum. Ama beni terk ettiğinde, bir daha geri dönmediğinde, bir yanım bir şeyler olduğundan endişelendi. Sanırım bundan her zaman korktum. Ve James, bir şeyler gerçekten *olmuş*. Cade sokaklarda yaşıyor. Evsiz."

"Evsiz mi?"

Başımla onayladım. "Onu dün gece Le Marche'ın önünde gördüm. O kadar şaşırdım ki ne yapacağımı bilemedim ama bu sabah gidip onu bulmaya karar verdim. Buldum da. Onu Westlake Center'da gördüm. James, çok kötü görünüyordu. Üstünde eski püskü şeyler vardı. Beni tanımadı bile." Soluk verdim. "*Kendini* tanıdığından bile emin değilim."

James ellerini kavuşturdu.

"O olduğundan emin misin?"

"Kesinlikle eminim."

"Belki de Cade'e benzeyen biridir."

"Hayır," dedim. Tişörtümün kolunu sıyırarak dövmeyi gösterdim. "Evsizler barınağındaki bir adam bu dövmeyi tanıdı. O adam Cade, James. Gerçekten o."

Arkamdaki kapının açıldığını duydum ve döndüm.

"A, selam, tatlım."

Gelen Alexis'ti. Kucağında bir bebek vardı. Onun dışında aynı hatırladığım gibiydi; koyu renk kıvırcık saçlı, hafif kıvrımlı ve James'e âşık. Hiçbir zaman yakın olmamamıza rağmen, bana her zaman nazik davranmıştı. Cade ortadan kaybolduktan sonra pek çok kez bana ulaşıp nasıl olduğumu sormuş, beni yemeğe ya da kahve içmeye davet etmişti. Bunları takdir etsem de geçmişten bahsedemeyecek kadar hassastım. Zaten sonra da New York'a taşınmıştım.

"Merhaba, Alexis," dedim.

"Kailey!" diye çığlık attı. Hemen yanıma geldi, eğildi ve bana tek koluyla sarıldı. Alexis, kucağındaki sarı saçlı bebeği daha yukarı kaldırınca çocuk gülümsedi. "Çok uzun zaman oldu. Harika görünüyorsun!"

Gözlerinin altındaki halkaları fark etmeme rağmen, "Sen de harika görünüyorsun," dedim. Yaşlandığı belli oluyordu ya da belki anne olmanın getirdiği stresten kaynaklanıyordu bunlar.

"Lex, Kailey, Cade'i gördüğünü düşündüğü için gelmiş," dedi James. Bir kaşını kaldırmıştı.

Alexis, "Ciddi misiniz?" dedi. "Cade geri mi döndü? Bu harika." Önce kocasına, sonra bana baktı. "Nasıl peki, iyi mi?"

"Pek iyi değil," dedim. "Ben de James'e Cade'in sokaklarda yaşadığını söylüyordum. Başına bir şey gelmiş."

Alexis şoke olmuş bir halde, "Bu çok kötü," dedi. "James, ona yardım etmek için yapabileceğimiz bir şey var mı?"

Alexis'in doksanlı yıllarda James'i bir yavru köpek gibi takip ettiği zamanları hatırladım. Herkes Alexis'in sık sık James'te kaldığını bilse de James onu kız arkadaşı olarak kabul etmezdi. Kollarındaki küçük bebeği hafifçe sallayışını izledim. Belli ki istediğini almıştı.

Alexis, "Bir şeyler yapmamız gerekiyor," dedi. "Bunca yıl, bu şehirden gittiğini ve başka bir yerde yeni bir hayat kurduğunu sanmıştım. Her zaman Fransa'dan bahsederdi, hatırlıyor musun, Kailey?"

Gözlerimi sımsıkı kapattım ve tekrar açtım. İkimiz Fransa'dan bahsederdik, özellikle de çocukken büyükannemlerle gittiğim Breton'daki o küçük kasabadan. Şans eseri aynı yaz Cade de teyzesiyle o kasabaya gitmişti. Trende birbirimizi görmüş olabileceğimizden bahseder ve gülerdik. Cade ortadan kaybolduktan sonra Fransa'ya taşınmış olabileceği geçmişti aklımdan. Ve tam da bu fikir, kalbime şok dalgaları göndermişti.

James sandalyesinde pencereye doğru döndü. Hayatın bu kadar değiştiğini görmek ne garipti. Bir zamanların Vans ayakkabı ve kot pantolon giyen plak şirketi yöneticisi, şimdi sıradan biriydi, sıkıcı bir binada, döner koltukta oturan bir işinsanıydı.

Pencereden dışarı, Seattle'ın gri güzelliğine bakarak, "Cade oralarda bir yerlerde," dedim.

"Tam şu anda."

Bir dakika sonra sandalyesinde döndü ve hastasına teşhis koymuş bir doktor gibi başını salladı. "Yapılacak bir şey var mı bilmiyorum," dedi. "Sokaklarda yaşamak istiyorsa bu onun kendi kararı."

Kafamı salladım. "James, kimsenin sokaklarda yaşamayı seçeceğini sanmıyorum. Onun başına bir şey geldi, biliyorum. Cade iyi değil. Yardıma ihtiyacı var."

Kafasını salladı. "Kailey, ben Cade'e çok yardım ettim. Sen hatırlıyorsun olanları. Durum ne kadar kötüydü, hatırlıyorsun."

Hatırlamak istemiyordum ama hatırlıyordum. James'in yaptığı suçlamalar. Her şeyin kontrolden çıkışı. Ben Cade'i desteklemiştim. Ta ki... artık yapamayacak duruma gelene kadar. Ondan sonra bile her şeyi yanlış anlayıp anlamadığımı merak etmiştim. Durumu yanlış yorumlayıp yorumlamadığımı. Bir saat daha kalsam, bir konuşma daha yapsam hayat benim için, Cade için, hepimiz için daha farklı olur muydu, merak etmiştim.

"Ona yardım etmek artık benim görevim değil," dedi.

Alexis kocasına yaklaştı. "Ama James..."

James, karısını duymazdan gelerek, "Ben hayatıma devam ettim," dedi. "Yönetmem gereken bir şirketim ve..."

karısını gösterdi, "düşünmem gereken bir ailem var. Ya uyuşturucu kullanıyorsa?"

"Cade öyle şeylere dokunmazdı bile," dedim.

James gözlerini kıstı. "Onun bizden sakladığı çok şey vardı," dedi. "Sanırım bunu ikimiz de biliyoruz." Kafasını salladı.

James'in gözlerine baktım. Bir zamanlar Cade'e duyduğu sevgi, bağ ve sadakatten eser yoktu. Bunca zaman sonra tükenmiş, bitmiş miydi? Yoksa hiçbir zaman var olmamış mıydı? "Ama James," dedim. Neredeyse yalvarıyordum. "O senin en yakın arkadaşındı."

James ayağa kalktı.

"Çocukken," dedi. Altın kol düğmeleri olan Oxford gömleğinin yakasını düzeltti. "Ama ben bir noktada büyüdüm. O belli ki daha büyümemiş."

Ben kapıya dönerken Alexis bana halimi anlar gibi baktı. James bebeği karısından aldı.

Çocuğun alnından öptü ve, "Kusura bakma, Kailey," dedi. "Ona benden bahsetmezsen daha iyi olur. Hayatımın o sayfası kapandı. Para istemek için filan buraya gelmesini istemiyorum."

"Tamam," dedim ve kapıdan çıktım.

Asansörde indiğim her katla birlikte kalbim daha derine gömülüyordu.

Cade'in kurtarılması gerekiyorsa da bunu yalnız yapmak zorunda kalacaktım.

Westlake Center'a döndüm ve bir banka oturdum. Uyuşmuş bir şekilde, gelen geçeni izledim. Elinde sarı balon olan bir çocuk annesinin birkaç adım arkasından yürüyordu. Kır saçlı yaşlı bir çift tuğla kaldırımlarda el ele ağır ağır yürüyordu.

Ryan iki kez aradı ama telefona cevap veremedim. Onun yerine büyükannemi aradım. Büyükannem, büyükbabamla Seattle'a geldiklerinde Cade'le tanışmıştı. İkisi de Cade'i sevmişti. Cade de onları sevmişti. İlk tanıştıkları gece büyükannem, "Bununla evlen," demişti. Büyükbabam bir sonraki yıl kalp krizi geçirmeden önce burayı son bir kez gördüğü için mutluydum. Cade'le tanıştığı için de.

Büyükannem, "Tatlım, seni özledim," dedi. Büyükannem bana her zaman genç görünürdü. Hatta ben küçükken onun geç çocuk sahibi olmuş bir anne olduğunu düşünürlerdi. Onu benim büyükannem olarak görmezlerdi pek. Ama şimdi sesi zayıf ve yorgun geliyordu. Bu beni endişelendiriyordu.

Gözyaşlarımı engelleyemeyerek, "Büyükanne," dedim.

Yumuşak bir sesle, "Ne oldu canım?" diye sordu. Bir kez daha on bir yaşıma dönmüştüm. Iowa'da annemin büyüdüğü odada, her köşesinde yumuşak beyaz iplikler olan pamuklu örtünün üstünde yüzüstü yatıyordum sanki. Büyükannem hafifçe sırtıma vuruyordu. Gözyaşlarım çilli yanaklarımdan ağzımın köşelerine doğru akarken tuzlu tatlarını alabiliyordum.

"Konu Cade," dedim.

"Eski erkek arkadaşın mı? Ben sandım ki..."

"Ortadan kaybolduğunu mu sandın? Ülkeyi terk ettiğini? Ben de öyle sanmıştım. Ama o burada, büyükanne. Seattle'da. Üstelik evsiz. Onu dün de bugün de gördüm. Sakallı ve çok zayıflamış."

"Ah, canım," dedi.

"En yakın arkadaşı ona yardım etmiyor," dedim. "Onu görmeye gittim." Gözyaşlarımı sildim. "Büyükanne, ne yapmam gerekiyor? Kısa bir süre sonra evleneceğim. Bununla nasıl başa çıkacağım?"

Bir an sessiz kaldı. Konuyla ilgili bilgi almaya çalışırken, akıllıca bir şeyler söylemek üzereyken sessiz kalırdı.

"Beni tanımadı," dedim. "Kendinde değildi. Başına bir şey geldi sanırım. Kötü bir şey. Biliyorum."

"Ama oralarda bir yerlerde," dedi. "Erkeğin oralarda bir yerlerde."

Kafamı salladım. Hafızasının zayıfladığını biliyordum. Belki de bir anlığına Ryan'la nişanlı olduğumu unutmuş olabilirdi. "Büyükanne, o artık benim erkeğim değil. *Ryan* benim erkeğim. Ryan'la evleniyorum. Cade çok uzun zaman önce gitti. Nedenini de hiç öğrenemedim. Onun için yas tuttum. Hayatıma devam etmek zorunda kaldım ve devam ettim. En sonunda başardım."

Büyükannem benden kilometrelerce ötedeydi ama zihnimde yüzünü görebiliyordum: yumuşak, hafifçe pudralanmış bir yüz, mavi gözler ve gül sabunu kokan bir ten.

Büyükannem sessiz kaldı. Sanki ona söylediğim şeyleri düşünüyordu. Bağlandığım adamı, geçmişe giden kapıların kapandığı, her şeyin daha kolay olduğu zamanları anımsıyordu.

"Ne yapacağımı bilemiyorum."

Büyükannem, "Evet, biliyorsun, canım," dedi.

"Nasıl yani?"

"Ne olduysa ve ne olursa olsun, tek bir şey değişmeyecek."

"Ne?"

"Cade senin hayatını kurtardı," dedi.

"Evet," dedim. Sözcükleri kalbimi sızlatmış, bir akupunktur iğnesi gibi hem canımı yakmış hem de kendimi iyi hissettirmişti. "Şimdi sıra sende, sen de onun hayatını kurtaracaksın."

8. Bölüm

21 Haziran 1996

Cade, dairemin kapısında durup, "Bunlar senin," dedi.

Pike Place Pazarı'ndan aldığı büyük çiçek buketini elinden alarak, "Çok güzeller," dedim. Buket, beyaz bir kâğıda sarılmış lale, ortanca ve şebboylardan oluşuyordu. Burnumu lavanta rengi şebboylara dayadım. Bunlar bana evimi anımsatmıştı. Büyükannemin en sevdiği çiçekti. Bahçesi, bunların beyaz ve pembeleriyle doluydu. Sıcak yaz sabahlarında bu çiçeklerin yumuşak kokuları yatak odamın penceresine kadar gelirdi.

Cade, çevresine bakınarak, "Güzel bir ev," dedi.

"Çok fazla bir şey değil," dedim. "Ama çok güzel bir manzarası var, ayrıca Tracy süper bir ev arkadaşıdır. İkimiz de birbirimizin ne zaman yalnız kalmaya ihtiyacı olduğunu anlama gibi bir yeteneğe sahibiz. O bu gece erkek arkadaşının evinde." Gülümsedim. "Aç mısın?"

"Açlıktan ölüyorum," dedi.

Saate bakarak, "Güzel," dedim. "Yemek sekiz sularında hazır olur. Sorun olmaz umarım."

Sırıttı.

"Ne oldu?"

"Konuşma şeklini seviyorum."

"Konuşma şeklimi mi?"

Gülümsemesi genişledi. "Sekiz sularında. Kimse böyle kelimeler kullanmıyor."

Sırıtarak, "Haa," dedim. "Eh, insanı büyükannesi ve büyükbabası büyütünce kullanıyor işte. Akşam yemeği 'şölen', koltuk 'divan'." Kendi kendime güldüm. "Daha da sayabilirim."

Cade, "Çok tatlı," dedi.

Fırının kapağını açarak, "Altıncı sınıfta, oyun oynarken 'aman, zırva' dediğinde ve okuldaki herkes seninle bütün sene bu yüzden dalga geçtiğinde, o kadar tatlı olmuyor," dedim.

Bunu komik bulmuş gibiydi. "Aman, zırva mı?"

"Evet."

Ceketini çıkardı ve kapının oradaki askıya astı. "Sen ve erkek kardeşin yakın mıydınız?"

"Evet," dedim. "Her zaman yakın olmuşuzdur."

"O nasıl biri?"

Cade bir sandalye çekip oturdu. Ben de dolaptan birkaç reyhan yaprağı aldım. "Sanırım benim erkek versiyonum diyebiliriz."

"O da Seattle'da mı yaşıyor?"

"Hayır, Iowa'da üniversitede okuyor ama mezun olduktan sonra bu tarafa taşınmayı planlıyor."

"Biliyor musun, çok şanslısın," dedi.

"Neden?"

"Birbirinize sahipsiniz de ondan."

Başımı salladım.

"Benim hiç öyle bir şansım olmadı," dedi. "Her zaman bir erkek kardeşim, hatta çevremde dolaşıp beni kızdıracak bir kız kardeşim olsun istemişimdir." Omuz silkti. "Neyse, James benim kardeşim sayılır."

Şarap koymayı unuttuğumu fark ettim. Bir şişe Bordeaux şarabı çıkardım. "Bu şarap iyi mi, değil mi bilmiyorum. Hediye olarak gelmişti," dedim.

Etikete baktı. "Sanırım öğreneceğiz."

Bir tirbuşon buldum ve şişeye dikkatlice sokmak için elimden geleni yaptım. Ama yukarı doğru çektiğimde tıpa çatladı ve kırıldı. Bir adım geri çekilerek, "Off," dedim. "Sanırım berbat ettim."

"Ben hallederim," dedi. "Kürdanın var mı?"

"Kürdan mı?"

"Evet," dedi. "Teyzem mantar tıpa sorunlarını çözme hilesini öğretmişti bana."

Gülümsedim. Çekmeceyi açtım ve geçen ay Tracy'nin bir parti için fiyaskoyla sonuçlanan mini köfte yapma çabalarından kalma bir kutu kürdanı buldum. Kutuyu Cade'e uzattım.

"Süper," dedi ve işe koyuldu. "Bak şimdi şöyle yapıyorsun: Tıpa hâlâ içindeyken kürdanı kırk beş derecelik bir açıyla batırıyorsun." Elleri ustalıkla hareket ediyordu. "Sonra dikkatli bir şekilde çekiyorsun." Mucizevî bir şekilde sağlam olan tıpayı şişeden çıkardı. "İşte oldu."

Gülümseyerek, "Süper," dedim. İki kadehe şarap doldurdum ve birini ona uzattım.

Kadehi kulağına götürdü. "Bu güzel bir şarap."

"Şarabı dinliyor musun?" diye sordum. Kafam karışmıştı.

"Evet," dedi. "Ben şaraptan anlamam. Ama bu sektörde çalışan arkadaşlarımdan biri, iyi bir şarabın, özellikle de Fransız kırmızı şarabının, kadehe koyulduktan sonra bir süre çıtır çıtır ses çıkardığını söylemişti."

Kadehi kulağıma götürdüm ve gülümsedim. "Evet, gerçekten de çıtırtılar duyuyorum," dedim. "Hayatımda hiç böyle bir şey duymamıştım."

"O piti piti, Grenache üzümü şarabı."

"Komik adamsın, biliyor musun?"

Göz kırptı. "Sen bana takıl, gülmekten ölürsün."

Sırıttım ve dolaptan iki yemek tabağı çıkardım. Bir yanım, *Bu adam kim, daha da önemlisi kim olduğunu sanıyor?* diye düşünüyordu. Diğer yanımsa, *Ömür boyu neredeydi, niye karşıma çıkmadı?* diye merak ediyordu.

Cade şarabından bir yudum aldı ve pencereye doğru yürüdü.

"Feribotları izlemekten hiç bıkmıyorum," dedim. "Her birinin kendi kişilikleri var."

Bana döndü ve sırıttı. "Hadi ya?"

"Evet," dedim ve ağır ağır ilerleyen feribotu gösterdim. "Bu Bertha," dedim. "Çok otoriterdir."

Kıkırdadı. "Öyle mi?"

Uzaktaki diğer feribotu seçmeye çalışarak gözlerimi kıstım. "Maeve tatlıdır," dedim. "Eleanor da şımarık."

Cade beni yakından izleyerek, "Sen de komiksin," dedi.

Gülümsedim. "Puget Boğazı'nı seviyorum. Tuzlu suyu, martıları, adaları."

Cade, "Ben de," dedi. "Yakınlarda tuzlu su olmadan mutlu olabilir miyim bilmiyorum."

"Ben de," dedim.

"Bir ara adaya gidelim."

"Gitmek istiyor musun?"

"Tabii ki," dedi. "Bir günü buna ayıralım. Feribot, kumsal, akşam yemeği."

"Tamam," dedim. Birer kadeh daha şarap koydum. Radyoyu açtım. Bilmediğim bir grup çalıyordu.

Cade gözlerini devirdi. "Soulstreet Pickups grubu," dedi. "İki yıl önce anlaşma imzaladık ama onlarla çalışmak çok zor oldu." Alnını ovuşturdu.

"Neden?"

"Tur otobüsleri yeterince büyük değildi, albüm kapaklarını binlerce kez tekrar çekmek zorunda kaldık. Üstelik solistleri gösteriden önce Fransa'dan özel gelen suyu olmadan sahneye çıkmayı reddediyordu."

Kafamı salladım. "Ciddi misin?"

Omuz silkti. "Gerçekten kötüydü. Sonra SNL'den* birinin bu grubun hayranı olduğunu öğrendik. Geçen seneki bahar programlarından birine çağrılmamıza milim kalmıştı ki solist SNL'den nefret ettiğini söyledi ve o şans uçup gitti."

Kollarımı kaldırdım. "SNL'den kim nefret eder ki?"

"Değil mi?"

"Herneyse, müzik dünyası egosu yüksek kişiliklerle dolu," dedi. "İşin bu kısmına çok da bayılmıyorum. Ben drama için değil, müzik için bu işin içindeyim." Şarabından büyük bir yudum aldı. "Çoğuyla James ilgileniyor. O bunların kendisini beni etkilediği gibi etkilemesine izin vermiyor."

"O zaman sen daha çok vizyon adamısın, o da faaliyet adamı, öyle mi?"

---

* Saturday Night Live, 1975'ten beri süren televizyon programı. (ç.n.)

"Evet, böyle söylenebilir," dedi. "Seni onunla tanıştırırım."

Gülümseyerek, "Güzel olur," dedim. Tam o sırada yangın alarmı çalmaya başladı.

Hemen fırına koştum. Kapağından duman sızıyordu. "Off, hayır!"

Cade uzandı ve yangın alarmını kapatmaya çalıştı ama birkaç denemeden sonra alarm hâlâ kulakları sağır eden bir sesle ötmeye devam ediyordu. "Off, bu buraya telle bağlı."

"Söküp atamaz mısın?" diye sordum. Fırın eldivenini aldım ve yanmış akşam yemeğimizi fırından çıkardım.

Gülerek, "Atayım mı?" diye sordu.

"Bu sesi susturmak için her şeyi yap," dedim. Dumanı dağıtmaya çalıştım. Sonra içeri temiz hava girsin diye pencereyi açtım.

"Peki," dedi. "Yapıyorum." Hafif bir çekişle alarmı duvardaki yerinden çıkardı. Tavandan kopmuş kablolar sarkıyordu. Birbirimize baktık ve güldük.

"Kusura bakma," dedim.

"Bir de kendine yemek yapma meraklısı diyorsun," diye şaka yaptı.

"Aslında bu yemeğin güzel olması gerekiyordu," dedim. "Fırında patlıcan."

Gözlerini kapattı ve elini dramatik bir şekilde kalbine koydu. "İhtimallerle işkence etme bana."

Yangın alarmı birden tezgâhın üstünde, durduğu yerde öttü.

Cade, "Bu şey öldü sanıyordum," dedi.

İkimiz de yangın alarmına sanki beyni olan bir şeymiş gibi bakmaya başladık.

"Pili bile yok," dedim.

Cade başını salladı. "Uzaylı filan sanırım."

Alarm tekrar öttü. İkimiz de güldük.

"İnsanlar bir uzvunu kaybettiğinde hâlâ acıyı hissedebiliyorlar ya, onun gibi bir şeydir belki."

Cade, "Hayali bir uzuv," dedi.

Başımı salladım. "Hayali bir ötüş."

Kıkırdadı. "Çok komiksin."

"Bu şeyden nasıl kurtulacağız?"

Çevresine bakındı. "Kanepenin altına koyabiliriz."

"Ya da koridora koyarız," dedim.

İkimiz de güldük. Akşam yemeğimize üzülmüştüm. Kafamı salladım. "Yemin ederim yemek yapmayı biliyorum."

Fırının üstünde duran tepsideki takır takır olmuş felaketi inceledi. Dalga geçerek, "Tabii ki biliyorsun," dedi. Sonra elimi tuttu. "Hadi gidip Tayland yemeği yiyelim."

Gülerek, "Tamam," dedim.

Üstüme bir kazak giydim ve çantamı aldım. Cade de montunu ve öten yangın alarmını aldı. "Sana uygun güzel bir ev var, küçük adam," dedi. "Ve o evin adı çöp kutusu."

Yirmi dakika sonra, iki sokak ilerideki Jai Thai'de köşedeki bir masaya oturmuş ve çatallarımızı yemeğe daldırmıştık.

Cade, "Ailen seni şimdiki halinde görse ne düşünürdü, merak ettin mi hiç?" diye sordu.

"Evet," dedim, asi erişteyi çatalıma üçüncü kez dolarken. "Sanırım benimle gurur duyup duymayacaklarını merak ediyorum."

"Ben de," dedi. "Neredeyse otuz yaşındayım ama bazen hâlâ anne babasının onayını bekleyen çocuklar gibi hissediyorum kendimi."

Omuz silkerek, "Sanırım hepimiz öyleyiz," dedim. "Zaten yetişkinlikte yaşadığın büyük aydınlanma bu değil mi?"

Başıyla onayladı. "Yetişkin olduğunda kendini hiç de yetişkin gibi hissetmiyor oluyorsun."

"Aynen öyle," dedim. "Ben bir gazetede yazılar yazdığıma hâlâ inanamıyorum mesela."

Sırıttı. "Piyano dersleri almayı reddeden ve basta birkaç notayı bile zor çalan bir çocuk nasıl olur da milyonlarca plak çıkarır?"

Kendimden emin bir şekilde, "Ailen seninle gurur duyuyordur," dedim. "Hem de çok."

Kafasını çevirdi. Bu yorumumun kalbine ulaşıp ulaşmadığını merak ettim. Bir an dudaklarını büzdü, sonra tekrar bana döndü. "Annenle baban nasıl tanışmış?"

"Big Sur'da," dedim.

"Big Sur'da mı?"

"Evet, ikisi de hippiymiş. Annem ve en yakın arkadaşı bir Volkswagen otobüsüyle yol alıyorlarmış. Babam ve arkadaşı da otostop çekiyormuş."

Gülümseyerek, "Hadi ya," dedi.

"Hemen samimi olmuşlar. Big Sur'da okyanusa bakan bir kamp alanında birlikte bir haftasonu geçirmişler. Bu bana her zaman büyülü gelmiştir. En azından büyükannemin bana anlattığı haliyle."

Cade, "Ben oraya hiç gitmedim," dedi.

"Ben de her zaman gitmek istemişimdir," dedim. "Annemlerin aşk hikâyesinin izini sürmek için." Bir an durdum ve büyükannemin annemlerin yaşamlarındaki bu büyülü zamanla ilgili anlattığı hikâyeleri anımsadım. Annem güzeldi, sarı saçları, hafif koyu teni ve deniz gözleri vardı. Babam her zaman yakışıklıydı ama özellikle de 1971 senesinde, güçlü kollarıyla, sıcak gülümsemesiyle ve atkuyruğu yaptığı saçlarıyla çok daha iyiydi. Annemi yaşama duyduğu tutkuyla, geleceğe yönelik hayalleriyle ve gitar yetenekleriyle büyülemişti (istek üstüne annemin en sevdiği Joan Baez şarkısını çalmıştı ve bütün sözleri doğru söylemişti). Biraz da özlem dolu bir sesle, "Onlar ruh ikiziydi," dedim. "Tabii böyle şeylere inanıyorsan."

Cade omuz silkti. "İnanıyor muyum bilmiyorum," dedi. "Aslında, her insanın kendini tamamlayan tek bir gerçek aşkı olduğuna inanmak *istiyorum.*" Kafasını salladı. "Ama gerçekten öyle mi?"

Ona cevap vermeden, "Daha önce hiç kalbin kırıldı mı?" diye sordum.

Kısaca, "Evet," dedi.

Detayları öğrenmek için baskı yapmadım ama kalbini kıran kızı merak etmiştim. Güzel miydi? Müzisyen miydi? Hâlâ hayatında olan biri miydi? Bir üniversite aşkı için kabul edeceğimden de uzun süre yas tutmuştum ama kalbim gerçek anlamda kırılmış mıydı bilmiyordum. Canım yanmıştı, evet. Ama kalbim kırılmamıştı.

Bir garson su bardaklarımızı doldururken Cade, "Kolyende ne var?" diye sordu.

Elimi hemen boynuma götürdüm ve yıllardır taktığım madalyona baktım. Madalyonu nadiren açardım. Ve doğrusu, en son ne zaman açtığımı hatırlamıyordum bile. Ama nedense şu anda madalyonu açmak çok doğal geliyordu. Kopçaya bastırdım ve açtım. Hâlâ pürüzsüz olan küçük kabuk parçası avucuma düştü. Kabuğu Cade'e uzattım.

"Büyükbabam bu deniz kabuğunu savaş sırasında Breton'daki bir sahilde bulmuş," dedim. "Kırıldı ama ben şans getirsin diye bir parçasını hep yanımda taşıyorum."

Cade gözleri parlayarak, "Çok sevdim," dedi. "Ben Breton'a gittim."

"Gerçekten mi?"

Başıyla onayladı. "Babam ölmeden önce birlikte çıktığımız son geziydi. Annem her zaman Güney Fransa'yı görmek isterdi. Ama hiç gidemedi. Bu yüzden babam annemin hatırına beni oraya götürmek istedi. Parası yetmiyordu ama her şeyi kredi kartıyla ödedi ve Fransa'ya gittik. Beş yaşında filandım. Her şeyi çok net hatırlamıyorum. Tren yolculuğu, oyuncak ayımın yanımdaki koltukta durması, çikolatalı kruvasanlar gibi detayları hatırlıyorum." Uzun bir süre durdu. "Babamı bir gün kumsalda ağlarken gördüğümü hatırlıyorum." İç geçirdi. "Bambaşka bir şeydi."

"Sonradan tekrar gittin mi?" dedim.

"Hayır," dedi. "O zamandan beri gitmedim. Ama istiyorum." Sırıttı. "Belki birlikte gideriz ve sana bu kabuktan bir tane daha buluruz."

Bütün vücudum sıcacık oldu.

"Şöyle yapalım," dedi. "Anıların hatırına oraya birlikte gideceğimize söz verelim." Koluma hafifçe dokundu. "Ne diyorsun?"

"Tamam diyorum."

9. Bölüm

13 Kasım 2008

Ryan'a, "Selam," dedim ve anahtarlarımı mutfak tezgâhının üstüne bıraktım.

"*Selam*," dedi ve eğilerek yanağıma bir öpücük kondurdu. "Günün nasıl geçti?"

"Güzel," dedim ama dikkatim dağınıktı.

"Trace'le eğlendiniz mi? Alışveriş yaptınız, değil mi?"

Gerçeği söylemekten kaçınarak, "Evet," dedim.

"Bir şeyler aldın mı?"

Eve eli boş geldiğimi yeni fark etmiştim. "Ha, yok ya. Bulamadım bir şey."

Uzun süre bana baktı. Bakışlarıyla buluşamadım. Aklımı okur gibi, "Tatlım, seni rahatsız eden bir şey mi var?" diye sordu.

"Hayır, yok," diye yalan söyledim.

"Trace'le kavga filan etmediniz, değil mi?"

"Hayır," dedim.

"Gerginsin," dedi. "Anlayabiliyorum. Yazıdan mı kaynaklanıyor? Röportaj yapmak istemeyen birileri mi var? Birkaç görüşme yaparak sana yardım..."

"Hayır, onunla alakası yok," dedim. "Her şey üst üste geldi, herhalde ondan."

Bana sokularak, "Tamam," dedi. "Neye ihtiyacın varsa söyle yapayım."

O yanağımdan hafifçe öperken ben de, "Harika birisin, biliyor musun?" dedim. Gerçekten öyleydi ve ben bu adamla bu yaz evlenecektim. Her açıdan mükemmeldi. Göğsümde suçluluk duygusunun kabardığını hissettim.

Barın yanındaki eski bir Converse kutusuna uzandı. "Önümüzdeki hafta annemler gelecek. Ben de misafir odasını düzelteyim dedim. Neyse, o sırada bunu buldum."

Aylar önce içindekileri ayırıp atmayı düşündüğüm kutuya uzandım ve yıllardır biriktirdiğim eski kartpostal ve mektupları inceledim. En altta yıllar önce kaybettiğimi sandığım siyah beyaz bir fotoğraf vardı. Fotoğrafı elime aldım ve tüylerim diken diken oldu.

Ryan, omzumun üstünden bakarak, "Vay," dedi. "Kameraları pek sevmediğini biliyorum ama keşke bende daha çok fotoğrafın olsaymış. Harika görünüyorsun. Bence bunu büyütüp çerçeveletelim. Hatta belki asarız..."

Fotoğrafı ters çevirerek, "Hayır," dedim. "Yapmasak daha iyi olur."

Ryan, "Yaa," dedi. Biraz kırılmış gibiydi. "Neden? Bu harika bir açıdan çekilmiş harika bir fotoğraf."

Gözlerimi kırpıştırdım. Feribotun kenarında duruşumu, yeşil tırabzana yaslanışımı, yanaklarıma vuran, saçlarımı oraya buraya dağıtan rüzgârı anımsadım. Yine de gülümsüyordum. Üşümüyordum. Rüzgâr beni rahatsız etmiyordu. Önümde Cade duruyordu ve fotoğraf makinesinin flaşı patlıyordu. Tekrar Ryan'a baktım. Yüzü beklentili, gözleri sevgi doluydu.

Bir tutam saçımı sol kulağımın arkasına attı. "Bu fotoğraf Seattle'da mı çekilmişti?"

Başımla onayladım.

"Hayatının New York'a taşınmadan önceki hayatına dair hiçbir şey anlatmıyorsun," dedi.

Abartılı bir omuz silkmeyle, "Sanki üstünden bir ömür geçmiş gibi," dedim.

Ryan, bakışlarını benimkilere kilitleyerek, "Kailey," dedi. "Buna inanmak istiyorum. Gerçekten. Ama bazen, böyle anlarda, kalbinin bir kısmına hâlâ erişemediğimi hissediyorum." Elimi sıktı. "O eski hayaletlerin seni hâlâ rahatsız etmediğini söyle bana. Çünkü ben..."

Hemen, "Etmiyorlar," dedim. "Tabii ki etmiyorlar."

"Tamam," dedi ve mutfağa döndü. Bulaşık makinesini açarak temiz bardakları pencerenin yanındaki üst dolaba yerleştirmeye başladı.

Üç yıl önce Ryan'la çıkmaya başladığımda Tracy, "Ryan nadir bulunan bir tür," demişti. "Erkekler denizinde bir anomali." Tracy haklıydı. Tanıdığım onca kadın içinde hiçbirinin kocası veya erkek arkadaşları ev işleri konusunda onlara yardımcı olmuyordu. Ama Ryan kıyafetlerimi ütülemek, yatağın çarşafını değiştirmek, çamaşırları katlamak ve bulaşıkları halletmek konusunda ısrar ediyordu.

"Önümüzdeki hafta annemler geldiğinde onları Fairmont Oteli'ne götürebilir ve düğünün olacağı salonu gösterebiliriz diye düşündüm."

Dalgın bir biçimde, "Tabii ki," dedim.

Ryan, "Annem çok sevinir," dedi. "Bana duvarların rengini sormuştu." Bilmiş bilmiş sırıttı. "Renklerle ilgilenmeyi ne kadar seviyor biliyorsun."

Zorla gülümsedim. "Eh, yapalım o zaman."

Bir yanım Ryan'ın sevgi dolu, çocuklarının hayatıyla ilgilenen ailesini kıskanıyordu. Ama sanırım bir yanım ailesi olan *herkesi* kıskanıyordu. Yine de müstakbel kayınvalidem ve kayınpederimle ilişkimin biraz zorlama olacağını hissediyordum. Babası John, boş zamanının neredeyse tamamını golf kulübünde geçiren bir bankerdi. Yeterince iyi bir insandı ama onunla gerçek anlamda iletişim kurmakta çok zorlanıyordum. Ryan'ın annesi Melinda da her zaman süslü, manikürlü bir kadındı. Programını dolduran öğle yemeği ve galalarda aşırı pahalı ve tek kullanımlık tasarımcı kıyafetleri giyerdi. Beklentileri yüksekti, çok yüksekti.

Bulaşık makinesinin kapağını kapatarak, "Ailem sana biraz fazla gelebilir," dedi. "Ama zaten sadece birkaç gün kalacaklar."

"Sorun değil," dedim.

"Biliyorsun, seni seviyorlar," dedi. "Her zaman bir kızları olsun istemişlerdi. Şimdi en iyisine sahip olacaklar."

Gülümsedim ve dolaptan bir tava aldım. "Aç mısın?"

Omuz silkti. "Çok değil. Sen?"

"Açlıktan ölmüyorum ama sen bir şeyler yesen iyi olur."

"Reddemeyeceğim," dedi. "Biliyorsun ki yaptığın her şeyi bayıla bayıla yiyorum."

Buzdolabını açıp bir şişe Tobasco sosu fark edince gülümseyerek, "Baharatlı olmadığı sürece," dedim. Normalde son dakika bir şeyler hazırlamaktan keyif alsam da bu akşam canım yemek pişirmek istemiyordu.

"Aslında çok yorgunum," dedim, "Dışarıdan bir şeyler söylesek nasıl olur?"

"Olur tabii," dedi. "Hint yemeği mi söyleyelim? Tayland mı? Ya da başka bir şey?"

Usulca, "Tayland harika olur," dedim.

Ryan başını salladı ve telefonu eline aldı. "Ben siparişi vereyim."

Mutfakta dikilirken yüreğim, geçmişim, Cade ve hatta Ryan için kabardı. Su bardaklarını dolapta ters bir şekilde kapatmasını, ben hiçbir zaman öyle hissetmesem de saçlarımı topladığımda bir tanrıçaya benzediğimi düşünmesini seviyordum. Sabahları ve geceleri beni öpmesini seviyordum. Onun beni sevmesini seviyordum.

İşte o zaman yangın alarmı çalmaya başladı. Hemen fırını kapattım. İki gece önceki yanık yağları temizlemeye niyetlendiğimi yeni hatırlamıştım.

Ryan ayağa kalktı. "Ben hallederim," dedi ve tavandaki yangın alarmına uzandı.

"İşte oldu," dedi.

Duman çıksın diye mutfak penceresini açtım. İşte o an, Elliot Körfezi'ne bakan o küçük apartman dairesine döndüm. Cade yanımda duruyordu. Akşam yemeğimizi yakmıştım ve ikimiz beyni varmış gibi görünen bir yangın alarmına gülüyorduk.

Ama Cade uzun süre önce gitmişti. Beni bırakmıştı ve ben nedenini bile bilmiyordum. Şimdi yanımda Ryan vardı. Ryan buradaydı, beni seviyordu.

Nişanlımı şiddetli bir şekilde kendime çektim. Geçen gece ve bugün yoğun geçmişti. Evet, Cade'e yardım etmek istiyordum, başına ne geldiğini bilmek istiyordum. Ama dünya dönüyordu. Sonuçta ben yoluma devam etmek zorunda kalmıştım. Ben artık Ryan'ındım, o da benimdi.

Kulağına, "Seni seviyorum," diye fısıldadım.

Beni öptü. O tanıdık açlığın vücudumu sardığını hissettim. Ellerimi göğsünde gezdirdim ve, "Beni yukarı çıkar," dedim. "Sana ihtiyacım var."

Beni kollarına aldı.

Ertesi sabah gözlerimi açtığımda Ryan giyinmişti. Yatakta yanımda oturuyordu. Geçen ay aldığım mavi kravatı takmıştı. Elini hafifçe omzumda gezdirerek, "Günaydın," dedi. Tüylerimin diken diken olduğunu hissettim ve onu kendime çektim.

"Yapamam," dedi. "Yoksa treni kaçıracağım."

"Doğru ya," dedim. Portland'a iş gezisine gitmesi gerektiğini unutmuştum.

"Sadece iki günlüğüne," dedi. "Perşembe günü evde olacağım."

Başımı salladım ve yorganı boynuma kadar çektim.

Dudaklarımdan hafifçe öperek, "Hoşçakal, bebeğim," dedi. "Bu gece seni otelden arayacağım." Valizini aldı. Ayak seslerinin merdivenlerden girişe doğru uzaklaşmasını dinledim. Giriş kapısını açtı ve kapattı. Kilidin yerine oturduğunu duydum. Bu ses her zaman güvende olduğumu, sevildiğimi, değer gördüğümü hissetmemi sağlardı.

Tavana baktım. Cade'in kirli ve sakallı yüzü gözümün önüne geldi. O çökük gözleri, çıkık elmacık kemikleri. Büyükannemin sesini duydum. Sözcükleri kulaklarımda çınlıyordu.

"Cade senin hayatını kurtardı. Şimdi sıra sende, sen de onun hayatını kurtaracaksın."

Sözcükleri kafamda döndü durdu. Telefonu aldım ve editörümü aradım.

"Jan, ben Kailey," dedim. "Bugün için izin almam lazım. Bir mesele var da." Derin bir nefes aldım. "Çözmem gereken bir mesele."

Hemen, "Tabii ki," dedi. Sonra sesi endişeyle doldu. "Hasta filan değilsin, değil mi?"

"Hayır," dedim. "Sadece... bugünün boş olmasına ihtiyacım var."

Arabamı Le Marche restoranının önüne park ettim ve kaldırıma çıktım. Saat daha on olmamıştı ve güneşin bulutların arasından belirmesi beni sevindirmişti. Bir gün önce yaptığım gibi kaldırımı ve ara sokağı inceledim. Cade ortalarda yoktu. Sonra küçük araştırmama başlamadan önce Starbucks'ta bir *americano* içmeye karar verdim.

Sıra uzundu, bar boyunca uzanıyordu. Önümde iki kadın vardı; patronlarına kahve alan yönetici asistanlarına benziyorlardı. İlk kadın parlak koyu renk saçlarını omzunun üstüne attı ve muzlu kekteki inanılmaz yüksek kalori hakkında bir yorumda bulundu. Arkadaşı ona cevap verdi ve birlikte güldüler.

Yirmili yaşlarda hayat daha kolaydı. Özellikle de konu aşk olduğunda. Biriyle tanışıyordun, sen *onları* seçiyordun, onlar seni seçiyordu. Birlikte dünyayı fethedebilirdiniz. Paris'e taşınabilirdiniz. Bir sürü çocuk sahibi olabilir veya çiftçilik yapabilirdiniz. Günlük tuttuğunuz zamanlarda yazdığınız her şeyi yapabilirdiniz. Hayaller, parlak, çarpıcı renklerde yaşanabilirdi. Hayat sizindi, ikinizindi. Her şeye birlikte göğüs gerip birlikte *yaşayabilirdiniz.* Hayatınızı birine bağlardınız ve gerisi önemini kaybederdi.

Ama bu iş yürümezse, tıpkı benim yirmili yaşlarımdaki aşkım gibi hikâye mutsuz sonla biterse kalbinizde bir şeyler değişiyordu. Günlük tutan, hayalleri olan kızdan, bir işi olan ve iş sonrası bir ya da üç kadeh şarap içen bir kadına dönüşüyordunuz. Otuz yaşındaydınız veya otuz beş. Gökkuşaklarından çok yağmur bulutlarının olduğu ve insanın kendisinden başka kimsesinin olmadığı artık açık ve netti. Hayaller ölmüştü. Günlüğünüzün anahtarını kaybetmiştiniz. Hatta günlüğünüzü yakmıştınız.

Sonra eski sevgilinizden neredeyse tamamen farklı biriyle tanışıyordunuz ve bu iş yürür mü diye merak ediyordunuz. Bir daha çok uzun zaman önce sevdiğiniz gibi sevebilir misiniz merak ediyordunuz. Emin değildiniz ama deniyordunuz. Denediğinizde, kendinizi isteksiz de olsa bir şeyler yapmaya zorladığınızda, uzun zamandır uyuyan kalbinizin kış uykusundan uyanan bir ayı gibi yavaş yavaş uyandığını fark ediyordunuz. Açtınız, huysuzdunuz, kafanız karışıktı, şaşkındınız. Kıvılcımı tekrar hissetmek sizi şaşırtmıştı. Yıllar önce yirmi beş yaşınızda ve coşkuluyken sevdiğiniz adamla olduğu kadar şiddetli yanmasa da artık daha istikrarlı bir şekilde yanıyordu bu ateş. Sizi sıcak tutuyordu. Sonra bir gün gökkuşaklarını yeniden fark ediyordunuz. İşteyken pencerenizin önünde bir gökkuşağı beliriyordu. Bir tanesi siz marketteyken ortaya çıkıyordu. Terasınızda bir kadeh şarap içerken iki gökkuşağı bütün gökyüzünüzü dolduruyordu. İşte siz o zaman kırık, bir sürü yükle ağırlaşmış kalbinizin yeniden denemeye hazır olduğunu hissediyordunuz ve yeniden deniyordunuz.

Gözyaşlarımı tuttum. Sıra bana gelmişti. Bir duble *americano* ve *on dört milyar* kalorili muzlu kekten sipariş ettim. Kaloriler şu an benim için hiçbir şey ifade etmiyordu. Ama içimde bir yerlerde, hâlâ o yirmi beş yaşındaki kızın olduğunu biliyordum. O kız, kalbimi uzun zamandır hiç yapmadığı şekilde sürüklüyordu. Bana, "Git bul onu," diyordu. "Oralarda bir yerlerde. Sana ihtiyacı var."

Derinlerde bir yerde, onun haklı olduğunu biliyordum.

Le Marche'ın tuğla dış cephesine yaslandım ve beklemeye başladım. Cade'den bir iz arıyordum. Evsiz bir adamı durdurdum ve ona 'Mitchell'ı tanıyıp tanımadığını sordum. Tanımıyordu. Ayaklarına naylon poşet bağlamış ve eşyalarını kırmızı bir alışveriş arabasına doldurmuş bir kadın da Cade'i tanımıyordu ama bana yiyecek alacak parasının olmadığını söyledi. Kadına yirmi dolar verdim.

Bekledim ve izledim. Kahvem bitince bardağı yakındaki bir çöp bidonuna attım ve dün Cade'in izini kaybettiğim Westlake Center'a yürüdüm.

Bir banka gittim ve bir güvercin sürüsünün ekmek kırıntıları için mücadele edişini izledim. Bir bebek, onları seyrederek neşe içinde çığlık atıyordu. Annesi çocuğa gururla bakıyordu. Köşede bir yerlerden bir saksafon sesi duyuluyordu. İlk başta şarkıyı tanıyamadım ama sonradan anladım. *A Kiss to Build A Dream On* şarkısıydı bu. Bu, büyükannemin sevdiği bir Neil Armstrong şarkısıydı. Ben de severdim.

Kalabalık, meydanın karşı tarafını görebilmeme yetecek kadar dağılmıştı. Palyaço burnu olan bir adam tenis toplarıyla oynarken çocuklar onu izliyordu. Genç bir çift bir banka oturmuş öpüşüyordu. Uzaklarda asker yeşilini görünce bakışlarım donup kaldı. Daha iyi görebilmek için ayağa kalktım. Bu gerçekten de asker yeşili ceket giyen bir adamdı. Marcy's dükkânının duvarına yaslanmıştı. Başı dönük olduğu için yüzünü göremiyordum ama kalp atışlarım hızlanmıştı.

Meydanı geçtim ve caddeye indim. Trafiği görmezden gelerek ilerledim. Bir taksi şoförü direksiyonu kırdı ve bana korna çaldı ama onu neredeyse hiç duymadım. Duyularım kör olmuştu. Tek yapabildiğim önümdeki kişiye odaklanmaktı. Kaldırımda duran, üstünde buruşuk bir askeri ceket olan adama. Görüş alanıma giren yüzü hüzünlüydü. Bu Cade'di.

Ona doğru ilerlerken gözlerime yaşlar doldu. Bir zamanlar olduğu gibi manyetik bir çekim vardı sanki. Bir bütünün iki parçası. En azından eskiden böyle hissederdim. Bacaklarım birden güçsüzleşti. Birkaç adım daha attım ve kendimi sakinleştirmeye çalıştım.

Titreyen bir sesle, "Cade," dedim.

Kafasını kaldırıp bakmadı. Tekrar denedim. Daha yüksek sesle, "Cade," dedim. "Ben... ben..."

Bakışları benimkilerle buluştu. Her yanım buz kesti. Zaman durmuştu sanki. Anılar ardı ardına geliyordu. Tanıştığımız gün, ilk öpüşmemiz, verdiğimiz sözler, geceyarısı yaptığımız şefkatli, huzurlu konuşmalar. Aşkımız.

Yumuşak bir sesle, "Merhaba," dedim. "Benim." Bir adım daha yaklaştım. Ağır ağır hareket etmem gerektiğini biliyordum. Zihinsel durumunu bilmiyordum. Ne düşüneceğini veya ne yapacağını bilemiyordum.

Bana boş boş baktı.

Tekrar, "Cade," dedim. "Cade, beni tanıyor musun? Ben, Kailey."

Bakışlarıyla beni inceliyordu.

Gözyaşlarımı tutmaya çalışarak başımı salladım. Ellerim titriyordu. "Yanına oturabilir miyim? Sadece birkaç dakikalığına?"

Sessiz kaldı. Bakışları sokaktaki bir noktaya sabitlenmişti.

Ondan birkaç santim uzağa oturdum. Beton kaldırımın soğuğu kot pantolonumdan içime işledi. Huzursuz bir şekilde kıpırdandım. En sonunda dizlerimi göğsüme çektim. Önümüzden ayaklar geçiyordu. Şık topuklular, yeni parlatılmış İtalyan makosenleri, sandaletler, şık bağcıkları olan botlar. Birisi yere elma çöpü attı ve birkaç santim uzağıma düştü. Cade karşıya bakmaya devam ediyordu.

Ona döndüm. Gergindim. En sonunda, temkinli bir şekilde, "Sana ne oldu?" diye sordum. "Lütfen konuş benimle. Nasıl oldu da bu hale düştün?"

Bana döndü. Bakışlarında küçük bir tanıma belirtisi gördüğümü düşündüm. İşte o zaman, şu anki hali uçup gitti. Uzun, dolaşmış saçlarının yerini eskiden parmaklarımı gezdirdiğim kısa saçları aldı. Bakımsız sakalı, bronz, güzel teninde kaybolup gitti. Bu Cade'di. Orada bir yerlerdeydi. Ama ona nasıl ulaşacaktım?

Tekrar, "Cade," dedim. "Beni tanıyor musun? Lütfen Cade, bana beni tanıdığını söyle."

Bakışlarıyla beni incelemeye devam etti. Sonra birden korkarak geri çekildi.

Ona yaklaşarak, "Korkma, Cade," dedim. "Lütfen korkma. Benim, Kailey. Sana yardım etmek istiyorum."

Yirmili yaşlarında bir adam bize yaklaştı. Üstünde özel dikim bir takım elbise vardı. Saç kesimi pahalı görünüyordu. Yanımızdan geçerken kafasını sallayarak, "Dostum, gidip bir iş bulsana," dedi.

Benim yanaklarım kızarmıştı. Cade boş boş bakmaya devam ediyordu. Her gün böyle şeylere mi maruz kalıyordu? Yabancılardan gelen saçma sapan sözlerle mi uğraşıyordu?

Tekrar dikkatini çekmeye çalışarak, "Cade," dedim. "Cade, beni tanıdıysan söyle."

Bana döndü ama bakışlarında gördüğüm o tanıma ifadesi kaybolmuştu. "Hayır," dedi. Sesi boş, yitik, korkmuş ve vahşiydi. Tekrar, "Hayır," dedi ve ayağa kalkmak için kıpırdanmaya başladı. Bacakları güçsüz ve titrekti. Dengede durabilmek için binaya tutundu.

Ben de ayağa kalktım ve ona elimi uzattım. Hafifçe koluna dokundum. Bir zamanlar güçlü olan kasları zayıflamış ve kemiğe yapışmıştı. Gözyaşlarının arasından, "Cade," dedim. "Sana ne oldu? Lütfen söyle. Lütfen sana yardım etmeme izin ver."

Tekrar, "Hayır," dedi. Bir adım geriledi. Ayaklarının dibindeki çantaya uzandı ve askısını omzuna attı. Sonra bana sırtını döndü ve kaldırımda yürümeye başladı.

Onu takip ettim.

Onu terk etmeyeceğim. Şimdi olmaz.

Birkaç sokağı geçti, sonra başka bir caddeye döndü. Ta ki yıllar önce ilk randevumuzda buluştuğumuz yer olan Wild Ginger'ın olduğu Üçüncü Cadde'ye gelene kadar. Restoran öğlen yemeği için açıktı. Bir grup insanın içeri girdiğini gördüm. *Burayı hatırlıyor muydu? Derinlerde bir yerlerde bu anı, benim kalbime kazındığı gibi onun kalbine de kazınmış mıydı?*

Restoranın sokağındaki köşeye ulaşınca, "Lütfen dur, Cade," dedim. Karnım açtı. Onun karnının da aç olduğunu tahmin ediyordum. "Gel sana yiyecek bir şeyler alalım."

Döndü ve bekledi. İçgüdüsel olarak elini tuttum. Eli sert ve incecikti. Tırnaklarının içi pislik doluydu ama umursamadım. Onu içeri soktum. Dikkatli bir şekilde peşimden geldi.

Cade'e şüpheli bir şekilde bakan garsona, "Merhaba," dedim.

"İki kişi olacağız."

Garsonun bakışları gergin bir şekilde çevreyi taradı. Cade'in varlığının onu rahatsız ettiği belliydi.

Restorana baktım. Yemek salonunun yarısı boştu. "Bizi içeri alabilirsiniz," dedim.

Önce bana sonra Cade'e baktı. "Şey, ben..." diye kekeledi.

Sonra bir kadın yanımıza yaklaştı. Bu, koyu renk çerçeveli gözlükleri olan sarışın bir kadındı. Onu hemen tanımıştım. Bu kadını iki hafta önce şehrin en büyük müteahhitlerinden birinin burada verdiği basın yemeğinde görmüştüm. Yemeğe Ryan'la birlikte gitmiştik, özel bir yemek salonunda büyük bir masada oturmuş, pahalı bir şarap içmiş ve restoranın yeni menüsündeki şeyleri denemiştik.

Kadın, garsonun yanında durarak, "Kailey, değil mi?" diye sordu.

Başımla onayladım.

"Tahmin etmiştim," dedi. "Ben Lisa, buranın yöneticisiyim. Geçen gece burada sizi ve arkadaşlarınızı ağırlamak bizim için bir zevkti. *Herald* gazetesiyle olan ilişkimiz bizim için her zaman değerli olmuştur."

Zorla gülümseyerek, "Teşekkürler," dedim.

"Öğle yemeğine mi geldiniz?"

Cade'e dönerek, "Evet," dedim. "Sadece ikimiz olacağız."

Lisa, önce Cade'e, sonra bana baktı. Bir an için nasıl tepki vereceğinden emin olamadım. Beni bir kenara çekecek ve restoranın katı bir kıyafet uygulaması olduğunu mu söyleyecekti? Yoksa Cade gibi birinin işletmelerine olumsuz etki yapacağını mı?

Cade duymasın diye kadına yaklaştım. "Lütfen," dedim. "Durumun biraz tuhaf olduğunu kabul ediyorum. Ama bir röportaj yapacağım. Bu adama yemek ısmarlamak istiyorum. Bize bir masa ayarlayabilirseniz benim için çok iyi olur. Belki de barda, gözlerden uzak bir yerde olabilir?"

Gülümsedi, omuzlarını dikleştirdi ve garsona döndü. "Jennifer," dedi. "Kailey ve misafirini on dokuzuncu masaya götür lütfen."

"Çok teşekkür ederim." Garson iki menü aldı ve ilerledi. Cade ve ben de onu takip ettik.

Barın uzak köşesindeki bir masada durarak, "Burada rahat edecek misiniz?" diye sordu. O alanda yemek yiyen kimse yoktu.

Gülümseyerek, "Harika bir masa," dedim.

Ben oturdum ama Cade ayakta durmaya devam etti. "Sorun yok," dedim. Yanında duran sandalyeyi gösterdim. "Buraya oturabilirsin."

Sandalyeye başka bir dünyadan gelen yabancı bir nesneymiş gibi bakıyordu. Bir an için koşup kaçacağını sandım ama çantasını yere bıraktı ve masaya oturdu.

Garson geldi. Cade'in varlığı onu şaşırtsa da belli etmedi. Lisa muhtemelen ona bilgi vermişti. Rahatlamıştım.

Adama, "Merhaba," dedim. "Kısa bir röportaj yapacağız. Bu sırada da ikimiz için sipariş vermek istiyorum."

Garson başıyla onayladı. "Tabii."

"Biftek, tavuk şiş, patlıcan ve fasulye alacağız. Karides ve mantı da. Ha bir de erişte."

"Hemen getiriyorum," dedi ve topuklarının üstünde döndü.

Cade ellerini kucağına koydu, bakışlarını da sabitledi.

Kafasında neler dolaştığını bilmiyordum. Neler hissettiğini bilmiyordum. Ama kalbim o kadar hızlı atıyordu ki patlayacak diye korkuyordum.

Gergin bir şekilde gülerek, "İlk buluşmamızda buraya gelmiştik," dedim. "Muhtemelen hatırlamıyorsundur.

Çok uzun zaman önceydi." Döndüm ve salonu inceledim. "Şurada oturmuştuk." Gülümsedim. Beni dinliyor muydu onu bile bilmiyordum. Kendimi aynada kendi kendime konuşuyormuş gibi hissettim. "Elbisem konusunda emin değildim," dedim. "Ama sen Stevie Nicks'e benzediğimi söylemiştin. Hatırladın mı?"

Bakışlarını kucağından ayırmadı.

"Neyse," dedim. "Bu yorum kendimi havalı hissetmemi sağlamıştı." İç geçirdim. "Her zaman ne söyleyeceğini bilirdin." Bakışlarımı ondan ayırmadım, kafasını kaldırıp bana bakmasını istiyordum. "Kendimi her zaman özel hissetmemi sağlardın."

Garson su bardaklarımızı doldurdu. Bir yudum aldım. Cade kendi bardağını bitirdi. Jim bir dakika sonra geldi ve bardağı tekrar doldurdu.

Tekrar yalnız kalınca, "Bir sürü şey hatırlıyorum; hayatımı kurtarman gibi," diye devam ettim. "Hatırlıyor musun?" Cevap vermesini beklemedim. "Uçurumda. Kaymıştım. Sen beni kenara çekmiştin."

Cade'in bakışları sabitti. Jim birkaç dakika sonra yemeklerimizi getirdi. Cade masayı kocaman gözlerle inceledi.

"Hadi başla," dedim. "Ye."

Temkinli bir şekilde mantıdan aldı. Tabağı ona ittim. "İstediğin kadar al. İstersen hepsini ye."

Mantıyı aceleyle ağzına attı. Sonra bir tane daha. Peçete veya çatal bıçakla uğraşmadan bir karides aldı. Sonra bir parça patlıcan. Ağzına bir avuç fasulye attı. Sonra bir kısmını tabağıma aldığım erişteye geçti. Ona verdiğim çatalı aldı.

Çok açtı ve yemeğe odaklanmıştı. Sanki garson bir dakika sonra dönüp bütün bu lezzetli yemekleri götürecek, onu kapı dışarı atacaktı.

Karidesleri silip süpürdükten sonra, "Yemekleri beğendiğine sevindim," dedim.

"Sen gittiğinde nedenini bir türlü anlayamadım. Benden uzaklaşmak mı istiyorsun, yoksa hayattan, şirketten biraz uzaklaşmak mı istiyorsun bilemedim. Bekledim, Cade. Uzun süre bekledim." Gözlerimdeki yaşları sildim. Sonra sakalına yemek bulaştığını fark ettim. Sandalyemi ona doğru yaklaştırdım ve peçetemle sakalını ve yüzünü temizledim. Geri çekilmedi. Beni dinleyip dinlemediğini bile bilmiyordum.

İç geçirdim. "Ama sen hiçbir zaman aramadın. Bir kez olsun yazmadın. Öylece ortadan kayboldun." Kendi kendime başımı salladım. "Sonra seni tekrar buldum. Tam da evlenmek üzereyken. Sokaklarda. Ve beni tanımıyorsun. Beni tanımıyorsun bile." Boğazımda bir yumru oluştu. Yutkundum. "Ama ben seni tanıyorum. Seni hiçbir zaman unutamadım." Elimi masanın üstünden ona uzattım. "İzin verirsen sana yardım etmek istiyorum."

Hiç istifini bozmamıştı. Bakışları hâlâ kucağındaydı. Gözlerim dolmuştu, elimi geri çektim ve ayağa kalktım. "Neyse," dedim. "Artık gitsek iyi olur."

Garson geldi. "Yemekleri beğenmenize sevindim."

"Evet, teşekkürler," dedim ve kredi kartımı uzattım. Adam bir dakika sonra geldi. Hesabı imzaladım.

Cade de benimle birlikte ayağa kalktı ve çantasını yerden aldı. Restorandan çıktık. Çevre masalarda yemek yiyen birkaç kişi bize dik dik baktı ve fısıldaştı. Tam o anda, burada benim veya Ryan'ın bir sürü işarkadaşı veya dostu olabileceğini fark ettim. Ama umursamadım. Benim için önemli olan tek şey bu andı. Tek düşünebildiğim; *Şimdi ne olacak? Sokağa çıktığımızda ne olacak? Yine uzaklaşmasına izin mi vereceğim? Ya onu tekrar bulamazsam?* sorularıydı.

Kasım için ılık bir gündü. Kazağımı çıkardım. Altındaki siyah kolsuz gömlekle çok daha rahattım.

Son bir kez Cade'e, doğruca gözlerinin içine baktım. "Seni yemeğe götürmeme izin verdiğin için teşekkür ederim," dedim. Sesim titriyordu. "Eğer sen... eğer..." Sesim kesildi. Beni tanımıyordu. Yardımımı istemiyordu. Derin bir nefes aldım. "Senin için her şeyin en iyisini diliyorum," dedim. "Her zaman."

Tam dönüp gidiyordum ki bir elin beni omzumdan hafifçe çektiğini hissettim.

Cade bana merakla bakıyordu. Çantasını kaldırıma bıraktı. Ona döndüğümde omzuma, dövmemin olduğu yere dokundu. Tenime dokunuyor, çizgileri ve kıvrımları parmağıyla takip ediyordu. Sonra sanki çıkarabilirmiş gibi hafifçe tenimi ovuşturdu.

Bir dakika sonra geri çekildi ve ceketinin düğmesini açtı. Sağ kolunu çıkardı ve altındaki kemikli omzunu gösterdi. Sonra onu, benimkinin aynısı olan dövmeyi gördüm. Belltown'daki o dövmeciye girdiğimiz ve ani bir kararla saf umutsuz romantikler olarak aynı dövmeyi yaptırdığımız o geceki kadar canlı ve güzeldi.

On yıl sonra Seattle'daki bir kaldırımda duruyorduk. Dövmelerimiz, eski yaşamımızın tek kanıtıydı. Ama kanıt kanıttı. Cade'in gözlerinde bunları anımsadığına dair bir ışık görünce kalbim duracak gibi oldu. Derinlerde bir yerlerde o hâlâ Cade'di.

Bakışları benimkilere odaklandı. "Kailey," diye mırıldandı. Sesi, yumuşak, nazik ve tanıdıktı. Çok tanıdıktı. Tekrar, "Kailey," dedi. Sanki ağzıyla bu sözcüğü nasıl söyleyebileceğini öğreniyor gibiydi.

"Hatırlıyorsun," diyerek ağlamaya başladım. Gözlerimden yaşlar akıyordu ama ben dikkat bile etmiyordum.

Gözlerimi sımsıkı kapattım ve açtım. Gökyüzüne baktım. Binaların hemen üstünde, sanki ikimiz için çizilmiş gibi görünen, solgun renklere boyanmış bir gökkuşağı vardı.

10. Bölüm

9 Ekim 1996

Feribot iskeleden yavaş yavaş ayrılıp Elliot Körfezi'ne doğru ilerlerken Cade, "Hadi güverteye çıkalım," dedi.

Burun kıvırdım. "Orası biraz soğuk olmaz mı?"

Kendinden emin bir şekilde, "Yoo," dedi. Siyah kot ceketini çıkardı ve omuzlarıma koydu.

Bainbridge Boğazı sadece yarım saatlik mesafedeydi. On beş dakika sonra ada uzaktan görünüyordu.

Cade elini bana uzattı ve birlikte üst güverteye çıkan dar merdivene doğru ilerledik.

Dört aydır birlikteydik. Birbirimize dokunduğumuzda hâlâ içimde kelebekler uçuşuyordu.

Güverteye çıktığımızda Cade omzundaki fotoğraf makinesini aldı. "Vay, burada ışık çok iyi. Bulutlar tam kıvamında." Karşıdaki korkuluğu gösterdi. "Orada dur da bir fotoğrafını çekeyim."

Utangaç bir şekilde, "Bilemiyorum," dedim. "Fotoğrafımın çekilmesini hiçbir zaman sevmemişimdir."

"Benim için," dedi ve ileriyi gösterdi. "Tek bir fotoğraf."

En sonunda, "Tamam," dedim ve ileri doğru yürüdüm. Geriye doğru yaslandım ve kollarımı arkamdaki korkuluğa dayadım.

Cade'e söylemediğim şey kameraların beni gerdiğiydi. Lenslerin arkasından biri sana bakıyordu ama sen onu göremiyordun. Bu tek taraflı ve insanın sinirlerini bozan bir durumdu. Cade'in makinesi tekrar tekrar fotoğrafımı çekerken kendimi savunmasız hissettim.

Cade, fotoğraf makinesini yüzünden çekti ve bana doğru yürüdü. "Rahatlamaya çalış," dedi.

Kafamı çevirerek, "Elimden geleni yapacağım," dedim. Yanaklarım kaskatı kesilmiş, ağzım tuhaflaşmıştı.

Fotoğraf makinesini tekrar kaldırdı. "Keşke benim görebildiğimi sen de görebilseydin."

Rüzgâr soğuktu, saçlarımı yüzümün bir o tarafına bir bu tarafına dağıtıyordu. Cade bir fotoğraf daha çekti ve bana doğru yürüdü. Sıcak ve güçlü kollarını belime doladı. Ağızlarımız birleştiğinde beni daha da yakına çekti. Bir an için, sihirli bir an için o kadar birbirimize sarılmıştık ki o nerede başladı, ben nerede bittim emin olamadım.

Adaya vardığımızda feribot düdüğünü çaldı. Diğer yolcularla birlikte rampadan indik ve iskeleye çıkan uzun bir koridordan geçtik. Küçük Winslow kasabası tam karşımızdaydı. Anacaddeye giden kaldırımda el ele yürüdük.

Cade ileriyi göstererek, "Hadi motor kiralayalım da adayı öyle gezelim," dedi.

Bir sonraki sokakta kiralama ofisini ve Cade'in bahsettiği *scooter* ve motorları gördüm. "Gerçekten mi? Motor sürmeyi biliyor musun?"

Sırıttı. "Motor sürmeyi *biliyor muyum?*"

"O zaman biliyorsun."

Motorların arasında dolaşırken gülümseyerek, "Sanırım sana bunu kanıtlamam gerekecek," dedi. Ofise girdi ve kromla kaplanmış parlak, siyah bir motosikletin anahtarıyla geri döndü. Bana bir kask uzattı. Kendi de bir kask taktı.

Motora binerek, "Hazır mısın?" diye sordu.

Gergin bir şekilde, "Sanırım," dedim.

Fotoğraf makinesini uzattı. "Bunu çantana koyabilir misin?"

"Tabii ki," dedim ve makineyi çantamın içine koydum.

Cade arkasındaki koltuğu gösterdi ve beni motora binmem için cesaretlendirdi. "Korkma, tatlım."

Yutkundum. "Daha önce hiç motora binmedim. Ya düşersem?"

"Düşmezsin," dedi. Ceketini bana uzattı. Hemen giydim. "Söz veriyorum, düşmeyeceksin. Bana tutunman yeterli."

"Tamam," dedim. Motora bindim. O motoru çalıştırırken ben de kollarımı beline doladım.

Park yerinden çıkıp trafiğe dalarken gözlerimi sımsıkı kapattım. Cade sağa dönerken motor öksürdü ve tekledi. Sola döndük ve adayı bölen anacaddeye çıktık. Cade hızını artırdıkça rüzgâr her yanımı sardı. Cade'e daha sıkı tutundum. Bu hem korkutucu hem heyecan verici bir deneyimdi.

Sağa döndü. Kendimizi sahili kucaklayan bir yolda bulduk. İlerlerken eskimiş evlere ve plajdaki kabinlere bakmak hoşuma gitmişti. Burnuma birkaç adım ilerideki denizin kokusu doluyordu.

Bir halk plajının yanındaki küçük bir tepeden geçerken Cade motoru yavaşlattı ve döndü. "Hadi burada durup sahile bakalım," dedi. Yolun kenarındaki park yerinde durdu.

Kasklarımızı motorda bıraktık ve istiridye kabuğunu didikleyen bir martı dışında kimsecikler olmayan sahile doğru ilerledik.

Cade suyun kenarına doğru ilerledi. Bir dalga ayakkabısına vurunca hiç istifini bozmadı. Kumsalın onu etkilediği belliydi.

Sırıtarak, "Bir dalıp çıksak mı?" diye sordu.

Hafifçe gülümsedim. "Ama yanımızda havlu veya yedek kıyafet yok."

Sırıtarak, "Tamam," dedi. "Bu seferlik kaçmana izin veriyorum." Kumsaldan uzağa, arkamızdaki yamaca baktı. "Bak," dedi, tepeyi göstererek, "Bence oraya tırmanıp harika fotoğraflar çekebiliriz."

Çantamdaki fotoğraf makinesini çıkardım ve ona uzattım. "Biraz dik görünüyor," dedim.

Elimi tuttu. "Hadi gel, yaparız bence."

Gülümsedim ve onu takip ettim. Ama yine de tepeye şüpheli bir şekilde baktım.

Yol tam da beklediğim gibi dik ve sarptı. Patika yamacın kenarına o kadar yakındı ki aşağı bakınca hafif başım döndü. Cade, "Biraz daha dayan," dedi. "Süper gidiyorsun!"

Biraz da ironik bir şekilde, "Bu kadar iyi bir tırmanıcı olduğunu hiç bilmiyordum," dedim. Nefes nefese kalmıştım.

Gülümseyerek döndü ve, "Güzel bir fotoğraf için her şeyi yaparım," dedi.

Biraz sonra tepeye ulaştık. Güneşin kendini gece için ufka saklamasına az kalmıştı. Hafif bir turuncu ve sarılık gökyüzünü sarmıştı.

Cade, "Şu Robert Frost şiiri geldi aklıma," dedi.

Başımla onayladım. "Şafak böyle söker güne..."

"Altın hiçbir şey kalmaz geriye," diye devam etti.

Gülümsedim.

Cade, "Tam orada dur," dedi. "Fotoğrafını çekmek istiyorum. Şu anda ışık harika."

O fotoğraf makinesiyle uğraşırken ben de kenara biraz daha yaklaştım. Saçlarımı düzelttim ve içgüdüsel olarak boynumdaki kolyeyi tutup hafifçe çektim. Ama zincir koptu ve ayaklarımın ucuna düştü.

"Off, hayır," dedim. "Kolyem koptu." Dizlerimin üstüne çöktüm ve yeri incelemeye başladım. Cade de fotoğraf makinesini indirdi ve bana doğru yaklaştı.

"Merak etme," dedi. "Şimdi buluruz."

Yamaçtan aşağı baktım. "Ya aşağı düştüyse?" Kenara doğru bir adım yaklaştım. Birden başım döndü, bacaklarımın gücü kesildi. Geri çekilmeye çalışırken dengemi kaybettim ve kaydım.

Öne doğru düşerken, "Cade!" diye bağırdım. Birden zaman durdu. Dehşet dolu bir an diğerine karıştı. Kendimi yamaçtan aşağı kafaüstü düşerken buldum. Bir şeylere tutunmaya çalıştım ama havadan başka bir şey yoktu. Sonra kuvvetli kollar bacaklarımdan birini tuttu. Sonra Cade'in güçlü ve kendinden emin sesi duyuldu. "Tuttum seni," dedi. Toprak ve kayalar uçurumdan aşağı uçuyordu. "Telaşlanma. Sadece kıpırdamadan dur. Seni geri çekeceğim." Uçurumun kenarında sallanıyordum. Kumsal metrelerce altımdaydı. Bir an için sonumun geldiğini gördüm. Aşağı düşerken rüzgârın yaratacağı his. Aşağıdaki kayalıklara çarpınca vücudumdan çıkacak ses. Cade en sonunda beni bulduğunda burnumdan akacak kan. Her şeyin sonu.

Cade bacağımdaki elini tişörtüme doğru götürdü ve beni yavaş yavaş kendine doğru çekti. Bu sırada çakıl ve kayalar uçurumdan aşağı düşüyordu. Cade sakin bir şekilde, "Neredeyse bitti," dedi. "Yakaladım seni."

Ağlayamayacak kadar korkmuştum. Nefes alamayacak kadar korkmuştum. Beni çekene kadar bir dakika da geçmiş olabilirdi yarım saat de. Ama Cade beni kendine çektiğinde bildiğim tek şey hayatta olduğumdu. Cade'in beni kurtardığıydı.

Kollarına sokuldum ve ağladım.

Cade, yüzümü öperek, "Çok özür dilerim," dedi. "Tatlım, çok özür dilerim." Üstündekinin kolunu burnuma bastırdı. "Burnun kanıyor. Bir yerine bir şey oldu mu?"

Kafamı salladım. Ayağa kalkmama yardım etti. "Sanmıyorum."

"Bak," dedi ve ayağımızın dibindeki taşları gösterdi. Eğildi ve yerden bir şey aldı. "Bak ne buldum." Kolyem elindeydi, madalyon hâlâ sapasağlamdı.

"Teşekkürler," dedim ve kolyeyi kotumun cebine koydum.

Cade'in bakışları benimkilere kilitlendi. "Az daha seni kaybediyordum."

"Hayatımı kurtardın," dedim. "Ne... ne söyleyeceğimi bilemiyorum." Yutkundum. "Sana nasıl teşekkür edebilirim?"

"Teşekküre filan gerek yok," dedi.

Nemli gözlerine baktım ve kendi gözyaşlarımı sildim. "Sana her zaman borçlu olacağım."

"Daha iyi bir planım var," dedi. "Bir gün sen de benim hayatımı kurtarsan da ödeşsek nasıl olur?"

Gözyaşlarımın arasından gülümseyerek, "Kurtaracağım," dedim. "Kurtaracağım."

El ele feribottan indik. Cade'in dairesi birkaç sokak ilerideydi.

"Bir süreliğine benim evime gelmek ister misin?"

Tek istediğim şimdi ve daima onun yanında olmaktı. Özellikle de bu gece.

"Evet," dedim.

Bir sokak ilerledik, köprünün altından ve apartmana giden ara sokaktan geçtik. Cade pikapla uğraşırken kazağımı koltuğun üstüne bıraktım. Birkaç dakika sonra kollarını bana doladı. Dudaklarını dudaklarıma dayadı. İçimde neler hissettiğimi, korktuğum bu şeyi, içimde tıpkı ocağın üstünde yanmasın diye uğraştığım bir yemek gibi kaynayan bu duyguyu biliyordum.

Konuşmak için ağzımı açtım ama Cade elini dudaklarıma dayadı.

"Ben bunun ne olduğunu biliyorum," diye fısıldadı. Sesi, müziğin içinde fısıltıdan ibaretti. "Bir süredir farkındayım."

Bakışlarımı onunkilerden ayırmadım. Gözlerimiz birbirine kilitlenmişti. Kilidin anahtarı kaybolmuştu. Kalbim göğsümde dopdolu, kocamandı.

"Bu aşk," dedi. Sözcükler ağzından özgürce dökülmüştü. Havayı doldurup müzik notaları gibi çoğalmıştı.

"Aşk," dedim. Plak cızırdadı ve sustu.

"Aşk," diye fısıldadı, parmaklarını benimkilere dolarken.

Başımı yastığa koyup da vücutlarımız bir olduğunda hayatımda ilk kez, bu çılgın, karmaşık dünyadaki her şeyin bir anlamı olduğunu hissettim.

11. Bölüm

14 Kasım 2008

"Selam, tatlım."

"Selam," dedim Ryan'a.

"Bu kadar geç aradığım için özür dilerim," dedi. "Otele yeni geldim."

Kafamı bilgisayardan kaldırdım ve duvardaki saate baktım. On buçuktu. Suçlu bir şekilde bugün Ryan'ı bir kez bile düşünmediğimi fark ettim.

"Bugün Sherwin Lewis'taki yöneticilerle çok güzel bir toplantı yaptık," dedi. "Sanırım bir sözleşme yapmaya yakınız."

Gönülsüz bir şekilde, "Tebrikler," dedim.

"Senin günün nasıldı?"

"İyiydi," dedim. "Sıradan işte." Cade'i ve Wild Ginger'da yediğimiz yemeği, beni en sonunda tanıyışını anımsadım. Ayrılırken ne yapacağımı bilememiştim. Ben de ona yarın öğlen Westlake Center'ın önüne gelmesini söylemiştim. Başıyla onaylamıştı ama beni anladı mı bilmiyordum. *Ya anlamamışsa? O zaman ne olacak?*

"Kailey, orada mısın?"

Ryan konuşmaya devam ederken kendi düşüncelerimde kaybolduğumu fark ettim.

"Evet, pardon," dedim. "Bir işi yetiştirmeye çalışıyorum da." Bilgisayarımdaki açık Google sekmesine baktım; "evsizler için olanaklar Seattle."

"O zaman ben seni tutmayayım," dedi. "Yarın sabah toplantı iyi geçerse bir önceki trenle gelirim. Akşama birlikte yemek yeriz."

"Tamam," dedim. Bu büyük sırrı ondan sakladığım için suçlu hissediyordum ama biraz zamana ihtiyacım vardı.

Ryan telefonu kapatmadan önce, "Ha, bu arada," dedi. "Bugün Wild Ginger'a gittin mi hiç?"

Oturduğum yerde doğruldum. Kalp atışlarım hızlanmıştı. "Evet, öğle yemeğinde oradaydım."

"Bizim ofisten Jeff'i hatırlıyor musun?"

Gergin bir şekilde, "Sanırım," dedim.

"O görmüş de seni."

Sessiz kaldım.

"Ama çok tuhaf. Senin orada evsiz bir adamla oturduğunu sanmış."

Zihnim çalışmaya başladı. Ryan'a Cade'den bahsedemezdim. Daha değil. "Ha, o mu?" dedim. "O, bir... bir röportajdı." Ryan esneyerek, "Tamam," dedi. "Tahmin etmiştim. Neyse tatlım, ben gidip uyuyayım. Yarın erkenden toplantı var."

"İyi şanslar," dedim.

"Seni özledim," dedi.

"Ben de... seni özledim," dedim.

Gerçekten özlemiştim. Ona her şeyi bütün detayıyla anlattığımda beni kollarına almasını ve her şeyin yoluna gireceğini söylemesini istiyordum. Her şeyi tıpkı bozuk bir yangın musluğu gibi ortaya saçmak istiyordum. Gerçeği söylemek istiyordum ama söyleyemiyordum. Bununla şimdilik tek başıma uğraşmam gerekiyordu. Korkutucuydu. Kendimi yalnız hissediyordum ve bu yolun nereye varacağını da bilmiyordum. Tek bildiğim, bu yolda yalnız yürümem gerektiğiydi.

Ertesi sabah patronum Jan'in ofisinin önünden geçerken, Jan, "Günaydın," dedi. Kapısının önünde durdum ve derin bir soluk verdim.

"Kapıyı kapat," dedi. "Gel otur."

Dediğini yaptım ve misafir sandalyesine oturdum. Tekrar iç geçirdim. Artık içeridekilerin bizi dinleyemeyeceği kesindi.

"Hadi bakalım, açıkça söyle," dedi. "Ryan'la ayrılıyor musunuz?"

Gözlerim irileşti. "Ne? Hayır!"

"Ah, tamam o zaman," dedi. "Son zamanlarda pek kendinde değildin. Benim aklıma da bir tek bu geldi. Kailey, son on yıldır bir kez bile izin istemedin benden." Koyu renk çerçeveli gözlüklerini yukarı doğru ittirdi. "Bence *daha çok* izin alman lazım ama bu istek sana pek uymuyor." Beni uzun uzun inceledi. "Kailey, Ryan'la ayrılmıyorsanız sorun ne?"

İç geçirdim. "Ryan'la ayrılmaktan daha kötü."

"Daha mı kötü?"

"Cade'i buldum."

Duyduklarına inanamayarak kafasını salladı. "Eski sevgilin olan Cade mi? Yeryüzünden izini kaybettiren Cade?"

"Evet," dedim. "Aynen o. Belli ki Peru'ya filan taşınmamış ya da uzaylılar tarafından kaçırılmamış. Görünen o ki belki de bunca zamandır Seattle sokaklarında yaşıyormuş."

"Sokakta mı?"

"Jan, Cade ciddi ciddi evsiz. Çok zayıf, kir pas içinde, çuval gibi kıyafetleri, uzun bir sakalı, keçeleşmiş saçları var." Alnımı ovuşturdum. "Ama en kötüsü de aklını yitirmişe benziyor."

"Uyuşturucu mu kullanıyor?"

"Bilemiyorum," dedim. "Sanmıyorum. Sanırım zihinsel bir özür. Hafıza kaybı filan gibi? Başına bir şey gelmiş. Ona yardım etmek istiyorum."

"Etmen lazım zaten," dedi. Düşünceli görünüyordu. "Onu iyi hatırlıyorum. Bambaşka bir şeydi. Onu sevmiştin."

"Evet, sevmiştim," dedim.

Bir an sessiz kaldı.

"Hâlâ seviyor musun?"

Nefesim kesildi. "Ne? Hayır... Nasıl sevebilirim ki? Bu durumda? Ayrıca ben Ryan'ı seviyorum. Ryan'la evleniyorum."

Jan ellerini kavuşturdu. "Cade bir zamanlar Seattle'da önemli biriydi, değil mi? Onu tanımamış olmalarına şaşırdım."

Kafamı salladım. "Tanınmaz halde. O gece gözlerine bakmasaydım ben de o olduğunu düşünmezdim." Bir an sessiz kaldım. "Ayrıca sokakta yaşayan insanlarda belli bir gizlilik var. Onu bulmaya gittiğimde kimse adını bile bilmiyordu. Giydiği askeri cekette 'Mitchell' yazdığı için ona böyle hitap ediyorlar." Yıllar boyu evsizlerle yaptığım röportajları düşündüm. "Sokaklarda insanlar sana bakıyor ama seni *görmüyorlar.*"

Jan, "Güzel söyledin," dedi. "Hayatındaki bu değişimin yazdığın seriye de yansıması lazım. Bu konuda daha kişisel bir şeyler yapmak ister misin acaba? Mesela, plak şirketi sahibinden evsiz bir adama. Şehrimizdeki sefaletin gerçek bir örneği. Seni zorlamak istemiyorum ama buradan bir Pulitzer çıkabilir."

Kafamı salladım. "Yapamam, Jan. Bu hikâyeyi yazamam."

"Neyse," dedi. "Artık kendin için mi yazarsın, yoksa yayınlansın diye mi yazarsın bilmem ama umarım mutlu sonla biter."

"Umarım," dedim.

Bütün sabah gergin bir şekilde saate baktım. Saat 11:45 olunca sandalyemden kalktım, çantamı alıp çıktım. Cade'e öğlen benimle Westlake Center'da buluşmasını söylemiştim. *Acaba gelecek miydi?*

Gökyüzünde yağmur bulutları vardı. Bunlar sorun yaratabilirdi ama umursamadım. Yağsın. *Bardaktan boşanırcasına yağsın.* Yürüdüm. Tek duyduğum Westlake'e doğru yürürken topuklarımın çıkardığı tıkırtıydı. Bir ayağını ötekinin önüne at. Tekrar et.

Westlake'e vardığımda bir yağmur damlasının yanağıma düştüğünü hissettim. Dün Cade'i bulduğum yere gittim. Ama kaldırım, hemen anlayamadığım bir Dylan şarkısı mırıldanan bir adam dışında boştu. *Cade nerede?* Çevreme bakındım. Bekledim. On dakika geçti. Yirmi dakika geçti. *Belki de yoldadır.*

Kırk dakika sonra ofise dönmeye karar verdim. Belki de hepsi bu kadardı. Onu yıllarca göremeyecektim. Son bir kez bakmak için döndüm. İşte o zaman uzakta birini gördüm. Ağır ağır bana doğru geliyordu.

Cade? Cade!

Bu oydu, bundan emindim. Ama neden bu kadar yavaş yürüyordu? Neden *topallıyordu?* Sonra yüzünü gördüm. Kanlı ve yaralıydı, yanakları şişmişti. Bacaklarım içgüdüsel olarak hareket etmeye başladı, damarlarımda adrenalin dolaşıyordu.

Ona doğru koşarak, "Cade!" diye bağırdım. Yanına vardığımda kalbim gümbür gümbürdü. Burnundan kan akıyordu. Gözleri neredeyse kapanacak kadar şişmişti. İki yuvarlağın çevresinde de kocaman koyu halkalar vardı. Sol yanağındaki derin kesik açık bir yaraydı ve morun dört tonuna sahipti.

Ağlamaya başlayarak, "Ah, Cade," dedim. "Kim yaptı sana bunu?" Elini tuttum. "Sana yardım edeceğim. Bu kez bırakmayacağım seni. Söz veriyorum."

Bakışlarımız buluştuğunda beni anladığını fark ettim.

Taksiyle Harborview Sağlık Merkezi'ne çabucak vardık. Neyseki trafik yoktu. Acil servise ulaştığımızda nazik bakışları olan kel bir hastane görevlisine tekerlekli sandalye getirmesini söyledim.

Görevli, Cade'in sandalyeye oturmasına yardım ederken, "Yavaş yavaş," dedi. Taksiciye on dolar verdim ve Cade'in arkasından acil servise girdim.

Hastane görevlisine, "Teşekkürler, bundan sonrasını ben hallederim," dedim. Tekerlekli sandalyeyi kayıt bölümüne doğru ittim.

Burnunda hızma ve kolunda kelebek dövmesi olan genç bir kadın yaklaşırken bize baktı.

"Yardıma ihtiyacı var," dedim. "Hemen doktora gösterebilir miyiz?"

Kadın, Cade'e uzun uzun baktı. Sonra sanki bu talebim onu kızdırmış gibi iç geçirdi. "Han'fendi," dedi. "Bir yere oturup beklemeniz lazım. Gördüğünüz gibi çok doluyuz." Çeşitli dertlere sahip insanlarla dolu olan bekleme odasını gösterdi.

"Ama haline baksanıza," dedim. "Çok kötü yaralanmış. Yardıma ihtiyacı var."

"Ona yardım etmek için elimizden geleni yapacağız. Tabii *sırası* geldiğinde," dedi. Endişelerim onu etkilememişe benziyordu.

Tam o anda içeri şık bir çift girdi. Kucağında sarışın, tatlı bir bebek olan kadın ağlıyordu. Siyah keten elbisesi ve ten rengi, bağcıklı sandaletleriyle çok güzel görünüyordu. Tasarımcıdan çıkma bir kot pantolon ve siyah mokasen ayakkabılar giyen kocası da onun kadar endişeliydi ve karısının yanında duruyordu. Adam, "Oğlumuz öğleden sonra ateşlendi," dedi. "Hemen doktora görünmesi lazım."

Kayıt bölümündeki kadın başını salladı ve hemen harekete geçti. Adama bir dosya uzattı. "Şuradaki kâğıtları doldurun," dedi. "Üst kısım yeterlidir. Bebeğinizle hemen ilgileneceğiz."

Kadın ağlayarak, "Teşekkürler," dedi. "Zavallı bebeğim."

Onlar gittikten sonra kayıt bölümündeki kadına döndüm. "Doluyuz dememiş miydiniz?"

Duygusuz bir şekilde, "Öyleyiz zaten," dedi.

"Ama o çocuğu kabul ettiniz."

Kadın bana canavarmışım gibi baktı. "O bir çocuk."

"Olanakları ve güzel bir ailesi olan bir çocuk," dedim. "Bence ayrımcılık yapıyorsunuz."

Kadın gözlerini devirdi. Sonra ona yaklaşmamı işaret etti. Dediğini yaptım.

"Bakın," dedi. "Bu adam için endişeleniyorsunuz, anlıyorum, gerçekten. Ama burada kaynaklarımız ve personelimiz kısıtlı. Eğer azıcık bir yarası olan her evsizi buraya kabul edersek *gerçekten* yardıma ihtiyacı olan insanlara yer kalmaz." Az önceki meleksi aileyi gösterdi.

"Pardon," dedim ve Cade'in kanlı yüzüne baktım. "Bu *azıcık bir yaradan* fazla. Çok acı çekiyor ve tedavi edilmezse yüzündeki yaralar enfeksiyon kapabilir."

Kadın omuz silkti. "Şu bekleme odasına bakın. Hepsine bakın, çoğu keş bunların. Onları alıyoruz, tedavi ediyoruz, ihtiyaç duydukları şeyleri veriyoruz. Sonra sokaklara dönüp aynı şeyleri tekrar yapıyorlar. Uyuşturucu kullanıyorlar. Bir sonraki hafta tekrar geliyorlar. Bu bir kısır döngü."

"Peki, *bu* adamı daha önce hiç gördünüz mü?" diye sordum. Öfkelenmeye başlamıştım. "O bir keş *değil.*"

Bakışlarını tekrar Cade'e çevirdi ve omuz silkti. "Belki öyledir, belki değildir. Bir süre sonra hepsi insanın gözüne aynı görünmeye başlıyor."

Cade duymasın diye, "Onlar mı?" diye fısıldadım. "O bir *insan. Yardıma* muhtaç."

Cep telefonumu çıkardım ve Tracy'yi aradım. İkinci çalışta açınca çok sevindim.

Biraz da telaşlı bir şekilde, "Trace, benim," dedim. "Şu anda Harborview Sağlık Merkezi'ndeyim. Acil'de."

"Kailey, iyi misin?"

"Ben iyiyim," dedim. "Ama Cade iyi değil."

"Hadi ya! Ne oldu?"

"Bilmiyorum," dedim. "Ama her yanı kanlı ve yara bere içinde. Birinden dayak yemiş. Yüzüne büyük ihtimalle dikiş atılması gerekiyor. Bence birkaç kemiği de kırılmış olabilir. Yardımına ihtiyacım var."

"Tabii, ne olursa."

Sesimi alçaltarak, "Acil dolu," dedim. "Kayıt bölümündeki kadın da yakın zamanda yardım etmeye niyetli değil."

Tracy, "Evet," dedi. "Sistemi suistimal eden bir sürü sigortasız insanla karşılaşıyorlar. Ama yine de bu bir bahane olamaz."

"Birilerini araya koysan diyorum," dedim. "Onu kabul etmeleri için bir şeyler yapabiliyor musun, baksan."

Tracy, "Tabii ki," dedi. "Benim bölümümün başkanı oradakilerden birinin en yakın arkadaşı. Ondan rica edebilirim."

Nefes vererek, "Teşekkürler," dedim. Cade morali bozuk bir şekilde karşıya bakıyordu.

Tracy, "Önemli değil," dedi. "Sen nasılsın?"

Dudağımı ısırdım ve Cade'in yanından uzaklaştım. "Korkuyorum, Trace. Bunları Ryan'a anlatmadım. Çok ağır geliyor. Sanki dünyam birden tersine dönmüş gibi."

"Biliyorum," dedi. "Ama buna hayat diyorlar."

Gözümdeki yaşı silerek, "Nasıl yani?" dedim.

"Tersine dönüyor, yükseliyor, alçalıyor. Bazen kendini tekrar ediyor, bazen korkutucu ve vahşi oluyor. Ama zaten yaşamak da bu."

"Bütün bunlarla baş edebilecek miyim bilmiyorum," dedim.

"Baş edebilirsin," dedi. "Yapabileceğini biliyorum. Ayrıca bu çok güzel bir başlangıç. Cade'e yardım edeceksin, tıbbi, psikolojik bakım sağlayacaksın. Durumunu düzelteceksin ve başına ne gelmiş anlayacaksın. Sonra da Arizona kadar büyük o güzel kalbindeki duyguları çözümleyeceksin. Yok yok, Teksas diyelim."

Güldüm ama neredeyse hıçkırır gibi çıktı. "Seni seviyorum."

"Biliyorum," dedi.

"Kendini beğenmiş."

"Ya da başka bir şey." Arkada birileriyle konuşuyordu ama ne dediğini anlayamadım. "Tamam, sen otur şimdi. Ben de birkaç telefon görüşmesi yapayım. Bu arada sen de erkeğine dikkat et."

"Erkeğim..." Bu sözcük ağzımdan istemsiz şekilde döküldü ama Tracy çoktan telefonu kapatmıştı.

On bir dakika geçtikten sonra çift kanatlı kapıda bir hemşire göründü. "Cade McAllister?"

Cade kadını duyduysa bile hiç tepki vermedi. Hemen, "Evet," dedim. "Biziz." Ayağa kalktım ve tekerlekli sandalyeyi hemşireye doğru ittim. Hemşire, kayıt bölümündeki kadından çok daha sıcakkanlıydı.

"İkinize de merhaba," dedi. "Beklettiğimiz için çok özür dilerim. Bay McAllister'la acilen ilgilenilmesi gerektiğini anlıyoruz."

Başımla onayladım. "Evet, çok kötü yaralanmış. Teşekkürler."

Tekerlekli sandalyeyi aldı ve koridorda ittirmeye başladı. Cade'i arada perdeli bölmeler olan bir yere götürdü. Başka bir perdenin arkasında bir adam yüksek sesle inliyordu.

Kadın ellerini Cade'e uzatarak, "Hadi sizi ayağa kaldıralım," dedi. Cade'in kadının elini tutuşunu izledim. Ayağa kalkarken biraz sendeledi ama kadın nazikçe yatağa oturmasını sağladı. Çekmecelerden birini açtı ve bir önlük çıkardı. "Bunu giymenize yardım etmemi ister misiniz, efendim?"

Cade cevap vermedi. Kadın inisiyatifi ele aldı. "Soyunmanıza yardım edeyim."

Kadın ceketini çıkarırken Cade kıpırdamadan duruyordu. Zayıf göğsünü çıplak olarak görmek bende tanıdık bir yakınlık ve aynı zamanda dehşet yaratmıştı. Bir zamanlar güçlü olan kolları şimdi sadece et ve kemikten ibaretti. Kaburgalarını sayabiliyordum.

Cade'in görüntüsü hemşireyi endişelendirmişse de profesyonelliğiyle hiçbir şey belli etmedi. Biraz sonra botlarını çıkardı. Onu çıplak olarak binlerce kez görmüş olsam da kadın pantolonunu çıkarırken kafamı çevirdim. Mavi önlüğü bağlarken, "İşte oldu," dedi. Sonra bana döndü. "Siz kardeşi misiniz, yoksa arkadaşı mı?"

"Arkadaşı," dedim. Cade'in yatağının yanındaki sandalyeye oturdum. Cade kıpırdandı ve acı içinde gözlerini kapattı.

Cansız elini sıkarak, "Çok özür dilerim," diye fısıldadım. "Söz veriyorum, hemen yardım edecekler."

Birkaç dakika sonra doktor geldi. Cade korkuyla geri çekildi.

"Hayır," diye bağırdı. "Hayır, hayır!"

Doktor sakin bir şekilde, "Bay McAllister," dedi. "Ben Doktor Green. Buraya size yardım etmeye geldim."

Cade'in yüzünde bir dehşet ifadesi vardı. Kalbimi sızlatıyordu.

Dr. Green beni anlamıştı ama bakışlarını Cade'den ayırmadı. "Korkmanıza gerek yok, Bay McAllister. Yaralarınıza bakıp sizi iyileştireceğiz."

Cade kafasını çevirdi ama Dr. Green stetoskobunu göğsüne dayayınca yerinden sıçramadı. Biraz sonra tansiyonu ölçüldü. Muayene bittikten sonra doktor dosyaya bir şeyler yazdı ve bana döndü. "Röntgen çekmemiz gerek. Kaburgalarında kırıklar var ama iç kanama var mı diye bakmak istiyorum. Karnında ciddi bir berelenme var."

Başımla onayladım. Hemşire elinde bir leğen sıcak su ve bir yığın bezle geldi. "Yaraları temizleyeceğim," dedi.

Dr. Green dışarı çıkınca peşinden gittim. "Doktor, biraz konuşabilir miyiz?"

Bana dönerek, "Tabii," dedi.

"Bu adam eskiden böyle değildi," dedim. "Sokaklarda yaşamıyordu. Eskiden Element Plak'ın sahibiydi."

Doktorun bakışları irileşti. "Element Plak mı?"

"Evet," dedim.

"Bu isim beni doksanlara götürdü," dedi. "O şirketten birçok sanatçıyı dinlerdim. Neler olmuş?"

"Bilmiyorum," dedim. "On yıl önce şirketi bıraktı ve Seattle'dan ayrıldı. Ondan bir daha haber alamadım. Kısa bir süre önce onu sokakta buldum." Kafamı salladım. "Aklım almıyor. Alanında bu kadar başarılıyken nasıl bu hale gelebildi?"

"Birçok açıklaması olabilir," dedi. "En muhtemel olanı, bağımlılık."

"Hayır," dedim. "Onu tanıyorum. Öyle şeylere elini bile sürmezdi. Aslında iğrenirdi. Bu bağımlılık değil. Bu... başka bir şey."

Dr. Green, "Belki de zihinsel bir rahatsızlıktır," dedi.

Kafamı salladım. "Cade depresyon veya buna benzer bir durum yaşamadı hiç."

"Zihinsel hastalıklar çok nazik bir konu," dedi. "Kişi atak geçirmeden önce hastalık yıllarca uykuda bekleyebilir."

İç geçirdim. "En yakın arkadaşım, Swedish Hastanesi'nde radyolog. Bu durum onun uzmanlık alanının dışında ama o, kazadan kaynaklanan bir beyin hasarı oluşmuş olabileceğinden bahsetmişti. Bu durum pek konuşmamasını veya beni, hatta kendini bile tanımamasını açıklayabilir."

Gözlüklerini düzeltti ve konuşmaya devam etti. "Hafızası kötü durumda mı dediniz?"

"İlk başta beni tanımadı," dedim. "Şu anda tanıyor mu ondan da emin değilim." Kazağımı indirdim ve dövmeyi gösterdim. "Ama bunu hatırladı. Bu dövmenin aynısından onda da var."

Dövmeme bakarak, "İlginç," dedi. "*Toujours* ne demek?"

"Daima demek," dedim. "Fransızcada."

Başıyla onayladı. "Bilgisayarlı tomografi müsait mi, bir bakalım. Ya da MR. Beyinde neler oluyor bakabiliriz. Geçmişte yaşanmış travma veya hasarı tespit edebiliriz belki."

"Peki, bir şeyler görebilirseniz tedavi mümkün olabilir mi? Belki ilaçla?"

"Beyin hasarları zorludur," dedi. "Bir nöroloğa danışırız."

"Çok teşekkürler," dedim.

Gülümsedi. "Elimizden geleni yapacağız."

Bir saat sonra, Cade'in yaralarının temizlenip sarılmasının ardından, hemşire onu görüntüleme bölümüne götürdü. Ben biraz geride kaldım ve telefonuma baktım. Ryan iki kez aramış, bir de mesaj atmıştı.

"Pardon," diye mesaj attım. "Yoğun bir gün oldu. İyi misin?"

"Selam," yazdı. "Seni düşünüyorum. Erken kalkan trene bindim. Planladığımız gibi saat 6'da evde görüşürüz?"

Saate baktım. Çoktan 4 olmuştu. Saat 6'da evde olmamın imkânı yoktu.

"Özür dilerim, geç saate kadar çalışmam gerek," yazdım. Sözcüklere bakarken kendimi kötü hissediyordum.

"Tamam," dedi. "O zaman gece görüşürüz?"

"Evet," dedim. "Uzun sürebilir. Bekleme."

"Tamam," yazdı.

Midem düğüm düğüm olmuştu. Telefonu tekrar çantama attım ve sandalyeye oturdum. Ortam temizdi ama yine de hastalıklı bir koku vardı. Sanki deterjan ve lazımlığın kötü bir karışımı gibiydi.

Saatler sonra Dr. Green geldi. Yanında ellili yaşlarının ortalarında bir kadın vardı. Kadın beyaz bir laboratuvar önlüğü giymişti. Yüzü ve çenesine kadar gelen kır saçları bana lisede çok sevdiğim İngilizce öğretmenim Bayan Ramsay'i anımsatmıştı.

"Bu Dr. Branson," dedi. "Kendisi Harborview'daki nöroloji bölümünün başkanıdır."

Başımla onayladım. "Tanıştığımıza memnun oldum. Ben Kailey Crane, Cade'in eski bir arkadaşıyım."

"Bay McAllister'ın sokaklarda yaşadığını duydum," dedi. "Onunla konuşmaya çalıştım ama tepki vermiyor. Bu durumda, ailesinden başka kimse veya vekil tayin ettiği biri olmadığı için sizi en yakın akrabası olarak alacağım."

"Tabii ki," dedim. "Elimden ne gelirse."

Kadın elindeki dizüstü bilgisayarı açtı ve, "Bayan Crane," dedi. Bilgisayarın şifresini girdi ve bir dizi röntgen çıkardı. "Arkadaşınızın birçok kaburgası kırık. Dalağında da şurada görebileceğiniz üzere şişme var," diyerek görüntülerden birini gösterdi. "Bu çok acil değil ve zamanla iyileşeceğini umuyorum." Bir sonraki ekrana geçti. Yeni bir görüntü geldi. Cade'in beyninin yukarıdan görünüşüne benzeyen görüntüye dikkatli bir şekilde baktı. "*Bu,* arkadaşınızın beyninin bir görüntüsü. İlk bakışta her şey normal görünüyor." Görüntüyü yakınlaştırdı. Büyülenmiştim. "Ama yakından baktığımızda bazı alanların daha parlak olduğunu görüyoruz, bu da serebral şişlik demek.

Bu yakın zamanda aldığı yaralanmalardan kaynaklanabilir ama görüntülerin genel birleşimine baktığımızda çok da ikna olmadım."

Kafamı salladım. "Yani?"

"Yani bunlar arkadaşınızın bir süre önce beyin travması geçirmiş olabileceğine dair kanıt olabilir. Dr. Green arkadaşınızın bir şirketi, iyi bir hayatı olduğunu açıklamıştı?"

Başımla onayladım. "Evet, öyle. Bu halde değildi. Başına bir şey geldiğini düşünüyorum."

Dr. Branson, "Ben de," dedi.

Gözlerim kısıldı. "Ne gibi bir şey?"

"Bir yerden düşmüş, araba kazası geçirmiş olabilir," dedi. "Her şeyi inceledik. Arkadaşınız nasıl bir travma yaşamışsa bu onu kafası karışık bir halde bırakmış. Onu kısa süreliğine muayene edebildim ama ilk değerlendirmem, BT'yi gösteriyor."

"BT mi?"

"Beyin Travması," dedi. "Ayrıca önemli derecede bilişsel zayıflama ve hafıza kaybı var." Dr. Green'e döndü. "Raporunuza göre gidip gelen bir hafıza ve algıya sahip."

"Evet," dedim. "Dövmemi tanıdığını ve beni hatırladığını biliyorum. En azından bir dereceye kadar."

Dr. Branson başıyla onayladı. "Daha fazlasını da hatırlaması mümkün. Biz buna Gravyer Hafıza diyoruz. Resmin tamamında bir sürü boşluk var. Beyin travması geçiren hastaların çoğunda iyileştiklerinde de her zaman boşluklar olur. Aile ve arkadaşlar bu boşlukları doldurmak için ellerinden geleni yapabilir."

Sandalyemde doğruldum. "Yani iyileşme umudu var mı diyorsunuz?"

"Hem evet hem hayır," dedi. "Arkadaşınızın önünde zorlu bir dönem var. Terapiye ve bir ömür boyu sürecek bakıma ihtiyacı var. En iyi tedavi sunulsa bile ne kadar tepki vereceği belirsiz."

"Onu bu tedaviye nasıl başlatabilirim? Ne yapabilirim?"

Başını sallayarak, "Burada yeni bir program başlatıyoruz," dedi. "Bence arkadaşınız bu program için çok uygun bir aday. Rehabilitasyon merkezi veya yaşam destek merkezi tarzı bir yer için bir fon aldık ve beyin travması geçirmiş hastalara yöneldik. Burada, hastanenin içinde, on iki birim var. Küçük bir şans ama belki Cade için de bir yer vardır."

"Bu harika olur," dedim. "Ne zaman başlayabilir?"

Cebinden bir kart çıkardı ve bana uzattı. "Bu kartım. Yarın arayın. Belge işlemlerine başlayalım. Tabii yer varsa ve kendisi razı olursa." Boğazını temizledi. "Bu arada bakımın bir kısmı karşılanıyor olsa da bedava değil. Konut ve yiyecek ücretinin ödenmesi gerekiyor. Ücretler konusunda programın idarecilerinden biriyle konuşturabilirim sizi."

"Ücret sorun değil," dedim. "Siz bunun Cade için uygun olduğunu düşünüyorsanız mali kısmı ben halledebilirim."

"Güzel," dedi. Elindeki dosyada birkaç sayfayı çevirdi. "Bir asistanım son on yıl içinde hastanemize beyin hasarından gelmiş isimsiz bir hasta var mı diye kayıtlara bakacak. Arkadaşınız ne zaman kaybolmuştu?"

Gözlerimi sımsıkı kapatıp açtım. "1998 yazıydı." Cade'i son görüşümü hâlâ hatırlıyordum. 23 Ağustos. O gece kavga etmiştik. Hiç kendinde değildi. Ayrıldığımızda saatlerce ağlamıştım.

"Tamam," dedi. "Samanlıkta iğne aramaya benzeyecek ama kayıtsız hastaları inceleyip bağlantı bulabilir miyiz diye bakacağız. Ona ne olduğunu ya da yaralanmasının içeriğini öğrenebilirsek tedavisi için iyi olabilir."

Başımla onayladım. "Çok teşekkürler."

*

Saat neredeyse on olmuştu. Hemşire bekleme odasında beni bulduğunda içim geçmek üzereydi. "Onu beşinci kata yerleştirdik," dedi. "Bu gece gözetim altında tutmak istiyoruz."

"Teşekkürler," dedim. Derin bir nefes aldım, ayağa kalktım ve eşyalarımı topladım.

"Size portatif bir yatak getirebilirim," dedi. "Tabii kalmak isterseniz."

Ryan'ı düşündüm. "Kalamam. Ama gitmeden önce ona iyi geceler dilemek isterim."

"Tabii ki," dedi. "Beni takip edin. Sizi yukarıya çıkarayım."

Asansör yukarı çıktı. Hemşirenin gözlerini üzerimde hissedebiliyordum.

"O sizin için özel biri, değil mi?" diye sordu.

"Evet," dedim. "Öyle."

Neden önemli olduğunu söylemedim. Onu bu gece burada yalnız bırakmanın beni perişan edeceğini söylemedim. Bütün geceyi yatakta sağa sola dönerek geçireceğimi, sonra şafakta uyanıp hastaneye geri geleceğimi söylemedim. Bütün bunları nişanlımdan sakladığımı, şu anda hayatımın bana yabancı göründüğünü ve nasıl devam edeceğimi bilemediğimi söylemedim.

Hemşire beni Cade'in odasına götürdü. Şehrin pencereye vuran solgun ışıkları dışında oda karanlıktı. Bir zamanlar Cade'in çok sevdiği şehrin ışıkları.

Hemşire, "Bay McAllister," diye fısıldadı.

Cade cevap vermedi. Nefes alışına bakılırsa uyuyordu.

Kadın, "Güzel," diye fısıldadı. "Dinlenmesi lazım."

Başımla onayladım. Cade'e yaklaştım. Zayıflamış vücudu ince bir battaniyeye sarılmıştı. Yüzü şiş ve sarılıydı. Burnundan oksijen veriliyordu. Sağ koluna serum takılıydı.

"İyi geceler, Cade," diye fısıldadım.

Kadın, "Eve gidin," dedi. "Biraz dinlenin. Ben ona bu gece göz kulak olacağım. Merak etmeyin."

"Teşekkürler," dedim. Gözlerim dolmuştu. Sanırım kadın da bunun farkındaydı.

"Arkadaşınız iyileşecek," dedi. "İçimde öyle bir his var."

Kendimi toparlamak için derin bir nefes aldım. "Umarım."

Kapıya doğru yürüdüm. Sonra döndüm ve çantamı karıştırmaya başladım. iPodumu buldum. Listemde Cade'in eskiden sevdiği, *ikimizin* de sevdiği yüzlerce şarkı vardı. Kulaklarına kulaklığı taktım, müziği açtım. Gin Blossoms'tan *Anywhere You Go* çalmaya başlayınca gözkapakları hafifçe titredi.

Eve vardığımda saat onu geçiyordu. Eddie beni kapıda karşıladı. "Selam, oğlum," diye fısıldadım ve eğilerek başını okşadım. Ryan'ın bavulunu ve ceketini gördüm, uyuyor mu merak ettim. Bu sırrı ondan daha ne kadar saklayabilirdim bilmiyordum.

Anahtarlarımı sessizce sehpanın üstüne bıraktım. Yatak odamıza giden merdivenlere baktım. Sonra kanepeye yöneldim. Uzandım ve üstüme bir battaniye çektim. Gözlerimi kapatınca Cade'in yüzünü gördüm. Big Sur'da birlikte kaldığımız otelin balkonunda oturuyordu. Fransız tarzı kapılar açıktı. Dalgalar, sarp kayalıkların altındaki kumsala vuruyordu. O zamanlar Cade'i seviyordum. İlk o zaman anlamıştım. Ya da belki de her zaman biliyordum.

Bir dakika sonra uykuya daldım.

12. Bölüm

13 Aralık 1996

Cade, "Bak," dedi. "Kar yağmaya başladı."

Taksinin penceresinden baktım ve hafif hafif kar yağmaya başladığını gördüm. Birlikte Fremont'taki Mishu Sushi'ye gidiyorduk. Burada Cade'in ortağıyla tanışacaktım. Teyzesi dışında Cade için aileye en yakın olan kişi James'ti. Bu görüşmeyi ayarlamak uzun sürmüş olsa da en sonunda onunla tanışacağım için onur duyuyordum.

"Kara bayılırım," dedim. "Beni mutlu ediyor."

"Ben de," dedi. "Ama böyle soğuk gecelerde her zaman evsizleri düşünürüm. Apartmanımın arkasındaki ara sokakta yaşayan yaşlı bir adam var. Geçen gün ona bir fincan kahve götürdüm. Adı... Frank'ti sanırım. Bu gece çok üşüyordur."

"Çocuk olmak daha kolaydı," dedim. "Kar yağardı ve tek derdin okulu asıp arkadaşlarınla kardanadam yapmak olurdu."

"Evet," dedi. "Mahalledeki en güzel kayma yeri teyzemdeydi. James ve ben bütün gün dışarıda dururduk. Ta ki teyzem sıcak çikolata yapıp bizi çağırana kadar."

"Eski günler bir başkaydı," dedim.

"Gerçekten öyleydi."

"Bazen çocuk olmayı özlüyorum," dedim. "Seksenlerde yaşanan bütün o saçmalıkları özlüyorum." Gülümsedim. "Çocukken bakkala gidip eve kucağında yavru kediyle dönersin ya."

Cade sırıttı. "Evet, onlar en güzel günlerdi. Elinde bir kutu dolusu kedi yavrusu olan bir teyze olurdu mutlaka. Artık yok böyle şeyler."

İkimiz de güldük.

Ona dönerek, "James nasıl biri?" diye sordum.

Cade, "James'i nasıl tarif edebilirim acaba?" dedi, düşünceli bir şekilde iç çekerek. "Uzun boylu, yakışıklı, çok akıllıdır. Şimdi düşününce, aslında mükemmel bir parçadır." Sırıttı. "Onunla kaçıp gideyim filan deme."

Güldüm. "Elimden geleni yaparım."

Elimi sıktı. "James ve ben çok farklıyız," dedi. "Ama her nasılsa arkadaş ve işortağıyız. Her zaman çok kolay olmuyor tabii."

Başımı salladım. "Nasıl yani?"

"Mesela bu aralar. James, şirketi yeni bir yola sokmak istiyor."

"Öyle mi?"

"En büyük gruplarımızdan biri, Flying Limbs, istifa etmek istiyor. Bu grubun plakları çok iyi sattı, onlar sayesinde buralara geldik. Tabii onlar da bizim sayemizde buralara geldi. Grubun solisti Thresh, zamanını New York'taki bir çatı katı dairesiyle Lake Union'da yat arasında geçiriyor." Durdu. "Tabii, Thresh kendini Tanrı'nın müziğe armağanı olarak görüyor ve anlaşma için büyük bir bonus istiyor. Ama bence onları tutmaya değer. Çok fazla takipçileri var ve kariyerlerinin sadece daha da ilerleyeceğine inanıyorum."

"Ve James inanmıyor mu?"

Kafasını salladı. "Sadece inanmamak da değil, işleri kendi eline alıyor. Geçen gün Thresh'i arayıp istediği kontratı yapmamızın imkânı olmadığını ve onlarla çalışmayı bıraktığımızı söylemiş."

"Öncesinde seninle konuşmadan mı?"

Cade başıyla onayladı. "Thresh de beni azarladı. Onu en başta keşfeden bendim. Beni arkadaşı olarak görüyordu... şu ana kadar." İç çekti. "Ve inan bana, Thresh, uğraşmak isteyeceğin bir adam değil."

"Üzüldüm," dedim. Kafasını salladı. "James, radyo hitleriyle sözleşme yapmak uğruna bizi biz yapan gruplarla anlaşmaları bozuyor. Tek yapabildiğin gözlerini oymak isteyene kadar Spice Girls topraklarında çürümek."

"Spice Girls mü?"

Cade gözlerini devirdi. "İngiltere'de patlayan bir kız grubu. Gelecek yaz Amerika'da her büyük radyo kanalında olmaları bekleniyor, ciddi bir radyo dalgası kirliliğine hazır ol. Ben bu işe ticari amaçlı hitler üretmek için girmedim. Benim için mesele sadece müzik. İyi müzik."

Başımla onayladım. "Anlıyorum. İkiniz ortak bir zemin bulabilecek misiniz?"

"Eninde sonunda buluruz ama bu bitmeyen bir mücadele," dedi. "Bazen beni çok yoruyor." Cüzdanını çıkardı ve taksicinin parasını verdi. James olabilecek uzun bir adam, yanında koyu renk kıvırcık saçlı bir kadınla mavi bir tentenin altında duruyordu. Sigarasını, hafif kar birikmiş kaldırımda söndürdü. Cade hemen, "Sana Alexis'in de burada olacağını söylemeyi unuttum," dedi.

"James'in asistanı, değil mi?"

Cade, "Evet," dedi. "Geçen yıl ofis işlerine yardımcı olması için işe aldık. İkimize de asistanlık yapması gerekiyordu ama yazılı işlerin çoğuyla James ilgilendiği için ona rapor vermesi daha mantıklı oldu." Omuz silkti. "Ama laf aramızda, James'e âşık."

"James biliyor mu?"

"Biraz tuhaf aslında," dedi. "Ama özel hayatı hakkında fazla konuşmuyoruz."

Taksiden inerken taksici bize doğru döndü. "Pardon," dedi. "Kulak misafiri olmadan edemedim. Siz Element Plak'tan Cade McAllister mısınız?"

Cade, "Ta kendisi," dedi.

Taksici, "Vay canına," dedi. "Ben Rod. Çok büyük bir hayranınızım. Şey... Benim bir grubum var. Bateri ve biraz da gitar çalabiliyorum. Bir demo kasedimiz var, belki bakmak istersiniz."

Cade canayakın bir şekilde, "Rod, seninle tanıştığıma çok memnun oldum," dedi. "Ben şu anda bir akşam yemeğine gidiyorum ama demo kasedini ofise gönderirsen çok memnun olurum. Bir dinleriz. Ne dersin?"

Adam ağzı kulaklarında, "Süper," dedi. "Gönderirim."

Kaldırımda, "Eminim bu sürekli oluyordur," diye fısıldadım.

"Her seferinde bir dolar alsaydım ohooo..." James ve asistanı bize doğru yaklaşınca sustu.

James bir gömlek ve kot pantolon giymişti. Görünüşü, hipster bir müzik yapımcısından daha şıktı ama bu ona yakışıyordu. Dağınık kıvırcık saçları ve güzel bir yüzü olan Alexis de böyle düşünüyordu belli ki. Kız benden biraz uzundu. Önü açık siyah yün kabanının altında dar siyah bir elbise, külotlu çorap ve sarı bağcıklı siyah bir Doc Martens çizme vardı. Bana üniversiteye zayıf gelip yemekhanede çok fazla dondurma yemeye yenik düşen kızları hatırlatmıştı. Bize tatlı tatlı gülümsedi.

James, Cade'e "Selam, dostum," dedi ve bana sırıttı. "Demek kızımız sensin." Cade haklıydı. Bu adamdan cazibe fışkırıyordu.

Elimi uzatarak, "Merhaba," dedim. "Ben Kailey."

James, "Kailey, seninle tanıştığıma çok sevindim," dedi. "Bu Alexis, benim asistanım."

"Tanıştığımıza memnun oldum, Alexis," dedim. Gülümseyerek, "Hakkında çok güzel şeyler duyduk," dedi. Sanki aralarında bir ilişki varmış gibi James'in koluna girdi.

James kendini Alexis'ten kurtararak, "En sonunda bir yemek ayarlayabildiğimize sevindim," dedi. Alexis kırıldıysa da bir şey belli etmemişti. "İçeri girip masamıza oturalım mı? Buranın *sushi*'si harikadır."

Göz kırparak, "Fermont'a boşuna Evrenin Merkezi demiyorlar," dedim. Kapıdan içeri girdik.

İçeride, James masaya bir sürü *sushi* ve pahalı bir şişe pirinç şarabı söyledi. Şarap hemen geldi, önce küçük taş bir sürahiye sonra da küçük taş kadehlere döküldü.

James, kadehini kaldırarak, "Yeni arkadaşlara ve iyi müziğe," dedi.

Kadehlerimizi tokuşturarak, "Şerefe," dedim. Tam o sırada Alexis'in bana baktığını fark ettim, bakışlarını hemen James'e çevirdi.

"Cade sana bugün Ethan White'la sözleşme imzaladığımızı söyledi mi?"

Şaşırarak kafamı salladım. "Radyodaki erkek grubundan Ethan White mı?"

"Evet," dedi. "Geçen sene çok satanlar listesine giren 'erkek grubu'," dedi, havada tırnak işareti yaparak.

All The Way şarkılarına çektikleri klibe Tracy'yle birlikte güldüğümüzü hatırladım. O zaman erkeklerin bembeyaz giyinmemesi gerektiğine karar vermiştik. Tişört bir şeydi ama tişört, pantolon, ayakkabı ve şapka? Cidden *kötüydü.*

James, "Ethan bizimle bir solo albüm yapacak," dedi. "Çok büyük bir şey olacak."

Cade sandalyesinde kıpırdandı ve şarabını bir dikişte içti. Bu fikir onun kurdeşen dökmesine sebep olacak gibi görünüyordu.

Cade, "Ticari bir başarı," dedi. "Ama James, ikimiz de bu adamın müzikal olarak bitik durumda olduğunu biliyoruz."

James, derin bir soluk vererek, "Ethan White'la sözleşme imzalamak Element Plak için çok büyük bir şey," diye karşılık verdi.

Cade kadehini doldurdu. Biraz da telaşlı bir halde, "Sana bunu biraz daha düşünmek istediğimi söylemiştim," dedi. Onun bu halini ilk defa görüyordum. Bu beni huzursuz etmişti.

James kollarını kaldırdı. "Düşünecek ne var? Bizimle müzik yapmak isteyen Grammy ödüllü bir sanatçımız var."

Cade, biraz daha yüksek bir sesle, "Ama onun müziği bizim tarzımıza uymuyor, James, bunu sen de biliyorsun," dedi.

James, nazik bir bakışla bana döndü. "Sanırım Element Plak için klasik bir günü yaşıyorsun şu an."

Cade ayağa kalktı. "James, bu konuyu burada konuşmak istemiyorum," dedi. "Hadi biraz dışarı çıkalım."

James kaşlarını kaldırdı. "Nasıl istersen, dostum." Gülümseyerek bize döndü. "Hanımlar, müsaadenizle."

İki adam kaldırıma doğru yürürken Alexis'le arkalarından baktık. Pencereden hararetli bir şekilde konuştuklarını görebiliyorduk.

Alexis, bilmiş bilmiş, "Bazen kardeş gibi kavga ediyorlar," dedi. Sanki bir sır verecekmiş gibi eğildi. "Ama birbirlerini seviyorlar. Her zaman sorunlarını çözüyorlar." Garsonu çağırdı ve birer içki daha söyledi. Gülerek, "Bir tane daha iç," dedi. "Şirketten."

Eve döndüğümüzde Cade yorgun ve dağılmış görünüyordu. Buzdolabını açtı ve boş gözlerle baktı. Dışarıda kar daha yoğun bir şekilde yağıyordu. Yemekteki huzursuzluğa rağmen Cade'le olduğum için bu geceyi sevmiştim. Geçen haftasonu Queen Anne'deki pazardan aldığımız küçük Charlie Brown Noel ağacına astığımız ışıkları yaktım.

Kollarımı Cade'in beline dolayarak, "İyi misin?" diye sordum. "Biraz gergin görünüyorsun."

"Kusura bakma," dedi. "James beni kızdırıyor. Her zaman böyle."

"Nedenini görebiliyorum," dedim. "Çok iyi biri ama biraz üstünlük taslıyor gibi."

Cade, "Kesinlikle," dedi. "İşe yeni başladığımızda başarının verdiği heyecanla bunları görmezden gelmek daha kolaydı. Ama şimdi?" Kafasını salladı. "Adam iyice bencilleşti."

Başımla onayladım. "Üzüldüm."

Cade iç geçirdi. "Alexis hakkında ne düşünüyorsun?"

Döndüm ve onunla yüz yüze geldim. "Tatlı bir kız ama dürüst olmak gerekirse onun için biraz üzüldüm."

"Ben de," dedi. "Müzik hakkında hiçbir şey bilmiyor."

"Bir dakika," dedim. "Bir plak şirketinde çalışıyor..."

"Müziği sevdiğinden bile emin değilim." Kafasını salladı. "Ama James'i seviyor, orası kesin."

Kafamı salladım. "Bir insan nasıl olur da plak şirketinde çalışır ve müzik sevmez?"

Cade omuz silkti. "Element Plak'a ilk geldiğinde anladım bunu. Bizim ilk stajyerlerimizden biriydi. İş görüşmesini hiç unutmuyorum. Müzik hakkında bilgisi varmış gibi davranmıştı ama en iyi rock gruplarını sorduğumda cevap verememişti."

"Ay, çok tatlı," dedim. "Onu zorluyor musun?"

Cade kafasını salladı. "Aynı soruyu sana sorsaydım sen hemen söylerdin."

Başımla onayladım. "Nirvana. U2. The Beach Boys."

Güldü. "Gördün mü?"

Gülümsedim. "Ama The Beach Boys mu?"

"Beni yargılama," dedim. "Her zaman Kokomo'ya gitmek istemişimdir. Hep The Beach Boys'un yüzünden."

Sırıttı. "Çok komiksin."

Onu kendime çektim. "Beni işe alır mıydın?"

"Hem de hemen."

Gülümsedim ama Cade'in bakışları uzaktı. "Ne düşünüyorsun?"

İç geçirdi. "Bugünlerde işte kendimi tuhaf hissediyorum."

"Bu canını sıkıyor, değil mi?"

"Evet," dedi. "Eski haline getirebileceğimden emin değilim." Derin derin soluk verdi.

"Çok üzgünüm," dedim. Bir an durdum. Onu pes etmemesi, inandığı şeyler uğruna direnmesi için cesaretlendirmek istiyordum. Ona zihnimde, belki de herkesin zihninde, onun Element Plak'ın başarı sebebi, bu işin kalbi olduğunu söylemek istiyordum. Ama dudağımı ısırdım ve ona uzun uzun sarıldım.

Alnını benimkine dayadı. "Bir şey diyeyim mi?"

"Tabii."

"Sen varken kendimi huzurlu hissediyorum," dedi. "Sen yokken seni özlüyorum."

Yutkundum.

"Şu U2 şarkısını biliyor musun, *aradığımı hâlâ bulamadım* diyen?"

Gözlerine bakarak başımı salladım. "En sevdiğim şarkılardan biridir."

"Bunca yıl, birileriyle flört edip durdum. Bir şeyler arıyordum ama ne aradığımı bilmiyordum."

Müzik çalmıyordu ama vücutlarımız sanki müzik varmış gibi birlikte sallanıyordu.

"Bulana kadar ne aradığımızı bilemiyoruz bence. Sonra ben... seni buldum."

Gözlerim doldu, kendimi tuttum. "Ben de seni buldum."

"Bunca zaman seni arıyormuşum, Kailey," dedi. "Sadece haberim yokmuş." Yanaklarımı ellerinin arasına aldı. "Ben sana âşık oluyorum."

"Ben de," diye fısıldadım. "Hem de çok."

Bana gülümsedi. Kalbim patlayacak gibiydi. "Birlikte âşık olalım o zaman."

Eline uzandım ama o çoktan dönmüş ve pencereye doğru yürümüştü. "Kar çok fena yağıyor," dedi. Tekrar kanepeye geldi, yün bir battaniyeyi koluna aldı. "Bunu Frank'e götüreceğim."

Kapıyı açtığında soğuk hava dalgası tenime değdi ama ben fark edemeyecek kadar sıcaktım.

13. Bölüm

16 Kasım 2008

Mutfaktan gelen kahve makinesinin sesiyle gözlerimi açtım.

Ryan kalktığımı görünce, “Pardon,” dedi.

Esnedim ve gözlerimi ovuşturdum. Uyku sersemi bir halde, “Sorun değil,” dedim.

“Dün gece neden yatağa gelmedin?” diye sordu.

“Geç geldim,” dedim. Dün olanları hatırladım. Uykudan sonra belirsizleşen şeyler eski hallerini alıyordu. Cade’in yaralarını düşününce titredim. “Seni uyandırmak istemedim.”

Kanepeye geldi ve yanıma oturdu. Burnunu benimkine bastırarak, “Bir dahaki sefere uyandır beni, tamam mı?” dedi.

Gülümseyerek başımı salladım. "Tamam."

Dışarıda yağmur atıştırıyordu. Bütün gün veya sonsuza kadar burada kalmak istiyordum. Şömineyi yakmak ve içeride mahsur kalmak için bir kar fırtınasının çıkmasını diliyordum. O zaman Ryan'ın kollarında uzanır ve Harborview Sağlık Merkezi'nde beşinci katta yatan bir deri bir kemik kalmış adamı düşünmemeye çalışırdım.

"Bu yıl bir Noel ağacı alalım," dedim.

Ryan, postaları gözden geçirirken, "Sahiden mi?" dedi. "Aslında Noel ağaçları bir sürü iş ve dağınıklık gibi geliyor bana."

Alınarak, "Yaa," dedim.

Hemen kafasını kaldırdı. "İstiyorsan tabii ki alabiliriz, canım."

"Hayır," dedim. "Haklısın. Gereğinden fazla uğraştırıyorlar insanı."

Konuyu değiştirerek, "Bak sana söylemeyi unuttum," dedi. "Anne ve babam dün aradı. Bu gece geliyorlar."

"Bu gece mi?"

Kanepede yanıma oturdu. Tam kıvamında bir fincan kahve uzattı.

"Evet."

Kaşlarımı çattım. "Bu haftasonu gelecekler sanıyordum."

"Biliyorum," dedi. "Ben de öyle sanıyordum. Ama babam toplantısını biraz erkene almış. Annem de onunla gelmeye karar vermiş. İstersen Fairmount'ta kalmalarını sağlayabilirim."

"Hayır," dedim. Ne kadar stresli olursa olsun, söz konusu olan Ryan'ın ailesiydi. Bazen beni gıcık etseler de bir ömür boyu, sonunda bir ailem olunca onları otele atmak için ailesiz yaşamamıştım. "Onlar aileden. Burada kalacaklar."

Ryan gülümsedi. "Dokuz gibi burada olurlar. Yarın birlikte yemek yeriz diye düşündüm. Beşinci Cadde'deki Earl's'te rezervasyon yaptırdım. Akşam yedide, tamam mı?"

"Hı, evet, tamam," dedim. Kahvemi yenilemeye gittim. Mutfak masasının üstünde devasa bir kutu dolusu davetiye duruyordu. Paketlenmeleri, üstlerine adres yazılması ve pul yapıştırılması gerekiyordu. Birini elime aldım ve zarflar için en doğru beyaz tonunu seçeceğim diye ne kadar kıvrandığımı anımsadım. En sonunda "keten beyazında" karar kılmıştım. Davetiyelere canımı sıktığım zamanlara dönmeyi ne çok isterdim.

Ryan sırıtarak, "Şu bebekleri postaya verecek miyiz?" dedi.

Hemen, "Evet," dedim. "Geçen hafta bir başlayayım demiştim ama işler bu ara çok hareketli."

"Ben de yardım edebilirim," dedi. "Elyazım *o kadar* da kötü değil."

"Tabii ki değil," dedim. "Yardım harika olur. Haftaya evlilik moduna gireriz, olur mu?"

Başını salladı. Kollarını belime doladı ve sırıttı. "Ertelemeye filan çalışmıyorsun, değil mi?"

Gülümseyerek, "Kesinlikle ertelemeye çalışmıyorum," dedim.

"Emin misin?"

Onu hemen öptüm. "Eminim."

Telefonum e-posta gelince titredi. Gelen kutuma bakınca saat 9:30'da müteahhitlerle bir görüşmem olduğunu hatırladım. Bunu nasıl unutmuştum ki?

Ryan'a, "Kahretsin," dedim. "Bu sabah müteahhitlerle bir görüşmem vardı." Kafamı salladım. "Şu anda yapmak istediğim en son şey bu ama Pioneer Square serim için onlarla çalışmam lazım."

"Birkaç yeri arayayım mı? Düzgün davranmalarını söyleyeyim mi?"

"Çok tatlısın," dedim. "Ama bu hiç profesyonel olmaz. Kendim hallederim."

Sırıtarak, "Tamam," dedi. "Bu gece görüşürüz."

Montunu alırken, "Seni seviyorum," dedi.

O kapıyı kapattıktan sonra, "Ben de seni seviyorum," diye fısıldadım.

Bir saat sonra Belltown'da yüksek bir binaya vardım; bir şişe su, naneli şeker ve sıfır duyguyla konferans odasına alındım. Beş dakika geçti, içeri beş adam girdi. İki tanesi aşırı kiloluydu ve ikisinin adı da Bob'du. Uysal bir yönetici asistanı geldi. Neredeyse fısıldayarak, "Bir ihtiyacınız var mı?" diye sordu.

Kafamı salladım. "Hayır, böyle iyiyim."

Bob'lardan biri konuşmaya başladı. "Bayan Crane, sizinle tanışmak bir zevk."

Kısaca, "Sizinle de öyle," dedim. Diğer adamlar kendilerini Steve, Jim ve Phil olarak tanıttılar. Meşe ağacından yapılma uzun masanın bir ucundaydım. Çantamdan not defterimle kalemimi çıkardım. "Pioneer Square'in geleceğiyle ilgili *Herald* gazetesinde bir yazı dizisi hazırladığımı biliyorsunuz. Her birinizin mahalleyi geliştirme isteğiniz konusunda Şehir Konseyi'yle mücadele halinde olduğunun farkındayım." Creighton Properties konusunda notlar aldığım sayfayı açtım. "Bob," dedim. "Sen barınağı yıkmayı öneriyorsun. Neden?"

"Basit ekonomi," dedi. "Barınak inşa ederseniz insanlar gelir."

Notlar alarak, "Ne demek istediğini açıklayabilir misin?" dedim.

"Belki hatırlamazsınız ama bu barınak 1996 yılında inşa edildi," dedi. "O zamandan beri de evsizler mahalleyi doldurdu. Bir evsize rastlamadan iki metre yürüyemiyorsun."

Barınağın inşa edildiği zamanı hatırlamakla kalmadığımı, o zamanlar bu konuda Cade'le konuştuğumu ona söylemedim. Cade şimdi ne söylerdi acaba?

"Ama Bob, bahsettiğin barınak dışında bu şehirde evsiz insanların gidebileceği çok az yer var."

"Evsiz insanlar mı?" diyerek kıkırdadı. Göbeğinin sallandığını fark ettim. "Tatlım, burada uyuşturucu müptelalarından bahsediyoruz. Bu insanlar toplumdan çalan, çalışmayı reddeden insanlar. Dipten beslenen balıklar."

Boğazımı temizledim. "Dipten beslenen balıklar mı?"

Diğer Bob, "Evet," dedi. "Bakın, biz de kalpsiz değiliz. Önerimizi okursanız yeterliden de iyi olduğuna inandığımız bir yer değişim paketi hazırladığımızı görürsünüz."

"Yer değişim paketi mi?"

İlk Bob, "Evet, evet," dedi.

"O zaman başka bir yere yeni bir barınak mı inşa edeceksiniz?"

Diğer adamlardan biri, *Steve miydi*, araya girdi. "Pek sayılmaz," dedi.

"O zaman ne peki? Yüksek binalar yapmak için barınağı yıkacaksanız, barınağa güvenen yüzlerce insan nereye gidecek?"

Sonuncu adam, Phil, "Subway'e ne dersin?" dedi. "Taco Bell. McDonalds."

Kafamı salladım. "Anlamıyorum."

Phil gülümsedi. "Biz işten bahsediyoruz, Bayan Crane," dedi. "Biz sadakalara inanmıyoruz, çalışmaya inanıyoruz. Planımız da buna yönelik cömert bir paket içeriyor."

Defterimi bıraktım. "Söylemek istediğinizi anladım. Bana inanın, ben de en az sizin kadar çalışmaya inanıyorum. Ama yazı dizisi için konuştuğum insanlardan öğrendiğim şey, bu evsizliğin karmaşık bir sorun olduğu." Cade'i ve onun gibi sokaklarda yaşamayı seçmemiş sayısız insanı düşündüm.

1 numaralı Bob omuz silkti. "Sanırım aynı fikirde olmadığımızı kabul etmemiz gerek," dedi. "Umarım gazetede bizim görüşlerimize de yer verirsiniz."

Defterimi kapatarak, "Vereceğim, merak etmeyin," dedim.

Harborview Sağlık Merkezi'ne giderken yolda Jan'i aradım. "Müteahhitlerle görüşmeden yeni çıktım."

"Nasıldı?"

Gözlerimi devirdim. "Sana daha sonra anlatacağım. Şimdilik tek bir sözcük; ıyyy."

Jan, "Bugün gelecek misin?" diye sordu.

"Bugün yine dışarıda olacağım. Cade hastanede."

Nefesi kesildi. "Hadi ya. Bir şey mi var?"

"Hem evet hem hayır," dedim. "Çok kötü dayak yemiş. Birkaç kaburgası kırılmış. Ama yaralanmalarının çoğu basit. İyi haber, doktorlardan biri onu beyin travması geçirmiş hastalara yönelik yeni bir programa yerleştirebileceklerini söyledi. Cade'de de bu hasarın var olabileceğinden şüphe ediyorlar. Neyse, tekrar hastaneye gidiyorum."

Jan, "İstediğin kadar izin alabilirsin," dedi. "Bu konuda ciddiyim."

Derin derin soluk verdim. "Seni bu şekilde yüzüstü bıraktığım için ne kadar kötü hissediyorum bir bilsen." İç geçirdim. "Bütün hayatımı yüzüstü bırakıyormuşum gibi hissediyorum."

Jan, "Bu, işten önemli," dedi. "Bu, her şeyden önemli."

"Teşekkürler," dedim, arabayla otoparka girerken.

"Ryan'a söyledin mi?" diye sordu.

"Hayır," dedim. "Söylemeye korkuyorum."

Jan, "Ona söylemen lazım, Kailey," dedi. "Bilmeyi hak ediyor."

Odasına girdiğimde Cade uyanıktı. Duvarlar, sabah ışığında daha kirli görünüyordu. Sanırım hastalıkların izlerini kapatabilecek miktarda boya yoktu.

Yatağa doğru yürürken, "Merhaba," dedim. Kucağında dün ona bıraktığım iPod ve kulaklıklar vardı. Müzikleri beğenmiş miydi merak ettim. Kafasını kaldırıp bakmadı.

"Karnını doyurdun mu?"

Karşıya bakmaya devam etti. Yanındaki sehpanın üstünde duran telefona uzandım.

"Merhaba," dedim. "502 numaralı odada Cade McAllister'ın yanındayım. Bu sabah bir şey yedi mi?"

Hemşire, "A, evet," dedi. "Bay McAllister. Bir saat önce kahvaltısını götürdük ama yemeyi reddetti."

Cade'e baktım. Çok zayıftı, kafası karışıktı. "Ne getirmiştiniz?"

Kadın kızmış gibiydi. "Bir bakayım," dedi. Arka plandan kâğıt hışırtıları geliyordu. "A, evet. Yulaf ezmesi. Erik marmeladı ve süt."

"Yulaf ezmesinden nefret eder," dedim.

"Ama diyetisyenimiz kaburga kırığı olanlar için bunları öneriyor," dedi. "Bağırsak hareketleri hafif olmalı. Bazı yiyeceklerden..."

"Yağda yumurta ve çavdar ekmekli tost getirmenizi rica ediyorum," dedim. "Acı biber sosuyla birlikte. Acı biber sosunu çok sever."

Kadın, "Yapabilirler mi bir bakalım," dedi.

Yarım saat sonra, kafeteryadan genç bir kadın elinde bir tepsiyle geldi. Tepsiyi Cade'in masasına bırakırken gülümsedi.

Kadın çıkarken, "Teşekkürler," dedim.

Kazağımı çıkardım ve pencerenin yanındaki sandalyenin üstüne koydum. Sonra Cade'in yatağına gittim ve tabağın üstündeki metal kapağı kaldırdım. Yumurta ve çavdar ekmekli tost. Tepside küçük bir şişe acı biber sosu görünce sevindim. Yumurtaların üstüne sostan biraz damlattım ve çatala uzandım.

"Al bakalım," dedim ve bir çatal yumurtayı Cade'e uzattım.

Karşıya bakmaya devam etti ama vazgeçmedim. Çatalı kaldırdım ve nazikçe ağzına doğru götürdüm. Dudakları sanki sihir yapılmış gibi açıldı. Çataldakini yedi. Sonra çocuk gibi daha fazla vermemi bekledi. Bir çatal daha verdim, sonra tosttan bir ısırık aldırdım. Her lokmadan sonra gözlerini kaçırmadan bana bakıyordu.

"Seni tekrar sağlığına kavuşturacağız," dedim. "Ama yemek yemen gerekiyor, tamam mı? Çok zayıfsın." Gülümsedim. "Her zaman zayıftın ama biraz göbeğin vardı. Hatırlıyor musun? Bu konuda dalga geçip seni kızdırırdım."

Çatal dudaklarına ulaştığında sessizce ağzını açıyordu. Anılar birer birer dökülüyordu. İkimizin evimin çatısında şarap içtiği zaman. Evinde yeni bir grup için verdiği partide bir tepsi aperatifi taşıyan ben. Pike Place Pazarı'nda el ele yürüyüşümüz.

"Sen baharatlı şeyleri her zaman severdin," dedim. "Yaptığım bir şeyi beğenmesen bile yeterince acı biber eklersem veya acı sos koyarsam mükemmel olduğunu düşüneceğini biliyordum." Cade yumurtasının son lokmasını da yerken gülümsedim. "Bu benim küçük sırrımdı."

Bir bardak suyu dudaklarına götürdüm. Bakışlarını benden ayırmadan bir yudum aldı. Sanki beyninin beni tanımasını, hatırlamasını istiyor gibiydi. Bence bir yanı hatırlıyordu da. Böyle bir kafa karışıklığı yaşamak nasıl bir duygu merak ettim. Bir sabah, gördüğüm rüya yüzünden sersemlemiş bir halde uyanmıştım. Atlanta'da bir gıda konferansındaydım. Bir gece önce şarabı fazla kaçırmıştım. Gözlerimi açıp da çevremi incelediğimi hatırlıyordum. Yaklaşık 10,5 saniye boyunca nerede veya kim olduğumu anımsayamamıştım. Sanki beynim kendini geçici olarak kapatmıştı veya motoru çalıştırmak için uğraşıyordu. O anlarda kafam karışık bir halde uzanmıştım. Ben kimim? Neredeyim? Ne yapıyorum? Buraya nasıl geldim? Sonra motor vitese geçmişti. Bütün pistonlar çalışmaya başlamıştı. Dünyam yerli yerine oturmuştu.

Cade'in dünyası da düzelecek miydi? Tepsiyi aldım ve pencerenin yanına koydum. Tam o sırada Dr. Branson içeri girdi. "Günaydın," dedi. Doğruca Cade'in yanına geldi. Serum kablosunu düzeltti, tansiyon aletinin koluna uzandı ve değerlerini kontrol etti.

Başını salladı ve dosyasına bir şeyler yazdıktan sonra bana döndü. "Ben ve arkadaşlarım arkadaşınızın size dün bahsettiğim program için ideal bir aday olduğunu düşünüyoruz ama ne yazık ki boş yer yok."

Hayal kırıklığına uğrayarak, "Yapmayın," dedim.

"Ama benim bir fikrim var," dedi. "Arkadaşlarımla konuştum. Cade'in yaralarının önemli olduğunu düşünüyoruz. Üçüncü katta henüz hazır olmayan bir oda var, Cade için orayı hazırlama ihtimalimizi değerlendiriyoruz," dedi. "Evet, evet," dedim. "Bu harika bir haber."

"Bu onun için çok büyük bir adım olacak," dedi. "Bağımsız yaşayacak. Ama bina sağlık personeli tarafından gözlemleniyor. Beyin travması geçirmiş hastaların topluma tekrar karışması için en iyi yolun bu olduğuna inanıyoruz."

Bana bir yığın kâğıt uzattı. "Programa kabul edilmesine daha iki hafta var, bu yüzden bu süre içinde kalacak bir yere ihtiyacı olacak."

Kalp atışlarım hızlandı. "Kalacak bir yer mi?"

"Evet," dedi. "Eminim siz bu konuda ona yardımcı olabilirsiniz."

Ryan'ı, kayınvalidemle kayınpederimi, hayatımı düşünerek başımı salladım. "Evet, tabii."

"Programın bir kısmı için ödenek var ama masrafların tamamını karşılamıyor. Belli ki arkadaşınızın sigortası da yok. Ödenmesi gereken bir miktar olacak." Bana bir yığın kâğıt daha uzattı. "Yaklaşık sekiz bin dolar."

Başımla onayladım. Ryan'la paramız vardı. Kısa bir zaman önce hesaplarımızı birleştirmiştik. Birikimimiz çok olsa da, bu miktar bizim kasamızda sadece küçücük bir açık yaratacak olsa da huzursuz olmuştum. Ona olanları anlatmadan bu ödemeyi nasıl yapabilirdim? Bana olan güveni zedelenecekti.

"Sizi acele ettirmek istemiyorum ama yerini garanti altına almak için depozitonun bugün ödenmesi gerekiyor."

Başımı salladım. Çantamı aldım. İçinde çek defteri vardı. "Sorun değil," dedim. "Hallederim."

Kadına çeki uzattım. O da odaya gelen asistana verdi. "Gail, bunu ofisime götür ve John'un Bay McAllister'ın kaydını almasını sağla," dedi.

İkimiz de Cade'e baktık. Gözlerini kapatmıştı.

Dr. Branson sesini alçalttı. "Benimle dışarıda biraz konuşmanız mümkün mü?"

Başımı salladım ve onunla birlikte koridora çıktım. Kapıyı kapatınca bir dosya açtı ve birbirine tutturulmuş kâğıtlar çıkardı. "Asistanım araştırma yaptı. Arkadaşınıza uyan isimsiz bir hasta var. 25 Ağustos 1998 tarihinde gelmiş. Dosyada ambulansla getirildiği, kafa travması ve beyindeki şişme nedeniyle tamamen bilinçsiz olduğu yazıyor. Üstünde kimlik yokmuş. İki hafta komada kalmış. Ondan kısa bir süre sonra da taburcu edilmiş."

Dehşete düşerek, "Taburcu mu edilmiş?" dedim. "Kim almış?"

Dr. Branson elindeki sayfaya baktı.

"Sadece baş harfleri yazıyor," dedi. "'JK' size bir şey ifade ediyor mu?"

Bakışlarım irileşti. "James Keatley," dedim. Kollarımdaki tüyler diken diken oldu. "Cade'in eski işortağı."

Sabahın geri kalan kısmını Cade'in göğsünün alçalıp yükselişini izleyerek geçirdim. Bir an olsun zihnine girebilseydim keşke. Neler hissettiğini, neler hatırladığını, yıllar önce o ağustos gecesinde neler olduğunu görmeye yetecek kadar sadece. O gece bir şeyler olduğu kesindi.

James, gerçekten de Cade'i hastaneden almış mıydı? Eğer almışsa neden bana söylememişti? Telefonumu aldım ve koridora çıktım. James'i aradım. Telefonu yine resepsiyondaki aksi adam açtı.

"James Keatley'yle görüşmek istiyorum," dedim. "Kendisi müsait mi? Acil bir durum."

"Kim arıyor?"

"Kailey Crane," dedim.

"Kusura bakmayın, kendisi müsait değil."

"Müsait değil mi?"

"Evet, değil."

İç geçirdim. "Orada işler böyle yürüyor galiba. Müsait olur olmaz beni arasın lütfen." Adama numaramı verdim. Bir şeyler mırıldanıp kapattı.

Telefonu tekrar çantama koydum ve Cade'e baktım. Ne düşündüğünü veya ne hissettiğini bilmiyordum ama sağ gözünden bir damla yaşın akıp yanağına düştüğünü görünce kalbim sızladı.

"Cade, canın mı yanıyor?"

Karşıya bakmaya devam etti, çenesi hafifçe titriyordu. Acısını ondan almayı o kadar çok istiyordum ki. Beynini iyileştirmek istiyordum. Parmaklarımı şaklatmak ve her şeyi düzeltmek istiyordum. Ama tek yapabildiğim onunla olmaktı. O tanıdık çekimi hissediyordum. Düşünmeden yatağa gidip yanına yattım. Karnımı sırtına dayadım. Elimi uzattım ve göğsüne koydum. Kalp atışlarını duyuyordum. Gözkapakları hareket edip kapandı. Benimkiler de öyle.

"Pardon." Uzaklardan bir kadın sesi duydum. *Kim? Nerede?* Gözlerimi açtım. *Neredeyim?* Bir dakika sonra oda netleşti. Tepemde dikilen yüz de öyle. Bu kişi bir hemşireydi. Bir hastane odasındaydım. Doğruldum ve çevreme bakındım. Cade hâlâ uyuyordu.

"Kusura bakmayın," dedim. "İçim geçmiş." Gözlerimi ovuşturdum. "Saat kaç?"

Hemşire, "Yediye geliyor," dedi.

Telaşla, "Off, hayır," dedim. Ryan'a akşam altıda evde olacağıma dair mesaj atmıştım. Ayağa kalkıp çantamı aldım. Penceredeki yansımamdan halimin darmadağınık olduğunu gördüm.

"Gitmem gerekiyor," dedim. "Onu uyandırmak istemiyorum. Sabah tekrar geleceğim."

Cade'e kablo ve hortumlarla bağlı çeşitli monitörleri kontrol eden hemşire başını salladı. "Merak etmeyin," dedi. "Ona iyi bakacağız."

"Teşekkürler," dedim ve Cade'e arkamı döndüm. Sakallı ve zayıftı. Vücudu, sert hastane örtüsünün altında hilal şeklindeydi. Onu bırakıp gitmekten nefret ediyordum ama buna mecburdum.

Kapıdan içeri girince Ryan, "Merhaba," dedi. Kanepedeydi.

"Merhaba," dedim. Çantamı girişteki sehpanın üstüne koydum. "Annenler geldi mi?"

"Hayır," dedi. "Uçakları rötar yapmış. Gelişleri on biri geçebilir."

"Hadi ya," dedim.

"Ben onları bekleyeceğim ama sen beklemek zorunda hissetme kendini. Yoğun bir hafta geçirdiğini biliyorum."

Başımı salladım. Yukarı çıkma şansı yakaladığım için minnettardım.

Bilgisayarını bıraktı. "Bir saat önce Harborview'dan birisi aradı ve sana bir mesaj bıraktı. Beyin zedelenmeleri merkeziyle ilgili bir şeyler."

Birden avuçlarım terledi. *Neden ev numaramdan arasınlardı ki?* Sonra çeklerin üstünde bu numaranın yazdığını anımsadım. Ne söyleyeceğimi bulmaya çalışırken, "Yaa," dedim. Hemen bir şey bulmam gerekiyordu.

Sehpanın üstüne bir kâğıt bırakarak, "Numarayı buraya yazdım," dedi. "Bana bahsetmediğin bir beyin rahatsızlığın filan yoksa," dedi ve güldü, "*Herald*'la ilgili bir şey olduğunu sanıyorum?"

"Evet," dedim. "Yani tabii ki beyin rahatsızlığım filan yok." Gergin bir şekilde güldüm.

"Buraya gel," dedi.

Kanepeye yanına sokuldum.

"Az önce neredeyse önümüzdeki bütün hafta boyunca Los Angeles'ta olmak zorunda olduğumu öğrendim," dedi. "Malibu'daki yeni projenin hasar kontrolünü yapmak için gönderiyorlar beni." Koluma hafifçe dokundu. "Sen de benimle gelebilirsin. Kumsala gideriz. Ben çalışırken sen de yazılarını yazarsın. Güneş iyi gelebilir."

Kalbimin bir yanı kalmak, bir yanı gitmek istiyordu. Ama gidemezdim. Cade'in bana ihtiyacı vardı. En azından yeni yerine yerleşene kadar.

"Çok isterdim," dedim. "Ama bu hafta olmaz."

Ryan başını salladı. "Anlıyorum," dedi. Başımı omzuna yasladım. O anda kendimi Ryan'ın aşkına layık hissetmiyordum.

Ertesi gün Ryan'dan önce uyandım, sessizce giyindim ve evden kimseyi, hatta Eddie'yi bile rahatsız etmeden ayrıldım. Zaten Eddie kapıdan çıktığımı fark edemeyecek kadar uyku sersemiydi.

Arabayı park ettim ve hastanenin beşinci katına çıktım. Elimi kapı koluna koyduğumda kalp atışlarım hızlandı. Ama odaya girdiğimde elinde beyaz karanfillerle dolu vazo ve üstünde "Geçmiş Olsun" yazan balon olan bir adamla çarpıştım.

Şaşkın bir halde, "Aa," dedim. "Kusura bakmayın. Sanırım yanlış odaya geldim. 502 numaralı odayı arıyorum da."

"Burası 502 numaralı oda," dedi. "Karım bugün ameliyattan sonra bu odaya alındı."

"Karınız mı?" Omzunun üstünden baktım ve kısa saçlı orta yaşlı bir kadının önceden Cade'in yattığı yatakta yattığını gördüm. Elinde bir uzaktan kumanda vardı ve hayal kırıklığına uğramış bir ifadeyle televizyona bakıyordu.

"Bill, bu şey nasıl çalışıyor? Hemşirelerden birini çağırabilir misin?"

"Pardon," dedim ve doğruca hemşire odasına gittim. *Belki de onu başka bir odaya taşımışlardır? Belki başka kata almışlardır?*

"Pardon," dedim. "Ben Cade McAllister'ı arıyorum. Dün 502 numaralı odadaydı ama bugün yok."

Genç hemşire, "Aa," dedi. "Evet." Sonra dünden hatırlamadığım daha yaşlı bir hemşireye döndü.

Yaşlı olan, "Şöyle oldu," dedi. "Arkadaşınız gitti."

Kafamı salladım. "Nasıl yani, *gitti* derken?"

Kadın omuz silkti. "Gece bir ara çıkıp gitmiş," dedi. "Gece vardiyasındaki hemşire gece saat üçte ağrı kesicisini vermek için gittiğini ama onu odada bulamadığını söyledi."

"Gitmesine nasıl izin verirsiniz?" diye bağırdım. "*Beyninde hasar* var onun. Ne yaptığını bilmiyor. Kim olduğunu bilmiyor."

Yaşlı olan hemşire, "Han'fendi," dedi. "Burası bir hastane, hapishane değil. İnsanları burada kalmaya zorlayamayız. Gitmek istiyorlarsa gidebilirler."

İç geçirdim. "Nereye gitmiş olabileceğine dair bir fikriniz var mı? Herhangi bir fikir?"

Omuz silkti. "Belki de sokaklara dönmüştür," dedi. Belgelerine geri döndü. "Eninde sonunda oraya dönerler."

Başka bir şeyler söyleyecekti ama dinlemedim. Hemen asansöre koştum.

Bütün günü Cade'i aramakla geçirdim. Westlake Center'da dolaştım, her ara sokağa, her kaldırıma baktım. Pioneer Square'e geçtim, her barınakta, her aşevinde durdum ama onu bulamadım. Saat üçte yorgunluktan tükenmiştim, hayal kırıklığına uğramıştım. Ben de ofise dönmeye karar verdim. Sandalyeme yığıldım. Patronum Jan odamın önünden geçerken içeri girdi. "Yüzünü gören cennetlik."

"Kusura bakma, son zamanlarda çok yoğunum," dedim. Duyguların akın ettiğini hissettim ve yüzümü ellerime gömdüm.

Jan oturdu. "Bunları yaşadığın için çok üzgünüm. Ama patronun ve arkadaşın olarak bunun yazmak için iyi bir fırsat olduğunu düşünüyorum."

Kafamı salladım.

"Bu çok kişisel bir konu, Jan."

"Evet, öyle," dedi. "Bunu ilgi çekici yapan şey de bu."

"Jan. Ne yapacağımı bilmiyorum." Ryan'ın yanında normal davranmaya çalıştıktan sonra gerçeği yaşamak iyi geliyordu.

"Şükran Günü geliyor," dedi. "Pioneer Square'le ilgili yazıyı Cade'in bakış açısından yazalım. Bu mahalleyi onun gözlerinden gösterelim."

"Bilmiyorum," dedim.

"Evet, biliyorsun," diye karşılık verdi.

Ona Cade'in hastaneye yatışından, sonra da ortadan kayboluşundan bahsettim.

"Onu bulacaksın," dedi. "Onu bunca yıl sonra tekrar kaybetmek için bulmadın. Kader o kadar da kötü değil."

Güldüm.

Bana uzun uzun baktı. "En sonunda her şey olacağına varır," dedi. "Şimdi git onu bul ve ikinizin de gurur duyacağı bir şeyler yaz."

Sözcükleri beni huzursuz ettiği kadar teselli de etmişti.

"Kusura bakmayın, geç kaldım," deyip Ryan'ı hızlıca öptüm ve Earl's restoranında yerime oturdum. Ryan'ın babası John ve annesi Melinda kafalarını kaldırıp bana baktı. Midemde bir huzursuzlanma başladı, tıpkı personel toplantılarında konuşma yapmadan önce olduğu gibi. Saat yediyi on geçiyordu. Ofisten oldukça erken çıkmama rağmen Mercer'daki trafikte tahmin ettiğimden de çok zaman kaybetmiştim. İyi giyimli patronlarla dolu restorana baktım. Bundan haftalar önce, Ryan'ın ailesinin geleceğini öğrendiğimde, Nordstrom'dan aldığım yeni mavi elbisemi giymeyi, hatta belki saçlarımı yapmayı ve biraz maskara sürmeyi planlamıştım. Ama bugün Cade'le olanlar canımı çıkarmıştı. Ve şimdi burada üstümde bir kot pantolon ve kırışık beyaz bir gömlekle oturuyordum. Yağmurda ıslanan saçlarımı düzeltmek için elimden geleni yaparak iç geçirdim.

Ryan'ın annesi Melinda, bana havadan bir öpücük göndererek, "Hoşgeldin, tatlım," dedi. Bej rengi kaşmir bir kazak ve siyah kalem etek giymişti. Mükemmel şekilde yapılmış sarı saçları, kendi saçlarımın durumunu hatırlatıyordu bana.

Ryan'ın babası John gülümsedi. "Seni görmek güzel, Kailey," dedi.

"Biraz dağınığım, kusura bakmayın," dedim. "İşten geliyorum da."

"Yoğun bir gün müydü?"

"Evet," dedim.

Ryan ailesine gururla gülümsedi. "Kailey, *Herald* gazetesinde bazı önemli haberlerle ilgileniyor. Seattle'daki evsizlere yardım edilmesine yönelik önemli fikirleri var."

"Araştırmalarım beni şehrin daha önce hiç görmediğim farklı yerlerine götürüyor," dedim. Açıklamak istiyordum ama cesaretim kırılmıştı.

Melinda, "Ne kadar güzel," dedi. Güzel sözler dışında bir şey duymak istemiyordu.

Cade'i ve olanları düşünerek, "Ne kadar kalacaksınız?" diye sordum.

John, "Sadece iki gece. Sonra Atlanta'ya gideceğiz," dedi. "Bu haftasonu Melinda ve eski bir arkadaşı orada bir yardım balosuna evsahipliği yapacak."

Melinda, "Beyin felci çalışmalarına destek olmak için," dedi.

O anda, Melinda gibi usta bir bağış toplayıcının evsizler için neler yapabileceğini düşündüm. Belki de ikimizin kabul etmek istediğimden daha çok ortak noktası vardı.

Ryan, "Bu harika, anne," dedi. "Bu yıl Şükran Günü'nde birlikte olamayacağız ama yaptığın iyiliklerle gurur duyuyorum."

Melinda oğluna gülümsedi.

"Bu benim işim."

John, Ryan'a, "Malibu'daki proje konusunda son gelişmeler neler?" diye sordu. Birden baba oğul, çeşitli işlerinin ekonomik gerilemeden nasıl etkilendiğiyle ilgili özel bir konuşmaya dalıp gittiler.

Melinda bana döndü. "Yorgun görünüyorsun, canım. Çok fazla çalışıyorsun."

Kendimi gülümsemeye zorladım. "Ben de insanlara yardım etmeye çalışıyorum, sözcüklerimle. Bazen kimse okumuyor gibi gelse de."

Bakışlarını kısarak, "Başkalarının yaşamına dokunmak için maaşlı bir işte çalışmana gerek yok. Düğünden sonra gönüllü çalışmayı düşün bence. Ryan ikinize de yetecek kadar para kazanıyor," dedi.

Garson fazladan bir kadeh getirdi ve masadaki açılmış, pahalı görünümlü Fransız şarabından doldurdu.

Şaraptan bir yudum aldıktan sonra, "Ben işimi gerçekten seviyorum," dedim.

"Ama canım," dedi. "Ailemizdeki kadınlar eskiden beri maaşlı çalışmaz. Ailen ne olacak? Yuvan? Bebeğiniz olduktan sonra bir ofiste çalışmak istemezsin eminim."

Yanaklarım kızardı. "Çalışmadığımı hayal bile edemiyorum. Bu, benliğimin bir parçası."

Melinda omuzlarını dikleştirdi ve ellerini zarif bir şekilde kucağında kavuşturdu. "Bir anne ve eş olmakta da büyük bir zevk ve tatmin olduğunu fark edeceğinden eminim."

Elimden geldiği kadar tatlı bir şekilde gülümsedim. Beni kurtarır diye Ryan'a baktım ama o hâlâ babasıyla koyu bir sohbet içindeydi. "Göreceğiz."

John bir şarap daha ısmarlamıştı galiba. Garson yeni bir şişe getirdi. Adam tirbuşonla uğraşıp mantarı şişeden çıkarmaya çalışırken işinde yeniymiş gibi görünüyordu. Gergin bir şekilde gülümsedi. "Kahretsin," dedi. "Sanırım mantar tıpa çatladı."

Şişeye baktım. Mantar tıpa çatlamakla kalmamıştı, kenarları da kırılmıştı. Garsonun düştüğü kötü durumu görünce kan basıncım yükseldi. Ryan'ın ailesi iyi insanlardı ama işler planladıkları gibi gitmediğinde hayal kırıklığını abartabiliyorlardı.

John kollarını kavuşturarak, "Bu çok pahalı bir şişeydi," dedi. "İçinde mantar parçalarıyla içmek istemiyorum."

Garsonun imdadına yetişerek, "Bir dakika," dedim. "Bunu nasıl düzelteceğimi biliyorum. Kürdanınız var mı?"

Herkes bana boş boş baktı. Şu anda en yakın arkadaşım olan garson hariç. O hemen harekete geçti.

"Buyurun," dedi. Ayağa kalktım ve kürdanı dikkatli bir şekilde mantara batırdım. Sonra tirbuşonu elime aldım. Dikkatli bir şekilde çatlak mantarın içine soktum ve tirbuşonu nazikçe çektim. Sihir gibi işe yaramıştı ve mantar hafif bir ses çıkararak yerinden çıktı.

"İşte oldu," dedim. Garson derin bir soluk verdi. Ryan'ın gülümsemesi aralarındaki en kocamanıydı.

Kolunu gururla belime dolayarak, "Sana bunu yapmayı kim öğretti?" diye sordu.

Yutkundum. "Eski bir arkadaş," dedim.

Yerime oturmadan önce John'un kadehini doldurdum.

Keyifli bir şekilde, "En ufak bir mantar parçası yok," dedi. "Bu kızla evlen, oğlum." Ryan'a göz kırptı.

Ryan sırıtarak, "Öyle bir niyetim var, baba," dedi.

"Ryan, balayınızda nereye gideceksiniz, canım?"

Ryan ağzını peçeteyle sildi ve peçetesini tekrar kucağına koydu.

"İşle ve yeni eve yerleşmekle o kadar meşguldük ki bunu konuşmaya fırsatımız olmadı." Bana dönerek gülümsedi. "Kailey, özellikle gitmek istediğin bir yer var mı?"

"Nereye gidelim biliyor musun?" diye sordum.

"Nereye?"

"Big Sur'a," dedim.

Melinda çatalını bırakırken acı çekiyor gibiydi. "Big Sur mu?"

"Evet," dedim. "Orası çok güzeldir."

Ryan şaşırmıştı. "Çok tuhaf, oraya gittiğinden bile haberim yok. Ne zaman gitmiştin?"

Gülümseyerek, "Çok uzun zaman önceydi," dedim.

Melinda, John'a baktı. Sonra kafasını salladı. "Bizim zamanımızda hippi mekânından başka bir şey değildi."

"Kumsalı çok güzeldir," dedim.

Melinda, "Paris'e ne dersiniz?" dedi. "Ya da Venedik? John ve ben Venedik'e bayılırız."

Ryan vücut dilimi anlayarak, "Anne," dedi. "Kailey ve ben harika bir balayı planlayacağız. Sen hiç merak etme."

"Tabii ki, tatlım," dedi. "Sadece Big Sur biraz... sıradan."

"Benim annemle babam orada tanışmış," dedim. Sesim savunmacı değil, hülyalıydı.

Melinda, "Yaa," dedi. "Ben öyle demek..."

Hemen, "Anlıyorum," dedim. "Sizin için özel olmasını beklemiyorum ama orası benim için özel bir yer."

Yemekler geldi. Sohbetlerimiz ördek ve parşömene sarılmış pisi balığından aldığımız lokmalar arasında dağıldı. Tabaklarımız boşaldığında John hesabı ödedi. Ryan'la babası lavaboya gitmek için izin istediler. Biz de Melinda'yla restoranın kapısında bekledik.

Melinda, "Ryan'ı bu kadar mutlu görmek çok güzel," dedi. Uzun bir an boyunca bana baktı. Söylediğinin bir gözlemden ziyade bir uyarı olduğunu fark ettim. *Oğlum mutlu, bunu berbat etme. Onu incitme*, diyen bir uyarı.

Ben yanıt veremeden John ve Ryan geldi. Ryan kolunu belime doladı ve dışarı çıktık. "Ben bir sokak yukarı park ettim," dedim. Bu sırada John, valeye Ryan'ın arabasının biletini uzattı. "Keşke ben de valeye verseydim." Cade'i ilk gördüğüm sokağa doğru baktım. Kalbim göğsümde zıpladı.

Ryan elimi tuttu ve, "Hadi seninle arabana kadar geleyim," dedi. Yürümeye başladık ama Melinda'nın sesini duyunca döndük.

"Hayır," diye bağırdı. "John, gönder şunu!"

Melinda kenara çekildi. Bütün kanın beynime akın ettiğini hissettim. Bu Cade'di. Üstünde hâlâ hastane önlüğü vardı ama onun üstüne askeri ceketini de giymişti. Kafası karışık görünüyordu, her zamankinden daha perişandı.

Melinda'nın yanına giderek, "Onun hiçbir zararı olmaz," dedim.

Nefes nefese, "Hiç sanmıyorum," dedi. "Benden para istiyordu."

Kafamı salladım. "Bu adam konuşamıyor ki."

"Yani ben yalan mı söylüyorum şimdi?"

"Hayır," dedim.

Ryan'ın annesinin sinir krizinden çok Cade'in halinden endişe ediyordum.

Yeri, zamanı, her şeyi unutarak Cade'e, "İyi misin?" diye sordum.

Bakışları benimkilere kilitlendi ve koluma uzandı. Kolumu tutmasına izin verdim.

Melinda'nın nefesi kesildi. "Kailey, bu adamı *tanıyor musun?*"

John ve Melinda gördüklerine inanamayarak kaldırımda duruyor, cevabımı bekliyorlardı. Üstümde binlerce spot lambası var gibiydi. Sahnedeydim ve perdeler daha yeni açılmıştı.

"Ben... ben..." Doğru sözcükleri bulmak için çırpındım. Herhangi bir sözcük bulmak için. Ryan'ın bakışlarının bana odaklandığını hissettim. Kafası karışmıştı. Endişeliydi. Sonra bakışlarımı Cade'inkilerden ayırdım ve kolumu kurtardım. En sonunda, "Hayır," dedim. İnsanın kendi kalbini kırması mümkünse, ben o anda kendi kalbimi kırmıştım. "Hayır, bu adamı tanımıyorum."

Ryan elimi tutarken Cade'in gözlerinde benim de hissettiğim o acı vardı. Ryan cebinden biraz bozukluk çıkardı ve Cade'in cebine koydu. "Al bakalım, dostum." Ben başımı öne eğmiştim. "Anne, baba, siz benim arabamı alın. Ben eve Kailey'yle birlikte geleceğim."

Ryan anahtarımı aldı. Buna sevinmiştim çünkü araba kullanamayacak kadar sarsılmıştım. Her zerrem geri dönmek ve Cade'i sokakta geçireceği yeni bir geceden kurtarmak istiyordu. Ama bunu nasıl yapacaktım? Onu bizim eve mi götürecektim? Melinda ve John'a mı gösterecektim? Ryan'a her şeyi anlatacak mıydım? Sonra ne olacaktı?

Her kırmızı ışıkta, her kilometrede, Ryan'ın arabayı geceye doğru sürdüğü her dakikada içim sızlıyordu. Bu gece en değerli varlığımı Seattle sokaklarına bırakmışım gibi hissediyordum. Yarın sabah onu orada incinmemiş, sağlam bir şekilde bulmayı umuyordum.

Ryan uzun bir sessizlikten sonra en sonunda, "Bu konuda konuşmak ister misin?" diye sordu.

"Henüz değil," dedim.

İç geçirdi. İlk başta bana kızmış olabileceğini düşündüm. Belki de Cade'in geçmişte röportaj yaptığım insanlardan biri olduğunu sanmıştı. Belki de her şeyi biliyordu. Sonra elini nazik bir şekilde sol bacağıma yerleştirdi. "Hazır olduğunda konuşuruz."

Başımla onayladım ve pencereden kayıp giden şehre baktım.

14. Bölüm

18 Şubat 1997

Cade, kafasını gazetedeki odama uzatarak, "İyi ki doğdun," dedi. Şaşkın bir şekilde kafamı kaldırdım ve kapıda elinde kocaman kırmızı bir gül buketiyle dikildiğini gördüm. Gri, fermuarlı bir eşofman üstü, kot pantolon ve siyah Converse giymişti. Saçları hafif dağınıktı.

"Hatırladın," dedim ve Cade'i öpmek için ayağa kalktım.

Sırıtarak, "Tabii ki hatırladım," dedi. "Şimdi hemen eve gitmen, bavulunu hazırlaman lazım. Saat 15:30'da uçağımız var."

Kafamı salladım. "Nasıl yani?"

Gülümsemesi bulaşıcıydı. "Seni Big Sur'a götürüyorum."

"Big Sur mu?"

"Evet, han'fendi," dedi. "Herkesin anne babasının tanıştığı yeri görmesi gerektiğini düşündüm. Merak etme, editörünle konuştum. Önümüzdeki dört gün için programın resmi olarak boşaltıldı."

Heyecanımı gizlemekte zorlanarak dudağımı ısırdım. *Big Sur!* "Ama senin zamanın var mı? O kadar uzun süre şehirden uzaklaşabilecek misin?"

Gülümseyerek, "Senin için evet," dedi. "Ben yokken işlerle James ilgilenebilir."

Geçen hafta James'le bir kayıt stüdyosunu alma konusunda tartıştıklarını hatırladım ama bu konuyu açmadım. Bu gezi ona uyuyorsa bana da uymalıydı. Uyuyordu da. Aynı anda hem mutlu hem heyecanlıydım, hem de duygulanmıştım. Çıkmaya başlayalı on ay olmuştu. Tracy ve Mark geçen hafta birlikte New York'a gittikten sonra ben de Cade'le seyahat etmek için içten içe ölüyordum. Bu, birkaç saatlik mesafedeki San Juan Adaları'na basit bir macera olsa bile.

Editörüm Jan, kapıda belirdi ve yüzünde keyifli bir gülümsemeyle, "Ona söylemişsin," dedi.

Başımla onayladım. "Teşekkürler," dedim. Montumu ve çantamı aldım. "Big Sur'a gidiyorum!"

Yarı ciddi bir şekilde, "Bundan bir yazı çıkarmanı bekliyorum," dedi.

Başımla onayladım. Gülümsememi bastıramıyordum.

Ben bilgisayarımı kapatırken patronum, "İyi ki doğdun, Kailey," dedi.

Cade, San Francisco'da üstü açılabilir bir araba kiraladı. Üstünü açtık ve güneye doğru ilerlemeye başladık. Monterey ve Carmel'den geçtik. Ilık rüzgâr saçlarımıza vuruyordu ve yüzlerimizde koca bir gülümseme vardı.

Müzik bangır bangır çalıyordu. Yol dar ve rüzgârlıydı. Araba, denize kadar onlarca metre uzanan yamaçları kucaklarken yerime iyice yerleştim.

Burası nefes kesiciydi. Havada çok güzel bir koku vardı. Daha önce böyle bir koku almamıştım. Kızılçam ağaçları ve tuzlu okyanus kokusunun bir karışımıydı. Annemle babamın burada birbirine âşık olmasına şaşmamalıydı. Burası büyülü bir yerdi.

Cade'e baktım. Yüzü sararmış gibiydi. "Araba tuttu seni," dedim. Kendi midem de bulanıyordu.

Başını salladı ve ileride kenara çekti. Burada bir grup turist fotoğraf çekiyordu.

Derin bir nefes alarak, "Vay," dedi. "Bu yolculuk hem güzel hem de mide bulandırıcı oldu."

Birlikte güldük. Sonra arka koltuktaki fotoğraf makinesini aldı ve bana kenarda durmamı söyledi. Fotoğraf makinesinden bakarak, "Tam orada dur," dedi. Gergin bir şekilde gülümsedim. Lenslerden bakınca ne gördüğünü merak ediyordum. "Çok güzel," diyerek devam etti. Bir kez, iki kez, tekrar tekrar çekti.

Bir adam bize doğru yaklaştı ve gülümsedi. "İkinizi birlikte çekmemi ister misiniz?"

Cade, "Teşekkürler," dedi ve makineyi adama uzattı.

Partilerde çekilen birkaç polaroit fotoğrafımız vardı ama bu birlikte çekileceğimiz ilk gerçek fotoğrafımız olacaktı.

Kamera çalışırken Cade yanağımdan öptü. Yaşlandığımızda bu fotoğrafa bakacak mıydık? Çocuklarımıza, onların çocuklarına gösterecek miydik, yıllar sonra buraya tekrar gelip bu anı hatırlayacak mıydık?

Tekrar arabaya bindik ve birkaç kilometre daha yol aldık. Sonra Cade, tepeye doğru kıvrılan bir yola döndü.

"Burası Post Ranch Inn," dedi. "Big Sur'daki en güzel yerde kalmanı istedim."

Otelin önüne park ederken elini sıktım. Bir adam bizi karşıladı ve valizlerimizi aldı. Birkaç dakika sonra bir golf arabasında odamıza doğru ilerliyorduk. Oda, yamaca inşa edilmiş modern görünümlü özel bir kulübeydi. Mobilyalarda kırsal bir hava vardı. Duvardaki, sahili betimleyen tablo çok hoşuma gitmişti.

Cade yatağa uzanmış, yastıkların birine dayanmıştı. "Otellerde ne yapmayı çok seviyorum biliyor musun?"

Ona meraklı bir şekilde gülümsedim. "Ne?"

Yaramaz yaramaz sırıttı. "Eskiden şirket için çok seyahat ederdim. Evde olduğumdan çok seyahat ediyordum. Otellerde çok zaman geçirdim. En sonunda kendimi eğlendirmek için bir yol buldum." Duvarda az önce baktığım tabloyu gösterdi. "Tabii bu gerçekten güzelmiş ama otellerdeki tablolar genellikle çok kötüdür."

Başımla onayladım. "Evet, bir dişçi ofisinde karşılaşabileceğin türden şeyler."

"Aynen öyle," dedi. "Ben de yanımda kart ve raptiye taşımaya başladım." Doğruldu ve güldü. "Bir restorana veya kafeye gittiğinde oradaki eserler satılık oluyor ya?"

"Evet," dedim.

"Mesela bir oteldeyim. Odadaki en berbat tabloyu seçiyorum. Tablo için bir kart yazıyorum. Mesela, 'Söğütler Altında Gezinti, Retrospektif', aklıma ne gelirse, saçma sapan bir şey yazıyorum. Sonra altına da bir fiyat koyuyorum."

Güldüm. "Neden?"

"Bir düşün. Ben otelden çıkış yapıyorum. Benden sonra odaya gelecek kişiler Orlando, Florida'dan Myrtle ve Bob olabilir. Myrtle bir bakar ki satılık bir tablo var.

"'Baksana Bob, orijinal bir tablo! Hem de sadece 300 dolar. Bob, bunu almamız lazım.' Myrtle'ı memnun etmek isteyen Bob telefonu eline alır ve resepsiyonu arar.

"'Merhaba,' der. 'Ben 402 numaralı odadan Bob Smith. Duvardaki tabloyu satın almak istiyorum.

"Uzun bir sessizlik olur. Resepsiyondaki kız, 'Özür dilerim efendim,' der. '*Hangi* tablo?'

"Bob, boğazını temizleyerek, 'Söğütler Altında Gezinti,' der. 'Retrospektif.' Uzun bir sessizlik daha. 'Odamızdaki satılık tablo.'

"'Efendim, odalardaki tabloları *satılık değil.*'"

Yatağa, Cade'in yanına düştüm. Kahkahalarımı durduramıyordum. "Altıma yapacağım."

Cade rolüne devam etti.

"'Tabii ki satıyorsunuz.' Myrtle huysuzlanmaya başlar. 'Fiyat etiketi gözümün önünde işte. Karım bu tabloyu salonumuza asmak istiyor.'

"'Efendim, bu konuyu müdürümüzle konuşmak zorunda kalacağım.'

"'Bakın, karım bu tabloya çok bağlandı, satın almak istiyoruz.'"

Gülmeye devam ederek, "Böyle şeyler aklına nereden geliyor bilmiyorum," dedim. Gözlerimden yaşlar geliyordu.

Yan tarafa dönüp dirseğine yaslandı. Bakışları parlıyordu. İçimde açıklayamadığım bir şeylerin kabardığını hissettim.

Bir tutam saçımı kulağımın arkasına sıkıştırarak, "Seni seviyorum," dedi.

"Ben de seni seviyorum," dedim. "Bir süredir farkındayım bunun."

"Ben de," dedi. "Söylemek için doğru anı bekliyordum."

"Söylediğine çok sevindim," dedim. Onu öptüm. "Çok sevindim."

*

İnce askılı siyah bir elbise ve topuklu ayakkabı giydim. Saçlarımı ensede topuz yaptım ve birlikte restorana yürürken Cade'in elini tuttum.

Yolda, üstünde çiçekli elbise olan küçük bir kız kendi kendine şarkı söyleyerek koşturuyordu. Dört veya beş yaşlarındaydı. Babası, "Grace," diye seslendi.

Annesi ve babası el ele ona yetişmeye çalışırken kız neşeyle kıkırdadı.

Babası, "Yakaladım seni," dedi ve kızı kucakladı. Küçük kız tekrar kıkırdadı.

Cade, "Grace adını her zaman sevmişimdir," dedi.

"Ben de," dedim.

Küçük kızın seke seke gidişini izledi. Sonra bana döndü ve sanki bir karar almış gibi kafasını salladı. "Grace."

Restorana vardığımızda güneş ufukta dans ediyordu. Batmaya hazırdı ama henüz batmamıştı. Manzara harikaydı. Yerimize oturmadan önce iskeleye kadar yürüyüp gökyüzünün, pembe ve turuncunun güzel tonlarının keyfini çıkarmak istedik.

Kollarını belime dolayarak, "Burayı beğendin mi?" diye sordu. Vücudunu sırtıma yaslamıştı.

Dalgaların altımızdaki kıyıya vuruşunu izleyerek, "Bayıldım," dedim.

"Gece kumsala inelim," dedi. "Yemeği yedikten sonra."

"Tamam," dedim.

"Annenler neden burada bir araya gelmişler anladım."

Annemle babamın aşk hikâyesini düşününce başımla onayladım. Bu hikâyeyi büyükannemden binlerce kez dinlemiştim. Babam annemin o güne kadar gördüğü en güzel kadın olduğunu söylemişti. Annem de babamın gördüğü en yakışıklı erkek olduğunu. Büyükannem, onların bir elmanın iki yarısı gibi olduğunu söylerdi. Onlar... ruh ikiziydi.

Hava, tıpkı çocukluğumdaki yazlarda olduğu gibi ılıktı. Davetsiz anılar birbiri ardına, dalga dalga ve güçlü bir şekilde geliyordu. Kendimi hazırladım. Kahverengi şişedeki Coppertone marka güneş losyonunun kokusu burnumdaydı. Ellerim yine kızarmış marşmelov yüzünden yapış yapıştı. Büyükannemin bahçesindeki hezeran çiçekleri hazırolda duruyordu. Bu düşüncelerin nereden çıktığını bilmiyordum. Ama sonra çocukluğumdan gelen, kalbimde kabaran bu anı parçalarının, arkamda duran adamdan kaynaklandığını fark ettim. Onunla birlikteyken nerede olursam olayım evimdeydim.

15. Bölüm

19 Kasım 2008

Ryan'ın ailesi pazar günü gitti. Kuzey Carolina'da Şükran Günü yemeğini birlikte yememiz konuşulmuştu ama neyseki Ryan'ın iş programı buna müsaade etmemişti. Burada olmaları bazı açılardan iyi olmuştu. Varlıkları, bana gerçekle yüzleşmemem, Ryan'a da konuyu açmaması için bahane vermişti. Ama yüzleşmeye cesaret edemediğim bu gerçek, yerinde duruyordu.

Ryan pazartesi sabahı elinde valizle, "Kaliforniya'dan cuma günü döneceğim," dedi. Bana bir şeyler söylemem için zaman vererek bekledi.

Boğazımı temizledim. "Ryan?"

Başını salladı ve bana doğru bir adım attı.

Aklım karışmıştı. *Ona Cade'i anlatmak zorundayım. Ona her şeyi anlatmak zorundayım.* "Sana söylemem gereken bir şey-"

Ryan'ın cebinde çalan telefonun sesiyle anında susturuldum. "Pardon," dedi, ekrana bakarak. "Patronum. Açmak zorundayım."

Başımla onaylayıp diğer tarafa döndüm. Birkaç dakika sonra yanağımdan öptüğünde de uyuyormuş gibi yaptım.

O sabah Eddie'yi gezdirirken Tracy aradı. "Öldün mü yahu?"

"Kusura bakma," dedim. "Ryan'ın ailesi buradaydı da. Ayrıca kafam çok karışıktı."

"Ryan'ın ailesi yüzünden mi?"

İç geçirerek, "Hayır," dedim. "*Her şey* yüzünden." Eddie çimleri koklarken, ben de kaldırımdaki bir çakıl taşını tekmeledim. "Berbat bir yerde sıkıştım kaldım. Ryan'a Cade'den bahsetmedim daha. Ayrıca..." Geçen gece restoranın önünde yaşanan sahneyi, Cade'i tanıdığımı reddedişimi anlattım. Onu nasıl orada bırakıp gittiğimi anlattım.

"Tatlım," dedi. "Kendine bu kadar çok yüklenme. Başka ne yapacaktın ki? Orada Ryan'ın ailesiyle yüzleşecek miydin? Ryan'ı utandıracak mıydın? Sen yapman gereken şeyi yaptın. Bunun canını ne kadar çok yaktığını biliyorum."

"Ben kendimi umursamıyorum," dedim. "Cade'in bana olan güvenini zedeledim diye üzülüyorum. Trace, sanırım onu kaybettim."

Tracy, "Bu sabah burcunu okudum," dedi. "Onu kaybetmiş olman mümkün değil. Hatta bence onu bulmak üzeresin."

*

Sabahı ofiste e-postalara cevap vererek, serim için son yazdığım makaleyi bir kez daha okuyarak geçirdim. Sonra Jan'in sözcükleri kulaklarımda çınladı. Yeni bir Word belgesi açtım ve sayfanın en üstüne 'Evsizliğin Yüzü' yazdım.

Sözcükler akmaya başladı. Durdurmadım.

"Doksanlı yılların sonunda, Seattle, Cade McAllister'ı başarılı bir müzik yapımcısı olarak tanıyordu. Kendisi bugün bir evsiz."

Yazdıkça Cade'i zihin gözümle görebilmeye başladım. Yıllar önceki Cade'i, elinde o sevdiği acı sos şişesiyle, dünya ayaklarının altındayken görüyordum. Görüntü beynime kazındı. Tıpkı, geçen gece kaldırımda bana korku dolu ve yitik bakışlarla bakması gibi. Tıpkı benim ona arkamı dönüp gidişim gibi.

"Tak tak."

Kafamı kaldırdım ve Jan'in kapıda durduğunu gördüm.

"Yazmaya başlamana sevindim," dedi.

İç geçirdim. "Başka ne yapabilirim bilemiyorum, Jan."

Başını salladı. "Evet, biliyorsun." Jan kararlı ve kendinden emindi. "Bugün sana bir görev veriyorum. Bütün hafta için daha doğrusu. Önemli bir görev." Elindeki peçeteyle yanağımı kuruladı. "Git Cade'i bul. Onu eve getir. Sağlığına kavuştur. Yolunu bulmasına yardım et, bu sırada sen de kendi yolunu bulacaksın."

"Ama ben..."

"Aması yok," dedi. "Bu bir görev. Ayrıca bu konuda bir yazı yazmanı istiyorum."

Gülümsedim.

En otoriter sesiyle, "Bu, tercih yapabileceğin bir mesele değil," dedi. "Bir gün Pulitzer Ödüllü bir muhabire editörlük yaptım demek istiyorum." Sırıttı. "Hadi, git bul onu."

*

Arabamı Le Marche'ın önündeki sokağa park ettim ve Cade'i aramaya başladım. Geçen haftaki gibi her yere baktım. Westlake Center'a. Dördüncü Cadde'ye, Beşinci Cadde'ye, sonra İkinci Cadde'ye. Barınaklara. Parklara. Hatta parktaki banklardan birinde yatan bir adamın üstündeki battaniyeyi bile kaldırdım ama adam Cade değildi.

Saatler dakika gibi geçti ve farkına bile varmadan saat altı oldu. Takım elbiseli insanlar ofis binalarından restoranlara ve barlara akın etmeye başladı.

Güneş batınca arabaya dönmeye karar verdim. İç geçirdim ve anahtarımı kontağa soktum. Radyoyu açtım. Trafiğe çıktığımda kollarımdaki tüyler diken diken oldu. Radyoda Mazzy Star çalıyordu. *Fade Into You* şarkısı. Sesi açtım ve gözlerim yaşlarla doldu. I5 girişini kaçırınca sanki araba otomatik pilottaymış gibi yola devam ettim. Eve değil de kalbimin gitmek istediği yere gidiyordum: Pioneer Square'deki sarmaşıkla kaplı o tuğla binaya.

Arabayı kenara çektim ve farları kapatmadan dışarı çıktım. Farlar, geçmişimi aydınlatan bir spot ışığı gibi sokağı aydınlatıyordu. Cade'in eski kapısı tam karşımdaydı. Birden yirmi altı yaşıma döndüm. El ele, bir gösteriden eve dönüyoruz. Kulağıma komik bir şeyler fısıldıyor, başımı arkaya atıp gülüyorum. Sonra evin kapısına ulaşıyoruz. Beni tuğla duvara dayıyor ve gökyüzündeki tüm yıldızların ateşiyle öpüyor.

Yaşananların ve yaşanamayanların her bir detayını hatırlayarak gözyaşlarımı tuttum. Hayatımın dönüşebileceği şey. Bizden çalınan gelecek.

Elimi öptüm ve kapıya dayadım. Bir adım geriledim. İnsan hâlâ gerçek olmasını istediği bir rüyaya nasıl veda edebilirdi ki?

Yakındaki bir ara sokakta ayak sesleri duydum ve arabama dönmeye karar verdim. Arabayla yavaş yavaş ilerlerken son bir kez arkaya baktım. Dikiz aynasına yansıyan bir gölge dikkatimi çekti. Frene bastım ve daha iyi bakabilmek için pencereye doğru eğildim, sonra arabayı geriye aldım.

Bu Cade'di. Köşede dikiliyor, bir sağa bir sola bakıyordu.

Frene bastım ve arabayı durdurdum. Arabadan fırlayarak, "Cade!" diye bağırdım.

Kafasını kaldırdı. Beni gördü.

Tekrar, "Cade," dedim. "Benim."

Kafasını çevirdi ama ben elini tutunca bakışlarımla buluştu.

"Buradayım," dedim. "Seni bir daha bırakmayacağım. Söz veriyorum." Onu kendime çekip sarıldım. Sonsuzluk gibi gelen bir süre boyunca öyle durduk. Belki de sonsuzluktu. Emin değildim.

"Benimle gel," dedim. Elini tuttum ve onu caddede karşıdan karşıya geçirdim. Arabamın kapısını açtım. "Seni eve götürüyorum."

16. Bölüm

17 Temmuz 1997

"Büyükannem seni çok sevecek," dedim.

Cade sırıttı. "Ya büyükbaban? Ben daha çok onu dert ediyorum."

Gururla, "Etmen de lazım zaten," dedim. "Kendisi orduda askerdi."

"Ve torununu çok seviyor."

Gülümsedim. "Evet, seviyor. O bana babalık yaptı."

Yanağımı öperek, "Koruyucu davranıyor, tıpkı yapması gerektiği gibi," dedi. "Onlarla tanışmamı istediğin için onur duyuyorum."

"Buraya gelmeleri çok büyük bir olay," dedim. "Büyükannem uçaktan korkar." Saatime baktım. "Bir saat içinde burada olacaklar!"

Cade'in arabasıyla onları almaya havaalanına gittik. Delta Havayolları tabelasının yanında durduklarını görünce el salladım. Cade arabayı kenara çekti. Arabadan indim ve ikisine aynı anda birer kolumla sarıldım. Gözyaşlarımı tutmaya çalışıyordum.

Büyükannem, "Kailey," dedi. "Çok güzel görünüyorsun."

Büyükbabam, "İşte benim kızım," diye araya girdi. Onlarla en son bir sene önce görüşmüştük ama büyükbabam hatırladığımdan yaşlı görünüyordu. Valizini taşırken zorlandığını görmek bana acı vermişti.

Cade motoru durdurdu ve arabadan indi. "Seattle'a hoşgeldiniz," dedi. Ona şüpheyle bakan büyükbabama elini uzattı.

Büyükannem diğer arkadaşlarıma yaptığı gibi Cade'e de sarıldı. Canayakın bir şekilde, "Seninle tanıştığımıza çok memnun olduk," dedi.

Cade büyükannemin çantasını aldı ama büyükbabam kendi çantasını vermedi. Kendi valizini arabaya kendisi yerleştirdi. Ön koltuğu büyükbabama bıraktım. Büyükannemle ben arkaya oturduk. Büyükannem oturunca koluma girdi. Kendimi yeniden dokuz yaşındaymışım gibi hissediyordum.

Trafiğe çıktığımızda Cade, "Aç mısınız?" diye sordu.

Büyükannem, "Gerry uçakta yedi," dedi. "Ama ben bir şeyler yiyebilirim."

Cade, "Meksika yemeği sever misiniz?" diye sordu.

Büyükannem onaylayıcı bir bakışla, "Tabii severiz," dedi.

Cade, "Harika," dedi. "Güzel bir yer biliyorum."

Büyükbabam sessizce otururken büyükannem sürekli sohbet konusu açıyordu. Cade'in Seattle'da ailesinden kimse var mıydı? Müzikle her zaman ilgilenmiş miydi?

Union Gölü'nde ikimizin de çok sevdiği Agua Verde adlı küçük bir yere gittik. Pencerenin kenarındaki bir masaya oturduk. Patateslerimizi yeşil salsa sosuna batırırken gölde kanolar süzülüyordu.

Cade, herkese birer margarita söylerken, "Burayı daima sevmişimdir," dedi. Büyükbabamın yüzü biraz aydınlanmış gibiydi.

Büyükannem, "'Daima' sözcüğünü Orta Batılı gibi söyledin," dedi.

Cade başını salladı. "Öyle mi? Daha önce kimse bana böyle bir şey söylememişti."

Büyükannem başını salladı. "Kailey'nin annesi Lucinda, Alton, Illinois'de doğdu. İlk altı yılını orada geçirdi ama sözcüklerindeki o Orta Batı aksanını hiç yitirmedi. Her nasılsa Kailey o aksanı kapmadı. 'Daima' kelimesinden aksanı anlayabilirsin."

Sözcüğü yüksek sesle söyleyerek gülümsedim. Cade de tekrar etti. "Gerçekten biraz farklı söylüyorsun. Day-ma der gibi."

"Öyle mi?"

"Evet," dedim. "Bir daha söylesene."

"Day-ma," dedi.

Margaritalar gelince büyükannem gülümsedi. Madalyonumu göstererek, "Hâlâ takıyorsun," dedi. "Cade'in hikâyeyi bildiğini varsayıyorum."

Cade'in masanın altından elini bacağıma koyduğunu hissettim.

"Evet, ona anlattığım ilk şeylerden biriydi," dedim. Yanaklarım ısınmıştı.

Kolyemi açtım ve küçük yeşil parçayı avucuma aldım. "Büyükbabam bunun şans getireceğini söylemişti."

Cade, "Vay," dedi. "Bu harika..."

Büyükbabam boğazını temizledi ve, "Kumsaldaki o günü hiç unutmayacağım," dedi. "Gördüğüm hiçbir şeye benzemiyordu. Kumsal boyunca sarp kayalıklar vardı. Kumsal," görüntüyü hatırlar gibi durdu, "kehribar rengindeydi. O kumsal özeldi. Deniz kabuğunu bulunca cebime attım. Kabuğun şansı sayesinde, kampa dönerken bir mayından kurtuldum. Küçükken hikâyenin bu kısmını Kailey'den saklamıştım."

Cade yutkunarak, "İnanılmaz bir şey," dedi. "Babam Vietnam'da görev yapmış. Denizciymiş. Ama o öldü. Ben..."

Cade'in elini sıktım. "Cade de hem annesini hem babasını kaybetmiş."

Büyükbabam, "Üzgünüm, oğlum," dedi. Büyükbabamın Cade'i sevdiğini anlamıştım. Gözlerinde bir kabul işareti vardı. Deniz kabuğunu tekrar madalyonun içine koydum ve sandalyeye yaslandım. Dünyada en önem verdiğim insanların Meksika yemeği yiyerek havadan sudan sohbet etmelerini izledim.

Haftalar geçti.

Cade'in işleri yoğun olmasına rağmen, bizimle mümkün olduğu kadar çok vakit geçirdi. Büyükbabamla büyükannemi Pike Place Pazarı'nda gezintiye çıkardı. Birinci Cadde'deki küçük Fransız restoranında yemeğe götürdü. Deniz kenarında yürüyüşe davet etti.

Büyükannemle büyükbabamı havaalanına bıraktıktan sonra, "İkisi de harika insanlar," dedi.

Parmaklarımı onunkilere doladım ve, "Seni çok sevdiler," dedim.

Akşam yemeği için Cade'in evinin yakınındaki bir İtalyan restoranında durduk. Kırmızı beyaz ekose masa örtülü ve içinde beyaz mum yanan bir şarap şişesinin olduğu bir masaya oturduk.

"Salaş ama etkileyici," dedim. "Tam bana göre."

Cade başını salladı ve önümüzdeki sürahiden ikimize de birer kadeh kırmızı şarap doldurdu. Mum ışığı gözlerinin altındaki koyu renk halkaları belirginleştiriyordu. Ofiste işlerin yoğun olduğundan bahsetmişti ama dün ona bu konuyu sorduğumda sorumu geçiştirmişti. "Her zamanki gibi işte," demişti.

"Sen iyi misin?" diye sordum.

"Yorgunum sadece," dedi.

Elimi masanın üstünden uzatarak, "Ofiste neler oluyor?" diye sordum. "Beni iş meseleleriyle sıktığını düşünmekten nefret ediyorsun biliyorum ama gerçekten bilmek istiyorum."

Suratını buruşturdu. "Bu güzel geceyi berbat mı edelim?"

"Söyleyeceğin hiçbir şey bu geceyi berbat edemez, Cade," dedim.

"Eh, işleri berbat ettim," dedi. "James'i yeni bir gruba elli bin yatırması için ikna ettim ama grup gümledi."

"Nasıl yani gümledi?"

Alnını ovuşturdu ve şarabından büyük bir yudum aldı. "Bütçemizi zaten aşan albümleri fiyaskoyla sonuçlandı. Şimdi sözleşmeden caymak istiyorlar ve imzalarken aldıkları bonusu geri vermeyi reddediyorlar."

"Bu pek yasal bir şey değil gibi," dedim.

"Değil zaten," dedi. "Ama yine de bunlar şirketin karşılamak zorunda kalacağı zararlar."

Başımla onayladım. "Kendine bu kadar çok yüklenme," dedim. "Bu şirkette yüzlerce başarılı iş yaptın. Arada bir başarısız olma hakkın var."

Cade omuz silkti. "James olaya böyle bakmıyor. Çok mükemmeliyetçi biri."

"Peki, *kendisi* mükemmel mi?" Kafamı salladım. "Pek sanmıyorum."

"Alexis'i ticari faaliyetlerin başına getirdi," dedi.

"Alexis'i mi? Kız iyi biri ama bu iş için gerçekten nitelikli mi?"

Cade başını salladı. "Muhasebe diploması var ama müzikten hiç anlamıyor."

"Cade, bu senin de şirketin," dedim. "Seni devre dışı bırakmasına izin verme."

Bu konuşmanın onu sıktığını anlamıştım. Garson siparişlerimizi aldıktan sonra konuyu değiştirdim.

Yemekten sonra dışarı çıktık. Ilık bir geceydi. Cade'in dairesine taksiyle gitmektense yürümeye karar verdik.

Birden canlanarak, "Hey," dedi. "Bu akşam Crocodile'da bir grup çıkıyor. Gitmek ister misin?"

Bu ani fikrini severek, "Tabii," dedim.

El ele yürüdük.

Cade'in adı davetli listesindeydi. Kapıda bekleyen insanların arasından geçtik.

İkimize de duble votka soda söyledi ve sahneye doğru ilerledik. "Bu grubun plak şirketi yok," dedi.

"Kim bunlar?" diye sordum.

"Death Cab for Cutie diye bir grup," dedi. "Bellingham'dan küçük bir bağımsız grup. Birkaç ay önce küçük bir mekânda çaldıklarını görmüştüm, o zamandan beri müziklerini aklımdan çıkaramıyorum. Bu bir işaret." İçkisinden bir yudum aldı. "James'i onlarla sözleşme imzalamaya ikna etmeye çalışıyorum ama bu zaten baştan kaybedilmiş bir savaş."

"Sen öyle olmasını istemezsen değil," dedim. "Onlara inanıyorsan sözleşmeyi yap."

Grup sahneye çıktı ve bütün ışıklar kapandı. Kalabalık alkışa başladı. Cade, "Eskiden öyle yapıyordum," dedi. "Sanırım yeteneğimi kaybediyorum. James de bunu biliyor bence."

"Hayır," dedim.

Grup çalmaya başladı. Grubun müziği, özellikle de solistin sesi beni çok etkilemişti. "Vay, çok iyiler," dedim. "Gerçekten çok iyiler."

Son şarkıya kadar kaldık, sonra kalabalığın peşinden dışarı çıktık. Kokteyl yüzünden sersemlemiştim. Cade bir sonraki sokakta bir barda durmayı önerince hayır demedim.

İki içki sonra ikimiz de gülüyorduk. Cade'in saatler önceki dertleri geceye karışmıştı. Yanımdaki bar taburesinden, "Sen sihirlisin," dedi. "Her şeyi eğlenceli bir hale getiriyorsun."

Elimi kafasının sağ tarafında gezdirerek kıkırdadım. "Sihirli demek?"

Başıyla onayladı. Dokunuşumla gevşeyip gözlerini kapattı. "Bana sihir yap."

Pipetimi kaldırdım ve sihirli değnekmiş gibi tuttum. "Hokus pokus," dedim.

Bardan gülerek çıktık ve kaldırıma indik. Kendimi en güzel şekilde uyuşmuş hissediyordum. Daha önce hiç bu kadar içtiğimi hatırlamıyordum. Cade elimi tuttu. "Şimdi nereye gidelim, hanımefendi?" diye sordu. Bir dövmecinin önünden geçiyorduk. Durdu. "Bir dakika, ikimizde de dövme yok. Hadi yaptıralım."

Hıçkırarak, "Bu gece mi?" diye sordum. "Gerçekten mi?"

"Neden olmasın?" dedi.

"Ne yaptıracağız?" diye sordum. Penceredeki ejderhalara, Roma rakamlarına, kabile desenlerine baktım. "İkimiz de kelebek mi yaptırsak?"

Güldük.

"Bir şey yazdırsak?" diye sordu.

"Ne gibi?"

Bana yaklaştı. Bakışları şefkatle yüzüme odaklandı. "'Daima'ya ne dersin?"

"Daima," dedim ve gülümsedim. "Ya da 'day-ma'."

Peşinden içeri girdim. Reklamlardaki Mr. Clean'e benzeyen, iri, kel, dövmeli bir adam sandalyede oturuyordu.

"İyi akşamlar," dedi. "Size nasıl yardımcı olabilirim?"

"İki dövme yaptırmak istiyoruz." Cade sözcükleri söylerken kalbim gümbür gümbür atıyordu. *Bunu gerçekten yapıyor muyuz?*

"Tamam," dedi.

Cade kafasını kaşıdı. "Fransızcada 'daima' nasıl söylenir biliyor musunuz?"

"*Toujours,*" dedi adam. "Fransa'da dört ay kalmıştım."

Cade, "*toujours*," dedi ve bana döndü. "Senin için. Bizim için. Breton için."

Font çeşitlerini inceledik, en sonunda dövmecinin 1940'lı yıllardan kalma özel bir yazı tipi olduğunu söylediği bir elyazısında karar kıldık. O zamanlar bir Frank Sinatra albümünün arka kapağında bu elyazısı kullanılmıştı.

Cade, "Önce ben yaptırayım," dedi ve sandalyeye oturdu. Dövmeci yazının bir örneğini çıkardı. Boyutta karar kıldık. Cade omzuna yaptırmaya karar verdi. İğne tenine değerken suratını buruşturmasını izledim. Kanı görünce kafamı çevirdim. En sonunda sıra bana gelince tereddüt ettim. "Belki de yaptırmasam daha iyi," dedim.

Cade, "Benim için yaptır," dedi. "Bizim için yaptır." Bakışları yoğundu. O anda bu adam için yapamayacağım hiçbir şey olmadığını biliyordum.

Gözlerimi sımsıkı kapattım. Sağ omzumu gösterirken, "Tamam," dedim. "Tam buraya. Hadi bakalım, yaptıralım."

Gerçekten acıyordu, iğne tenime değince irkildim.

Dövmeci, "Mümkün olduğu kadar sabit durmaya çalış," dedi. Sesi sakin ve rahatlatıcıydı. Yüzükparmaklarına alyans dövmesi yaptıran bir çiftin hikâyesini anlattı. Cade ve ben de günün birinde evlenecek miyiz merak ediyordum. Kendi sonsuzumuza sahip olacak mıyız merak ediyordum. Umarım olurduk.

Dövmem bittiğinde aynaya baktım, tenim şişmiş ve kabarmıştı. Nasıl görüneceğini tam olarak anlamak zordu. Açıkçası şu anda umurumda da değildi.

Cade elimi tuttu ve adama parayı ödedi. Dairesine yürürken omzum zonkluyordu ama ben doğru dürüst farkında bile değildim. Kendimi ona hiç olmadığım şekilde bağlı hissediyordum. Bu, dövmeden, birbirimize söylediğimiz aşk sözcüklerinden daha öte bir şeydi. Cade ve ben birbirimize aittik. Her zaman da öyle olacaktık.

17. Bölüm

19 Kasım 2008

Ryan'la birlikte yaşadığım evin kapısından girerken Cade'e, "Burada yaşıyorum," dedim. Cade'in kapıda dikildiğini görmek gerçeküstü bir şeydi. Ben kazağımı çıkarıp çantamı bir kenara koyarken o kapıda felce uğramış gibi duruyordu.

Yumuşak bir sesle, "Sorun yok," dedim. Çantasına uzandım. Başta çantayı sıkı sıkı tuttu ama sonra serbest bıraktı. Çantayı kapının yanına koydum. "İçeri girebilirsin."

Eddie yanımdan geçip doğruca Cade'e yöneldi. Cade de elini Eddie'ye uzatmıştı. Cade gitmeden önce Eddie'ye beraber bakıyorduk. *Acaba hatırlıyor muydu?*

Bir adım attı ve oturma odamı sessizce inceledi. Işıkları yaktım ve yaralarındaki şişliklerin biraz daha inmiş olsa da en az hastanedeki kadar kötü göründüğünü fark ettim.

Gergin bir şekilde, "Muhtemelen karnın açtır," dedim. Mutfağa gittim ve buzdolabına baktım. Yıllardır ilk kez ne yemek yapacağımı bilmiyordum. Hem de hiç. Bir cevap beklemeyerek, "Canın ne istiyor?" diye sordum. "Dürüm yapabilirim veya ıspanaklı gözleme?" Başımla kendimi onaylayarak biraz ıspanak, peynir ve lavaş ekmeği çıkardım.

Malzemeleri bir araya getirerek, "İşte oldu," dedim. Sonra Tracy'yle o küçük dairede yaşadığımız günlerden beri kullandığım dökme demir tavayı çıkardım. Bu tava büyükannemindi. Yıllar boyu bunda yaptığı yemekleri düşünmek hoşuma gidiyordu.

Cade yemek yapışımı izledi. Hazır olduğunda gözlemeleri üçgenlere böldüm ve tabağa koydum.

Tabağı masaya koyarak, "Wild Ginger'da yediğimiz yemekler gibi değil tabii," dedim. "Ama sıradan gözlemeler bazen çok iyi gider." Masadaki sandalyeleri gösterdim. "Lütfen otur. Rahatına bak."

Yavaşça yanımdaki sandalyeye oturdu. Eddie de kendini Cade'in ayağının dibindeki kilime bıraktı.

"Al bakalım," dedim ve tabağı ona doğru ittim. Yemeye başlamadı. Ben de gözlemelerden bir parçayı hastanede yaptığım gibi dudaklarına doğru tuttum. İşe yaradı. Gözlemeden bir ısırık aldı.

Tabaktakiler bittiğinde masayı temizledim ve bu akşam için bir plan yapmaya çalıştım. "Yukarıdaki misafir odasında kalabilirsin," dedim. "Sanırım banyo yapmak istersin. Ben sana bir havlu ve temiz kıyafet ayarlayayım." Sehpanın üstündeki süs deniz kabuğunu aldı, tekrar tekrar çevirdi ve her bir çatlağı inceledi. "Benimle gelirsen yerleşmene yardımcı olabilirim."

Merdivenlerden çıkarken o da peşimden geldi. Attığım her adımın, aldığım her nefesin farkındaydım. Dolaptan bir havlu aldım, sonra banyonun ışığını açtım. "Banyona başlayabilirsin, suyu açıyorum," dedim. "Sabunlar orada, şampuan da."

Cade öylece dikilip boşluğa bakmaya devam etti.

İç çekerek, "Tamam," dedim. "Seni yalnız bırakayım. Bir şeye ihtiyacın olursa söyle."

Yatak odama yürüdüm ve yatağın kenarına oturdum. Diğer odada akan suyun sesini dinledim. Dakikalar geçti. Meraklanmaya başlamıştım. Gidip kontrol etmeyi düşündüm. Ayağa kalktım, tekrar oturdum. Sonra kalktım, kıyafetlerimi çıkardım. Askılı bir tişörtle tayt giydim, klasik pijamalarım.

Kafamı banyoya uzatarak aralık kapıdan, "Pardon," dedim. Kapıyı ittim ve Cade'in on dakika önce bıraktığım yerde tamamen giyinik halde dikildiğini gördüm. "Her şey yolunda mı?"

Yanıt vermedi. Yavaşça içeri girdim ve suyu kapattım. Küvet taşmak üzereydi.

Başımı salladım. "Yardıma ihtiyacın var sanırım," dedim. "Ben yardım edeyim."

Derin bir nefes aldım ve Cade'e yaklaştım. Parmaklarımla montunun düğmelerini çözdüm. Mont yere düştü. Hastane önlüğünü çıkardım. Zayıf, çıplak göğsü ve omzundaki tanıdık dövme ortaya çıktı. Bendeki dövmeyi fark etti mi merak ettim.

Pantolonunun düğmesine dokunurken yutkundum. Düğmeyi çözdüm.

Her nefes alıp verişiyle birlikte göğsü yükselip alçalıyor, karnının çukurunu öne çıkarıyordu. Fermuarını indirirken içimde tanıdık bir kıpırtı hissettim. Pantolonu yere düşerken kafamı çevirdim. Sonra yavaş yavaş bakışlarımı bir zamanlar çok iyi bildiğim o vücuda kaydırdım. Harita gibi vücudunun her bir noktasını biliyordum. Her bir çilini. Her bir kas ve et parçasını.

Elini tuttum ve onu küvete doğru götürdüm. Boş elimle suyun sıcaklığını kontrol ettim. "Uygun sıcaklıkta," dedim. "Hadi gir."

Küvete sanki olimpik havuzmuş da az önce kurbağalama yüzmesini istemişler gibi bakıyordu. Onu cesaretlendirmeye çalışarak, "Sorun yok," dedim. "Banyo seni rahatlatır."

Yavaş yavaş suya girdi. İlk başta korkuyordu. Ama suya tamamen girdiğinde en sonunda rahatladığını anlamıştım. Yanında diz çöktüm. Saçlarını ıslatmak için duş başlığını kullandım. Sonra şampuanı aldım. Saçlarını köpürttüm ve temizledim. Ardından duruladım. Ona sabunu uzattım ama almadı. Ben de sabunu kollarına ve göğsüne sürdüm. Elime bir tane lif aldım, suya batırdım ve tenine sürdüm. Cade beni izliyordu. Suyun rengi kararmıştı. Hastanede onu süngerle temizlemişlerdi ama doğru dürüst yıkanamamıştı. Cade'in ayağa kalkmasına ve havluya sarınmasına yardım ederken günler, hatta yıllar boyu sokaklarda yaşadığı hayattan gelen kir akıp gitti.

Onu yatak odasına götürdüm ve dolaba baktım. Ryan'ın kotlarından birini aldım. Kenarları aşınmış mavi bir tişört seçtim. Çekmeceden beyaz bir iç çamaşırı aldım ve onu da yığına ekledim. "Al bakalım," dedim. "Bunları giyebilirsin."

Tişörtü kafasından ve kollarından geçirmesine yardım ettim. Havlu yere düştüğünde halinden utandıysa da hiç belli etmedi. Bacaklarını nişanlımın iç çamaşırından dikkatli bir şekilde geçirdim. Sonra küçük bir çocuk gibi kotu giymesine ve düğmelerini kapatmasına yardım ettim.

Giyindiğinde, "İşte oldu," dedim. Elini, yaklaşık iki beden büyük gelen kot pantolonun kumaşına koydu.

Sanki bu yeni yıkanmış kotun kumaşı kadar güzel bir şey görmemiş gibiydi. Bu giyinmiş ve temiz haliyle hatırladığım Cade'e daha çok benziyordu. Uzun saçları ve sakalları hariç tabii. Gözlerine baktım, kafamı sağa eğdim. Sanki bir şekilde içinden eski Cade'in çıkmasını bekliyor gibiydim. Gülümseyip, "İşte, döndüm bak. Ha bu arada, saç sakal tıraşı olabileceğim bir yer var mı?" diyecekmiş gibiydi.

Ama Cade hâlâ karanlıklardaydı, belki de benle, bizle ilgili anılarını sakladığı zihninin derin labirentlerindeydi. İç geçirdim. "Çok yorgunsundur, dur sana..."

Ben konuşurken Cade yatağa çöktü ve kafasını yastığa koydu. Kaburgalarına baskı yapmamaya çalışarak huzursuzca kıpırdanışını izledim. Merdivenlerde Eddie'nin ayak seslerini duydum. Yukarı çıktı ve odama geldi. Yatağa zıpladı, Cade'in karnıyla sağ kolu arasındaki boşluğa yerleşti. Çenesini Cade'in sol koluna dayadı.

Kendi kendime gülümsedim. Sonra parmakuçlarımda misafir odasına gittim. Telefonuma baktım. Ryan birkaç mesaj atmıştı. Los Angeles çok güzelmiş, ben nasılmışım? Ona cevap vermek yerine telefonu komodinin üstüne koydum ve uzun bir süre uyanık halde yattım, düşünerek tavana baktım. En sonunda gözlerimi kapattığımda rüyamda Cade'i ve denizi gördüm.

Gözlerimi açtığımda yatak odamın penceresinden ışık süzülüyordu. Dışarıdaki ağaçta kuşlar cıvıldıyordu. Doğruldum ve esnedim. Cade de benim kadar iyi dinlendi mi merak ettim. Yatak odama doğru yürürken çıplak ayaklarımın altındaki eski ahşap zemin gıcırdadı. Battaniye ve çarşaflar dağınıktı, yatak boştu. Odaya bakındım, sonra banyoya yürüdüm. Açık kapıdan baktım. Banyo da boştu.

Merdivene doğru, "Cade?" dedim. "Burada mısın?"

Eddie peşimden merdivenlerden indi. İlk kata baktım. Mutfak musluğundaki sızıntı dışında ses yoktu. Ryan sızıntıyı tamir etmesi için ertesi güne bir tamirci ayarlamıştı. *Cade gitti mi?* Paniğin göğsümde yükseldiğini hissettim. Arka kapıya koştum ve evin arkasındaki boş alana baktım. Sessiz evde tekrar, "Cade?" diye seslendim.

Sonra ön kapıdan hafif bir ışık geldiğini fark ettim. Kapıyı açtım ve ön verandaya çıktım. Cade basamaklarda oturmuş karşıya bakıyordu.

Derin bir şekilde soluk vererek, "Oh," dedim. "Buradaymışsın."

Yanına oturdum. Bir an için komşuların beni burada ön verandada sakallı, tuhaf bir adamla otururken görünce ne düşüneceğini merak ettim. Ama sonra Cade bana döndü, gülümsedi ve bütün endişelerimi boşa çıkaracak bir sözcük söyledi. "Günaydın."

Sırıtarak kolunu sıktım. "Günaydın!" Kuşlar cıvıldıyordu. Güneş parlıyordu. Ben mutluydum.

Kahve makinesinden kahve doldurdum ve Cade'in fincanından ilk yudumu alışını izledim. Bir yudum daha alırken gözlerini kapattı. Sanki kahveyi, beni, hayatı hatırlamaya çalışır gibiydi.

Buzdolabını hızlı bir şekilde açarak, "Omlet yapabilirim diye düşündüm," dedim. Bir karton yumurta, tereyağı, biraz biber, kıyılmış peynir, ıspanak ve bozulmaya başlamış birkaç taze soğan çıkardım.

Kendime bir fincan daha kahve koydum. Sonra ıspanakları doğradım ve soğanların pörsümüş uçlarını kestim. Yumurtaları beyaz bir kâsede çırparken tereyağı da tavada eriyordu. Ryan omletlerimi çok severdi. Ona sık sık omlet yapardım. Yumurtaları tavaya döktüm, kenarlarının katılaşmasını ve ortasının hafif kabarmasını izlerken bir suçluluk duygusu hissettim. Ryan eve geldiğinde, Cade Harborview'daki programa yerleşmiş olacaktı. Ryan'a her şeyi anlatacaktım. Kendime, *Ryan anlayışla karşılayacaktır,* dedim. O her zaman anlayışlı davranırdı.

Omleti ikiye böldüm ve iki kişilik bir sofra kurdum. Çatalı tutarken Cade'in eli titriyordu. Birkaç parça ağzına ulaşamadan tabağa düştü ama yine de yedi. Tabağını bitirdiğinde benim tabağımdakileri de ona verdim. Halinden memnun bir şekilde kabul etti.

Yapmam gereken şeyleri düşündüm: Düğünü ayarlamak, Cade'i hastanedeki programa yerleştirmek, ona neler olduğunu bulmaya çalışmak, ki buna James'in neler bildiğini veya bilmediğini anlamak da dâhildi. Tabii bir de bütün bunları yazmak. Şu an bunlardan hiçbirini yapmak istemiyordum. Şu anda sadece burada olmak istiyordum.

Sabah saatlerini mutfağı temizleyerek geçirdim. Cade de Eddie'yle birlikte kanepede oturdu. Saat on bir gibi uyuyakaldı. Uzun yıllardır dinlenemediğini düşünüyordum.

Dinlenebildiği kadar dinlensin diye verandaya çıktım ve Tracy'yi aradım. Sessizce, "Alo," dedim. Arkada hastaneden gelen sesler duyuluyordu. "Neden fısıldıyorsun?" diye sordu.

"Çünkü Cade içeride uyuyor ve pencereler açık."

"Cade sizin evde mi?"

"Evet," dedim. "Dün gece getirdim. Başka ne yapacağımı bilemedim."

"Ryan anlayışla karşıladı mı?"

"Ryan burada değil," dedim. "Bu hafta Los Angeles'ta iş gezisinde olacak."

Tracy, "Ah, Kailey," dedi. "Ee, misafir odanda filan mı uyuyor?"

"Yani şu anda öyle ama dün gece benim yatağımda uyudu. Tabii benimle değil. Orada uyuyakaldı diyebilirim." Yutkundum. "Ona banyo yaptırdım, giydirdim. Ryan'ın kıyafetlerini giyiyor."

Tracy söylediklerimi hazmetmeye çalışarak, "Vay," dedi.

Gergin bir şekilde, "Biliyorum," dedim.

"Kısa bir süre sonra Harborview'daki programa başlayacak, değil mi?"

Bir an duraksayarak, "Evet," dedim. "Ama belki de burada kalması daha iyi olur. Onu tam anlamıyla tanıyan tek kişi benim. Kendi başına yaşayacak duruma gelene kadar burada misafir odasında kalabilir."

"Ama sen doktor filan değilsin ki, Kailey. Cade'in titiz bir terapi ve rehabilitasyona ihtiyacı var. Beni yanlış anlama, ona çok iyi bakacağından eminim ama onun bundan daha fazlasına ihtiyacı var." Bir süre sessiz kaldı. "Ayrıca ikimiz de Ryan'ın bu kadar uzun süre Cade'e bakmanı normal karşılamayacağını biliyoruz."

Kafamı salladım. "Ryan anlayışla karşılar."

Tracy, "Öyle mi?" diye bastırdı. "Bu senin bir zamanlar tüm kalbinle sevdiğin adam. Şimdi ortaya çıktı ve sen onun hemşiresi ve bakıcısı olma görevini üstleniyorsun."

"O da geçmişindeki biri için aynısını yapardı," dedim.

"Onun veya başkasının böyle bir şeyi yapacağını sanmıyorum. Senin için durum biraz farklı. Ben seni tanıyorum. Bu adamı bir kez kaybettin ve kalbin onu bir kez daha kaybetmeye dayanamıyor. Bunu anlıyorum. Ama Kailey, Cade'le evcilik oynaman onu kurtarmaz. Onu önemsiyorsan Harborview'daki programa başlamasını sağla. Gitmesine izin ver ki iyileşebilsin."

İç geçirdim. "Haklısın."

"Aynen öyle." İşle ilgili bir şey olunca bir süre konuşmadı, sonra telefona geri döndü. "Gitmem lazım," dedi. "Ama Kailey, bence Cade'e yardım edebilmenin bir yolu var."

"Nasıl yani?"

"Başına ne geldiğini bul," dedi. "1998 yılındaki şu Cade'e benzeyen isimsiz hastayı anlattıktan sonra aklıma tuhaf tuhaf şeyler geliyor."

"Benim de," dedim.

"Cade gittiğinde veya biz gittiğini sandığımızda dolu dolu bir hayatı ve güzel bir işi vardı," dedi. "Belki birileri buna son vermek istedi. Belki de bugünkü halinin sebebi olan birileri."

Başımla onayladım. "Evet," dedim. Cade'in kanepede kıpırdandığını görünce sesimi tekrar alçalttım. "Ben de öyle düşünüyorum. Yolunda gitmeyen bir şeyler var."

"İşleri yoluna koymasına yardım et," dedi ve telefonu kapattı.

Salı günü de geldi geçti. Çarşamba sabahı geldiğinde hiçbir şey yapmadığında zamanın ne çabuk geçtiğini fark ettim. Cade'le birlikte verandada oturuyor, masada sessiz sessiz yemek yiyor, ona hatırladığından veya anladığından emin olamadığım hikâyeler anlatıyordum. Ama bana gözünde bir ışıkla hatırlar gibi baktığı her saniye, içim tanımlayamadığım bir şekilde ısınıyordu. Bu, özellikle de ona eskiden birlikte dinlemeyi sevdiğimiz plakları çaldığımda oluyordu. O anlarda eski halinin geri geldiğini görüyordum. Gözlerinde o eski kıvılcımı hissediyordum.

Ryan o akşam aradığında verandaya çıktım ve telefona cevap verdim.

"Selam," dedi.

"Selam," dedim.

"Sesini özledim. Seni çok özledim."

Kazağımın kolundaki bir parça ipliği çekerek, "Ben de seni özledim," dedim.

"Haftan nasıl geçiyor?"

"Fena değil," dedim.

"Seni ofisten aramaya çalıştım defalarca ama cevap vermedin."

"Kusura bakma," dedim. "İşler biraz yoğun."

"Biliyorum, tatlım. Bak, bir şey diyeceğim," dedi ve durdu. "Son zamanlarda çok uzaksın. Aklında bir şeyler var, bana söylemediğin veya söylemeye hazır olmadığın şeyler. Ama bu her neyse, umarım ikimizin arasına girmez. Kailey, seni kaybetmeye dayanamam."

Ryan için, kendim için, geleceğim ve geçmişim için gözlerim doldu.

"Beni kaybetmiyorsun," dedim. Evin içinden cam kırılma sesi geldi. "Ryan, çok özür dilerim. Kapatmam gerek. Seni daha sonra arayacağım, tamam mı?"

Cade oturma odasında ayakta duruyor ve gergin bir şekilde yere bakıyordu. Ryan'ın ailesinin bize yıldönümü hediyesi olarak verdiği renkli, aşırı pahalı üfürme cam Chihuly eseri yerde paramparçaydı.

Hemen Cade'in yanına giderek, "Hiç sorun değil," dedim.

Diz çöktü ve bir cam parçasını eline aldı. Sonra bir tane daha. Sanki bir araya getirip onarmaya çalışır gibi parçaları birbirine bastırdı. Bir dakika sonra elinden kan damladığını fark ettim. Nefesim kesildi.

"Elin kesildi," dedim. "Bırak onları. Ben daha sonra temizlerim."

Ayağa kalktım ve ıslak bir havlu ve bandaj getirdim. Elini tuttum ve yarasıyla ilgilendim. "İşte böyle." İşimi bitirince elimi bırakmadı. Elimi sıktı.

Bir zamanlar çok iyi bildiğim sesiyle, "Teşekkürler," dedi. Bu beni ağlatan ve güldüren bir sesti. Bu, bana binlerce hikâye anlatan ve çok daha fazla kez, "Seni seviyorum," diyen sesti.

18. Bölüm

31 Aralık 1997

Tracy, banyonun kapısından, "Bebek gibi oldun," dedi. Bu sırada ben de içeride gözkapaklarıma gri parlak far sürüyordum.

Olduğum yerde döndüm ve, "Ayy, teşekkürler," dedim. "Sence bu elbise çok?.."

"Hayır, Cade bu elbiseye *bayılacak*," dedi.

Bu siyah, dar ve payetlerle kaplı elbiseyi geçen hafta Nordstrom'da indirimde bulmuş ve bir hevesle almıştım. Ama şimdi her nasılsa kendimi sahtekâr gibi hissediyordum.

Elbisenin belini çekiştirerek, "Gerçekten mi?" dedim.

Tracy, "Sen bana güven," dedi.

"Ben de seninkine bayıldım," dedim.

Kolsuz kırmızı elbisesine baktı ve omuz silkti. "Mark fark edecek mi göreceğiz."

Son zamanlarda Mark'la sorun yaşadıklarını biliyordum ama Cade'in her sene yaptığı Element Plak yeni yıl partisine Mark'ın da geleceğini duyunca sevinmiştim.

"Fark edecek," dedim. "Mükemmel görünüyorsun."

Omzumun üstünden aynada uzun uzun kendine baktı, parmaklarıyla gözlerinin altındaki hayali torbalara dokundu.

"Tıp fakültesindeyken biriyle flört etmek çok zor," dedi. "Yorucu ve duygusal bir iş." İç geçirdi, sonra kendi kendine güldü. "Belki de en sonunda Wes'e kalırım."

"Şu Mormon olan mı?"

Dalgın bir şekilde, "Evet," dedi. "Âşıktı bana."

Sırıtarak, "Ama sen ona âşık değildin," dedim.

"Ama çocuk yakışıklı ve... nazik biriydi."

"Mormonlar nazik insanlardır."

Başını salladı. "Ama dişlerinde tel vardı."

"Zavallı çocuk," dedim. "Dini misyonunu bırakıp eve dönmüştü ama sen onu terk etmiştin, değil mi?"

Düşüncelere dalarak, "Evet, Jackson, Alabama'da bir yıl geçirmişti," dedi. "Ama çok kötü öpüşüyordu."

Aynı anda, "Diş tellerinden," dedik ve kahkahalara boğulduk.

"Hazır mısın?" diye sordum. Saçlarımı son bir kez taradım ve ensemde düzgünce atkuyruğu yaptım.

Tracy saatine baktı. "Evet, Mark bir saat içinde hastaneden çıkacak. Oraya gelecek."

Cade'in evine kadar yürüyebilirdik ama ayağımızda topuklu ayakkabı vardı ve hava çok soğuktu. Tracy taksi çağırdı. Cade'in evine vardığımızda saat sekizi beş geçiyordu ve birçok kişi gelmişti bile.

Cade, içeri girdiğimi görünce hemen kapıya doğru gelerek, "Hoşgeldin, güzellik," dedi. "Harika görünüyorsun."

Sırıtarak, "Teşekkürler," dedim.

Dairesi parti merkezine dönüştürülmüştü. Mobilyalar dansa alan açılması için bir kenara çekilmişti. Yanıp sönen ışıklar ve parlak bir disko topu da etkiyi artırıyordu. Mutfakta bir barmen hazırolda bekliyordu. Element Plak'taki stajyerlerden biri (sanırım adı Tom veya Tony'ydi) müzikle ilgileniyordu.

"Sana bir sürprizim var," dedi Cade, gülümseyerek beni mutfağa götürürken.

Gülümsedim ve birkaç sarışın kadının siyah yavru bir labradorun yanına çömeldiği köşeye kadar onu takip ettim.

"Erken doğumgünün kutlu olsun," dedi, gülümseyerek.

Gözlerim büyüdü. "Cade!"

"Her zaman siyah bir labrador istediğini söylüyordun, işte, ben de sana bir tane almak istedim."

Yere çömeldim, gözlerim dolmuştu.

"Onu büyütebileceğimizi düşündüm... birlikte."

Eğilince yavru burnunu yüzüme sürdü. "Merhaba, küçük dostum."

Sarışın kadınlar gülümseyerek bakarken, Cade yanıma çömeldi. "Adı ne olsun?"

"Eddie," dedim, köpeği kucağıma alırken.

"Eddie, o zaman," dedi Cade, gülümseyerek.

Birkaç dakika sonra daha fazla insan partiye geldi, Eddie'yi misafir odasında tutmayı önerdim. Partinin karmaşası ona fazla gelebilirdi.

"Ne içmek istersiniz?" diye sordu Cade, yavruyu bir kâse su ve birkaç battaniyeyle odaya yerleştirdikten sonra.

Barda Tracy'yle karşılaştık. O martini istedi. Ben de aynısında karar kıldım. Cade mont ve çantalarımızı dolabına koydu. İnsanlar çoğaldıkça biz de şirketten birkaç çalışanla, Cade'in eski arkadaşlarıyla, daha önce adını hiç duymadığım gruplardan ve The Foo Fighters grubu gibi bildiğim gruplardan müzisyenlerle sohbet etmeye başladık. Bu gruptan Dave Grohl yanımıza gelip Tracy ve benimle tanıştı, sonra da bir duble Jagermeister'ı kafasına dikti. Sonra James ve Alexis geldi. James'in aklı başka yerde ve yorgun gibiydi. Sanki bu hemen halledip geçmek istediği bir organizasyon gibiydi. Alexis de aynı şekilde düşünüyorsa bile belli etmiyordu. Bana gülümsedi.

El sallayarak, "Merhaba," dedim. Beni görünce James'in yüzü yumuşadı. Alexis'le birlikte yanımıza geldiler.

James, "İyi yıllar," dedi ve martini bardağını tokuşturmak için benimkine doğru uzattı.

"James ve Alexis, ev arkadaşım Tracy," dedim.

James, "Tanıştığımıza memnun oldum," dedi.

Cade odanın karşı tarafında plak değiştiriyordu. Bakışlarımız buluştuğunda bana bilmiş bilmiş gülümsedi.

Tracy elini göğsüne bastırdı. "Bu plağı çok severim."

Alexis, "Ben de," dedi. "Neil Young hep dinleniyor."

Cade'in elini belime koyduğunu hissettim. "Harry Nilsson demek istedin herhalde?"

Alexis'in yanakları kızardı. "Evet, doğru," dedi.

Durumu kurtarmaya çalışarak, "İkisinin sesi biraz benziyor zaten," dedim.

Cade, "Neil Young ve Harry Nilsson mı?" diye kıkırdadı. "Hiç de değil."

Ona sert sert baktım.

"İkisi de yetmişler tarzına sahip."

Alexis odayı incelerken, James gülümsedi. Kız alınmış mıydı, yoksa iyi miydi anlayamıyordum. Yüz ifadesinden hiçbir şey anlaşılmıyordu.

Tracy, ortamdaki gerginliği azaltmak için elinden geleni yaparak, "Siz ne zamandan beri birliktesiniz?" diye sordu.

Alexis konuşmak için ağzını açtı ama James ondan önce davrandı. "Birlikte değiliz," dedi. "Alexis benim asistanım."

Bu yorumun Alexis'i incittiğini tahmin edebiliyordum ama kırıldıysa da belli etmedi. Konuyu değiştirerek, "Siz ne iş yapıyorsunuz?" diye sordu.

Tracy, "Washington Üniversitesi Tıp Merkezi'nde bölüm stajımı yapıyorum," dedi.

Sırıttım. "Dr. Graham biraz sonra sizinle ilgilenecek."

James güldü ama Alexis'in yüz ifadesi değişmedi. James, "Bu harika bir şey," dedi. "Tıp fakültesinin ne kadar zor olduğunu hayal bile edemiyorum."

Tracy başıyla onayladı. "Gerçekten zor. Aslında bu gece burada olmam bile bir mucize."

James, "Gelebilmene çok sevindim," dedi. Tracy'nin kadehini gösterdi. "Kadehin boşalmış. Gidip dolduralım." Tracy gülümsedi, bana baktı ve James'le birlikte bara yürüdü. Alexis de peşlerine takıldı.

Cade yanağımdan öptü. "Kötü mü oldu?" Sözcükleri hafif peltekti. Elinde bir içki daha tutuyordu ve en az altı taneyi devirdiğini görmüştüm ama bugün yılbaşı gecesiydi.

"Bence kızı utandırdın," diye fısıldadım. "James'e âşık olduğu apaçık belli."

Cade omuz silkti. "Sence James'in önünde iyi görünsün diye Neil Young yorumuna sesimi çıkarmasam daha mı iyi olurdu?"

"Bilmiyorum ki," dedim. "Belki de."

Bara baktım ve James'in Tracy'yle bir şeylere güldüğünü gördüm. Eliyle kızın sırtına, sonra koluna dokundu. Alexis, James'in arkasında duruyor, onları izliyor, bekliyordu.

Cade kafasını sallayarak, "Bu konu beni aşar," dedi, boş kadehime bakarak. "Hadi bir tane daha alalım."

"Ben böyle iyiyim," dedim.

"Ama bir içki daha almalıyım," dedi.

İtiraf etmek istemiyordum ama Cade için endişeleniyordum. Her zamankinden daha gergin görünüyordu. Ne zaman bir araya gelsek, bazen ciddi boyutlarda olmak üzere, içki içiyordu.

Cade barmene, "Aynısından bir tane daha istiyorum," dedi. "Hatta duble olsun."

James, Cade'e ters ters baktı.

"Daha bir saattir buradayım ve bu bir saat içindeki kaçıncı içkin? Dört mü, beş mi?"

Cade, "Sana ne bundan?" dedi. "İçkilerimi saydığından haberim yoktu."

James, "Çok içtin," dedi. "Sadece söylüyorum, dostum."

"Ne söylüyorsun?"

James ofladı. "Diyorum ki belki bu kadar içki içmeyi bıraksan, arada bir ofise gelirsin ve ne bileyim, çalışırsın filan."

Cade, ona doğru bir adım atarak, "Bunu nasıl söylersin?" dedi. "Element Plak için canımı dişime takıyorum ben, bunu sen de biliyorsun."

James omuz silkti. "Sarhoş olmadığın zamanlarda."

Cade arkadaşının üstüne atıldı. Elimi göğsüne koyarak, "Hayır," dedim. Odadaki bütün gözler ikisinin üstündeydi. "Cade, hayır. Yapma."

Bana baktı, bir adım geriledi. Sonra onu durdurmama fırsat bile kalmadan insanların arasına daldı, deri ceketini aldı ve gitti.

Biraz sonra Tracy, James ve Alexis'i odanın bir köşesinde yalnız bırakarak yanıma geldi ve, "Neler oldu?" diye sordu.

"Cade ve James'in arasında ciddi bir husumet var," dedim.

"Neden?"

Omuz silktim. "Şirketi nasıl yönetecekleri konusunda tamamen farklı fikirleri var. Bu durum son zamanlarda doruk noktasına ulaştı."

Tracy başını salladı. "James çok tatlı biri. Benim başkasına âşık olmam, onun asistanının da ona yanık olması ne kötü."

"Evet," dedim. "İnan bana öyle bir duruma bulaşmak istemezsin."

Muhabbet ettik, içkilerimizi içtik. Her birkaç dakikada bir kapıya bakıyor, Cade'in geri dönmesini umuyordum. Dönmeyince gerilmeye başladım.

Yatak odasındaki Eddie'yi kontrol ettim, tasmasını buldum ve onu dışarı çıkardım.

Tracy'ye, "Gidip bir dışarı bakacağım," dedim.

Montumu aldım ve dışarı çıktım. Ara sokağa doğru yürürken hava oldukça soğuktu. Cade köşede bir banka oturmuş evsiz bir adamla konuşuyordu.

"İşte buradasın," dedim, Eddie donmuş bir toprak parçasını koklayıp rahatlarken.

"Merhaba," dedi. "Kusura bakma, oradan çıkmak zorundaydım."

Üstünde Cade'in deri ceketi olan evsiz adama, "Frank," dedi. Konuşurken ağzından buhar çıkıyordu. Üşümemek için olduğum yerde zıplamaya başladım. "Bu benim kız arkadaşım Kailey."

Yaşlı adam, dişsiz ağzıyla gülümsedi. "Tanıştığımıza memnun oldum," dedi.

Gülümseyerek, "Ben de," dedim. Elime sıcak hava üfledim. Sonra tekrar Cade'e döndüm. "Geri dönsek? Geceyarısı olmak üzere."

Frank kahverengi kağıda sarılı şişeden bir yudum alırken Cade omuz silkti. Adam şişeyi Cade'e uzattı ama Cade reddetti. "Daha fazla dayanamıyorum," dedi. "Oradaki bütün o insanlar. Kurduğumuz şirket. Nefret ettiğim bir şeye dönüşüyor."

"Ama aslında seviyorsun," dedim.

"Ben kurduğum şirketi seviyorum," dedi. Dairesini gösterdi. "Ama o şirket? Oradaki insanları gördün mü? Zengin adamlarla kafayı çekmiş kız arkadaşları." Kafasını salladı. "Bu benim bildiğim ve sevdiğim Element Plak değil."

"O zaman değiştir," dedim.

"Bu artık kazanamayacağım bir savaş," dedi.

"O zaman sen benim tanıdığım Cade değilsin. Sen hayırı cevap olarak kabul etmeyen birisin. Sen inandığı şeyler uğruna mücadele eden birisin. Sen pes etmezsin. Bu sen değilsin. O yüzden pes etme."

Dudaklarının kenarları hafifçe kıvrıldı. Elini tuttum. "Hadi gel," dedim. "İçeri girelim. Her şeyi geride bırakalım ve yeni yıla kadeh kaldıralım."

Cade ayağa kalktı. "Bu gecelik bu kadar, Frank," dedi.

Frank bir şeyler homurdandı, sonra da kıkırdadı.

"Montunu geri almayacak mısın?" diye fısıldadım.

Cade, "Yoo," dedi. "O monta Frank'in benden daha çok ihtiyacı var."

Sözcüklerim Cade'i etkilemişti sanırım, partiye döndüğümüzde, hemen kapının yanındaki grup üyeleriyle sohbet etmeye başladı. Gülümsedim ve Tracy'yi bulmaya gittim. Arada bir Cade'e bakıyor, moda girmiş halini izliyordum. Odadaki herkesi etkisi altına alışını seviyordum. Herkesin onunla konuşmak istemesini seviyordum. Odanın karşısından onunla göz göze geldiğimde içimde oluşan o kıpırtıyı seviyordum.

Tracy gergin gergin saatine baktı. Saat on bir buçuk olduğunda ağlamaklı bir şekilde bana baktı. "Gelmeyecek. Biliyorum."

"Muhtemelen hastanede işi bitmemiştir," dedim. "Belki de..."

Tracy kafasını salladı. İçkisinin geri kalanını bir dikişte içti. "Gerçekten burada olmak isteseydi gelirdi."

Cade geceyarısı iki kadını öpmekle ilgili bir şaka yaptı. Tracy güldü ama kalbinin kırıldığını biliyordum. Sonra kapı bir kez daha açıldı ve Mark geldi. Tracy gözlerindeki yaşları sildi ve onun yanına koştu.

Biraz sonra Mark'a, "Merhaba," dedim. Yorgun, mesafeli ve mahcup görünüyordu.

"Hastanede çok yoğun bir geceydi," dedi. "Geç kaldım, kusura bakmayın." Cade'e döndü. "Cade'di, değil mi?"

"Evet, dostum. Tanıştığımıza memnun oldum."

Tracy bardan elinde bir içkiyle geldi ve kadehi Mark'a uzattı. Mark, "Yok," dedi. "Bu gece içmeyeceğim. Aslında hastaneye dönmem gerekiyor. Ben sadece gelip sana 'İyi Yıllar' demek istedim."

Tracy içkiyi masanın üstüne bıraktı. Üzgün görünüyordu. Tıpkı bir iki metre uzakta James'in yanında dikilen Alexis gibi.

Cade iki kadeh şampanya aldı ve birini bana uzattı. Bu gece çok içmişti, bu gecenin üstünde ikimizin de silkeleyip atamadığı bir kara bulut dolaşıyordu sanki. Hiçbir şey mükemmel değildi, bunu biliyordum. Yeni yıl için geri sayım başladığında hayatımda aşk olduğu için ne kadar şanslı olduğumu düşünmeden edemedim. Büyük, cesur ve güzel bir aşk. Bu şekilde bir yıl bitti ve yeni bir yıl başladı.

19. Bölüm

22 Kasım 2008

Cade kanepede Eddie'yle birlikte sessizce oturuyordu. Az önce Dr. Branson'ı arayıp Cade'in tedavi programı için ertesi gün yeni dairesine taşınabileceğini öğrenmiştim. Bu güzel bir haber olmasına rağmen, Cade'i göndermekten ve benim korumam olmadan öylece kalkıp yine bir gün, bir yıl veya sonsuza kadar ortadan kaybolabileceğini bilmenin verdiği huzursuzluk hissinden nefret ediyordum.

Yanına oturdum. Uzun saçlarını gözlerinin önünden çekip durduğunu fark ettim. Aklıma yukarıda, banyo dolabındaki elektrikli tıraş makinesi geldi. Ryan arada bir favorilerini düzeltmek için kullanıyordu. Makineyi almak için yukarı çıktım, makas da getirdim.

Gülümseyerek, "Hadi saçlarını keselim," dedim.

Kafası karışmış gibi baktı.

"Yapabilirim, merak etme," dedim. Masadan bir sandalye çektim. "Mutfakta yapayım."

Kanepedeki yerinden kıpırdamadı. Ona doğru yürüdüm ve elini tuttum. "Canını acıtmayacağım, merak etme."

Temkinli bir şekilde peşimden geldi ve sandalyeye oturdu. Omuzlarına bir havlu örttüm ve makineyi fişe taktım. Cade'in saçları eskiden nasıldı hatırlamaya çalıştım. Kenarlardan kısa, üstlerden hafif daha uzundu. Uzun saçlarını alnını ortaya çıkararak, dikkatli bir şekilde gözlerinden çektim ve hemen alnının sağ tarafı boyunca uzanan pürüzlü yarayı fark ettim. Soluktu, eski bir yaranın izi gibiydi, belki de ciddi bir yaranın.

Parmaklarımı saçlarında gezdirince irkildi. "Özür dilerim," dedim. "Bu yara nasıl oldu?"

Karşıya sabitlenmiş bakışları değişmedi. Hatırlıyorsa da bu konuda konuşacak havada değildi.

"Bir şey yok," diye fısıldadım, boyunu kısaltmadan önce asi saçlarını açmak için tarağa uzanırken. Kahverengi saçları yere dökülmeye başladı. Ben saçlarını kesip kısaltırken, o ellerini kucağına koyarak kıpırdamadan oturdu. Biraz sonra sakalına geçtim. "Buralardan da biraz alalım."

Makası yüzünde gezdirip sakallarını kısaltırken hiç karşı çıkmadı. Bakımsız sakallarının bir kısmını kestim. Ensesindeki saçları temizledim ve havluyu bir kenara koydum. Sonra geri çekilip şöyle bir baktım. Ayağa kalktı ve ellerini saçlarında gezdirdi, sonra yüzüne dokundu. Geçirdiği dönüşüm beni az daha ağlatacaktı. Duvardaki aynada kendine bakınca çok duygulandı. Sanki bir hayalet görmüş gibiydi. Geçmişten gelen bir hayalet.

Ben de çok duygulanmıştım. "Harika görünüyorsun," dedim. "Tıpkı hatırladığım gibi."

Ben yerdeki saçları süpürürken o aynadaki yansımasına bakmaya devam etti. Saç kesim malzemelerini yerlerine koydum. Lavaboda bulaşıklar vardı ama şimdi bulaşık yıkayasım yoktu. Ryan'ın gözlerini devirmesine sebep olan pikaba gittim. Bu, vinil plakta sesin daha güzel çıktığını söyleyen Cade'le geçirdiğim günlerden kalma bir eşyaydı. Nadiren kullanırdım ama ondan ayrılmaya da kıyamamıştım. Bir kitap rafında duran eski plaklarım toz toplamaktan başka bir işe yaramasa da varlıkları bana huzur veriyordu.

En sevdiğim Mazzy Star albümü olan *So Tonight That I Might See*'yi seçtim ve kabından çıkardım. Plağın iğnesini ilk parçaya ayarladım. *Fade Into You* parçasının giriş notaları beni on iki yıl öncesine, Cade'le tanıştığımız güne götürdü. Onun hatırlamasını beklemiyordum. Belki hatırlıyordu. Belki hatırlamıyordu. Ama ben hatırlıyordum. Yavaş yavaş sallanırken o gece elimi tutuşunu, beni sahne arkasına götürüşünü, birlikte konseri izleyişimizi hatırlıyordum. Bana bakışını hatırlıyordum. Yanındayken zamanın çok hızlı geçişini. Gözlerimi sımsıkı kapattım ve tekrar açtım. Cade'in elini belime koyduğunu hissettim. Önce rüya sandım, dokunuşunu hayal ediyorum sandım. Ama sonra diğer elini de belime koydu ve beni kendine doğru çevirdi. Bakışlarıyla buluştuğumda gözlerinde yaşlar olduğunu gördüm. Elleri hâlâ belimdeydi. İçgüdüsel olarak veya alışkanlıkla kollarım yukarı doğru ilerledi. Ellerimi göğsünden, ince omuzlarından kaydırdım ve boynuna doladım. Beni daha çok kendine çekti. Müzik eşliğinde salınmaya başladık. Şarkı üstüne şarkı geçti. Bu ana kilitlenmiştik, birbirimize sarılıyorduk.

O anda ona binlerce şey söylemek istiyordum. *Sen de hatırlıyorsun, değil mi, Cade? Ortadan kaybolduğunda nasıl zor şeyler yaşadığımı biliyor musun? Senin için nasıl yas tuttuğumu biliyor musun? Cade, ben senin için yas tutmaktan hiç vazgeçmedim. Seni sevmekten hiç vazgeçmedim. Bunu biliyor musun, Cade? Şimdi buradasın, oturma odamda bana sarılıyorsun. Ne yapacağımı bilmiyorum. Korkuyorum, gerçekten çok korkuyorum. Senin için, kendim için, sen yokken kurduğum yaşam için. Yıkılmak üzere olan yaşam.*

Bu düşünceler, rüzgârdaki yapraklar gibi özgür ve vahşi bir şekilde savruluyordu. Arada kalmıştım. İki dünyanın arasında bir yerdeydim, bir ayağım bir dünyada diğeri öteki dünyadaydı. Kalbim iki yöne birden çekiliyordu.

Kafamı Cade'in göğsünden kaldırdım ve yüzüne baktım. "Geçen gün," dedim, "hatırladığını söylemiştin. Cade, bilmem lazım. Gerçekten hatırlıyor musun? Beni gerçekten tanıyor musun? Birlikte sahip olduğumuz yaşamı, birlikte planladığımız yaşamı hatırlıyor musun?"

Yaşlar yanaklarımdan süzülüyordu. Nazik bir şekilde gözyaşlarımı sildi ve başıyla söylediklerimi onayladı.

Sonra kapıda bir ses duydum. İrkilerek döndüm ve Ryan'ın kapıda elinde bavulla ağzı açık bir halde dikildiğini gördüm.

Geri çekilerek Cade'den uzaklaştım. "Ryan?"

"Kailey, neler oluyor?"

"Şey, görüyorsun ki..." Önce Cade'e, sonra tekrar Ryan'a baktım.

Ryan çantasını indirdi. "Evet, kesinlikle *görüyorum.*" Girişte bekledi. Sanki aramızda geçemeyeceği görünmez ve aşılmaz bir çizgi varmış gibiydi.

"Ryan, bu Cade," dedim.

Ryan kafasını sallayarak, "Cade," dedi. "Tabii ki."

"Ryan, düşündüğün gibi değil," dedim. "Cade sokaklarda yaşıyor. Ciddi bir beyin hasarı geçirmiş."

Ryan, Cade'e uzun uzun baktı. "Bu restoranın önündeki adam. Anneme yanaşan?" Başını salladı. "Şimdi anlaşıldı."

"Ryan," diye yalvardım. "Yardımımıza ihtiyacı var."

Alnını ovuşturarak, "Tabii ki vardır," dedi. "Sen de ona *yardım etme* konusunda çok başarılısın."

"Cade'i Harborview'da beyin travması geçiren kişilere uygun olan bir programa yazdırdım." Cade'e döndüm. Ayaklarına bakıyordu. Bundan nefret etmiştim. Bu yüzleşmeden hem Ryan hem Cade adına nefret etmiştim. "Yarın başlayacak. O zamana kadar kalacak bir yere ihtiyacı vardı."

Ryan kafasını salladı. "Bütün bunları benden sakladın yani?"

"Söyleyecektim, doğru zamanı bulmam lazımdı. Bir de tepki vermenden korktum. Böyle tepki vermenden," dedim.

Ryan iç geçirdi. "Bu şekilde mi? Kailey, nasıl davranmamı bekliyorsun? Evleneceğiz ama sen daha davetiyeleri bile postalayamadın. Artık seni tanımıyormuşum gibi geliyor." Anahtarlarını aldı.

Ona doğru bir adım atarak, "Gitme," dedim.

Usulca, "Gidiyorum," dedi. "Kafamı toparlayana kadar Matt'te kalacağım."

"Ryan, gizleyecek bir şeyim yok benim."

Önce bana, sonra Cade'e baktı. Yüzünden her şey okunuyordu.

"Kailey, sen gerçeklerden kaçıyordun. Artık yüzleşmenin zamanı geldi." Bavulunu aldı. "İyi geceler."

Kapalı kapıya bakarken Cade arkamda dikiliyordu. Bense Ryan'ın peşinden gitsem mi, kalması, beni anlaması için yalvarsam mı diye düşünüyordum. Beni anlayabilirdi. Ama bacaklarım hareket etmedi. Sesimse zaten gitmişti. Felç olmuş gibiydim. Dizlerimin üstüne çöktüm ve ağladım. Sanki suyun üstünde kalmayı başaramayıp kendi acılarımda boğuluyordum. Sonra Cade tıpkı bir can yeleği gibi elini omzuma koydu.

Ryan o gece telefonuna cevap vermedi. Ertesi sabah, düğünümüzde sağdıcı olacak arkadaşı Matt'i aradım.

"Matt, ben Kailey," dedim. "Ryan seninle birlikte mi?"

"Öyleydi," dedi. "İşe gitti."

"O zaman sana olanları anlattı?"

Matt, "Evet," dedi.

"Ona kendim söyleyecektim ama iş gezisinden erken döndü ve işler karıştı." İç geçirdim. "Ah, Matt. Zamanlama daha kötü olamazdı."

"Onu terk ediyorsun, hem de evsiz bir adam için," dedi.

"Her şeyden önce onu terk etmiyorum," dedim. "Ayrıca Cade öylesine evsiz bir adam değil. O benim eski erkek arkadaşım. İki yılımı onunla geçirdim ben."

Matt, "O zaman Ryan'ın neden bu kadar perişan olduğunu anlamışsındır," dedi.

"Biliyorum," dedim. "Her şey çok karıştı ama düzeltmek istiyorum. Yine de Cade'e yardım etmek zorundayım. Kimsesi yok." Üst katta uyuyan Cade'i uyandırmamak için sesimi alçalttım. "Gidecek bir yeri olmadığı için benimle kalıyor. Bugün onu Harborview'a götüreceğim. Beyin hasarı geçiren insanlara özel bir programa kabul edildi. Orada yaşayacak, hayata geri dönmesine yardım edecek uzmanlar tarafından bakılacak. Neredeyse her şeyi yeniden öğrenecek."

Matt, "Anlıyorum," dedi. "Ben seni yargılamıyorum, Kailey. Ama..."

"Ryan senin en yakın arkadaşın," dedim. "Biliyorum. Her şeyi düzelteceğim. Söz veriyorum."

"Teşekkürler," dedi ve telefonu kapattı.

*

Ryan'ın dolabından temiz kıyafetler aldım ve Cade'in giyinmesine yardım ettim. Cade, Harborview'a giderken yolda çok sessizdi. Ben de öyleydim.

İkinci kata vardığımızda Dr. Branson, "Günaydın," dedi. Kontrol için aradığında Cade hakkında konuşmuştuk. "Bu benim asistanım Tess. Hazırsanız sizi alabiliriz."

İkimiz adına onaylayarak başımı salladım. Uzun bir koridordan geçerek farklı bir dizi asansöre geldik.

Tess, elindeki dosyaya bakarak, "Acil durumlarda aranacak kişi siz olacaksınız, değil mi?" dedi.

"Acil durum mu? Nasıl acil durum?"

"Bir önlem sadece," dedi. "Bir şey olursa, mesela hasta kaçarsa veya bu tarz bir olay yaşanırsa. Size telefonda da söylediğim gibi beyin travması geçiren hastalar dengesiz davranışlara meyillidir."

Yutkunarak, "A, tabii," dedim. Zemin kata vardık. Bir patikadan, tuğla bir ofis binasına doğru yürüdük. "Tabii ki ismimi yazabilirsiniz."

Dr. Branson karşıdaki binayı gösterdi. Gülümseyerek, "İşte geldik," dedi. "Edward Miller Beyin Travma ve Tedavisi Merkezi." Cade'e döndü. "Önümüzdeki yıl boyunca burası senin evin olacak. Kendine ait bir dairen var." Durdu. En üst katta, köşedeki pencereyi gösterdi. "Sanırım tam şuradaki daire."

Cade kafasını kaldırıp pencereye, sonra da bana baktı. Korkuyor mu, kafası mı karıştı anlayamadım.

"Merkezde 7-24 hizmet var. Her gün konuşma ve fizik tedavi, beyin taramaları ve titiz bir rehabilitasyon olacak. Hepsi, yaşadıklarınızdan sonra kaybettiğiniz her şeyi yeniden hatırlamanıza yardımcı olmak için." Elini Cade'in koluna koydu. "Size hayatınızı geri verme niyetindeyiz."

Asansör çalıştı. Üçüncü katta indik. Tess "304" numaralı odaya doğru yürüdü ve bir anahtar çıkardı. Peşinden daireye girdik. Burası küçük bir yerdi, içeride yüzey temizleyici ve yer cilası kokusu vardı. Cade'in Pioneer Square'deki dairesinden çok farklıydı ama temizdi, aydınlıktı ve yüksek tavan, odanın küçüklüğünü kapatıyordu.

Cade'in yeni yuvasında dolaşmasını izledim. Önce beyaz örtülerle kaplı büyük yatağa yürüdü. Sonra kahverengi ikili koltuğa ve sehpaya baktı. Küçük mutfak; lavabo, dolap ve mini buzdolabından oluşuyordu.

"Güvenlik için, hastalarımızın program boyunca ocak ve fırınlardan uzak durmasını istiyoruz. Yemeklerimiz birinci kattaki kafeteryadan geliyor. Kahvaltı sekizde, öğle yemeği on ikide, akşam yemeği beşte veriliyor."

Dr. Branson, "Umarım burada biraz kilo alır," dedi.

"Bence de," dedim.

"Vedalaşma zamanı geldi," dedi. "Bugün önünde uzun bir gün var. Oryantasyon, fizik tedavi uzmanlarıyla tanışma. Saat ikide, değerlendirme yapmak üzere bir grup nöroloji uzmanı gelecek. Zaman içinde gelişimini takip edebilmek için bir temel oluşturma niyetindeyiz."

Başımla onayladım ve bir adım geriledim.

Dr. Branson, "Bırakıp gitmek her zaman zordur," dedi. "Ama söz veriyorum, burada emin ellerde."

"Teşekkürler," dedim. Kapıya doğru yürümeden önce son bir kez Cade'e baktım. Pencerenin önünde duruyor, Seattle'ın müzik mağazalarıyla dolu Capitol Hill mahallesine bakıyordu. The Space Needle gözlem kulesi şehrin tepesinde dikiliyordu. "Yarın sana bakmaya geleceğim."

Cade karşıya bakmaya devam etti. Beni duyup duymadığından emin değildim. Tracy haklıydı. Tekrar kaybetmemek için tüm dünyadan uzak tutmak istesem de onu özgür bırakmam gerekiyordu. Bunu yapmanın en güvenli yolu da buydu. Ama asansörle zemin kata inip otoparktaki arabama dönerken bir parçamı 304 numaralı odada bırakmışım gibi hissetmekten kendimi alamadım.

Bazı açılardan yeniden işe geri döndüğüme memnundum. Pioneer Square yazı dizisindeki üçüncü yazımı tamamlamış olsam da Cade'le ilgili yazıyı daha tamamlayamamıştım. Hikâye bitmemişti çünkü Cade'in hikâyesi devam ediyordu. Ama yavaş yavaş yazıyordum. Her zaman aklımdaydı. Tıpkı Cade gibi.

O gece eve dönerken düşüncelerimin arasında kaybolup gitmiştim. Trafikte geçen zamanı, I5 yoluna geçişimi, eve giden 45. Cadde'ye dönüşümü doğru dürüst hatırlamıyordum. Ama evimizin sokağına park ettiğimde Ryan'ın arabasını görünce içim ısındı.

Evin girişinde, dün gece sanki dünyası yıkılmış gibi bir yüz ifadesiyle dikildiği yerde durdum ve, "Selam," dedim.

Mutfak masasında, bilgisayardan kafasını kaldırdı ve, "Selam," dedi.

"Seni burada bulmayı beklemiyordum," dedim.

Uzun bir an bana baktı. Sonra ayağa kalkarak yanıma geldi. "Kailey, düşünmeye fırsatım oldu," dedi. "Dün gece o şekilde tepki verdiğim için özür dilerim. Orada durup seni, sevdiğim huyların için suçladım. Sen cömert ve naziksin. İnsanlara değer verirsin. Ayrıca sadık birisin."

Ryan ellerimi tutarken gözlerim yaşlarla doldu.

"Tabii ki seni orada bir zamanlar sevdiğin adamla dururken görmek kolay olmadı ama Kailey, o senin geçmişindi. Sen bana gelecek için söz verdin. Duyguların hâlâ aynıysa, ben seninle gelecek yolculuğumuza devam etmek istiyorum. Kailey, seni seviyorum. Seni hiç kimseyi sevmediğim kadar seviyorum. Bunu atlattığını görmek istiyorum. Sana ihtiyaç duyduğun zaman ve mesafeyi vermek istiyorum." Bana derin derin, parlayan gözlerle bakıyordu. "Söylemek istediğim şey şu; ne olursa olsun, seninle evlenmek istiyorum. Seni sevmek, seni korumak ve hayatımı seninle geçirmek istiyorum. Senin geçmişinin veya kendi geçmişimin bunu zorlaştırmaması gerektiğini düşünüyorum."

Başımı salladım ve ona sarıldım. Gözyaşlarımın akmasına izin verdim. "Ryan," dedim.

Uzun bir an bana sarıldı. Sonra bakışlarımla buluşmak için başımı kaldırdı. "Bence biraz uzaklaşmamız lazım," dedi.

"Nasıl yani?"

"Meksika'da beş gün," dedi. "Uçak ve otellere baktım az önce. Kısa bir süre önce *Travel + Leisure* dergisinde gördüğümüz otel vardı ya, Pedregal, orada kalabiliriz. Her odada sonsuzluk havuzu var. İstediğimiz kadar uyuruz, havuzun kenarında margarita içeriz. Gündüz şekerleme yaparız, sohbet ederiz, masaj yaptırırız." Gülümsedi. "Bir iki gün içinde gidebiliriz. Ne dersin?"

"Süper olur," dedim. "Ama yapabilir miyiz ki? İkimizin de çok işi var. Ayrıca..." Yeni dairesine taşınan Cade'i düşündüm. Onu bırakabilir miydim? Sorun çıkar mıydı?

Ryan endişelerimi uzun, tutkulu bir öpücükle susturdu. "Bu tatil, kutlamamız olsun. Şükredeceğimiz çok şey var," dedi. Beni yıllardır sevip huzur veren güçlü kollarıyla kendine çekince eridim.

"Tamam," diye fısıldadım. Dudakları yüzümden boynuma ve omzuma doğru ilerlerken gözlerimi kapattım.

20. Bölüm

23 Ağustos 1998

Telefon çaldığında Jan'le ofisindeydik. "Alo?" dedi ve telefonu bana uzattı. "Seni arıyorlar."

"Kailey, ben James."

Sandalyemde doğruldum.

"Merhaba, James." Bu telefon beni şaşırtmıştı. Jan'in numarasını nasıl bulduğunu da merak etmiştim.

"Bir dakikan var mı?"

"Ne oldu?"

"Bugün şirketin yönetim kurulu toplandı. Cade'in artık Element Plak'ın bir parçası olmaması konusunda hepimiz hemfikiriz."

Kafamı salladım. "Ne kurulu? Cade yönetim kurulundan filan bahsetmedi hiç."

James, "Sorun da bu işte," dedi. "Her zaman bir yönetim kurulumuz vardı. Ama Cade o detayları, bir şirketi ayakta tutan veya batıran o önemli detayları hiç önemsemedi."

"Yine de," dedim, "Cade'i şirketten çıkarmak da ne demek?"

"Kailey, Cade'in alkol sorununun sen de farkındasın," dedi.

"Evet, arada bir fazla kaçırıyor ama bunu *sorun* olarak nitelendirir miyim bilmiyorum," dedim. "Hâlâ herkesten daha çok çalışıyor, James. Sürekli gösterilere gidiyor, şirket için çalışıyor. Müzisyenler onu seviyor."

James boğazını temizledi. "Bunu söylemek istemezdim ama..."

"Neyi?"

"Cade'de madde bağımlılığı başladı."

"Madde mi? Ne diyorsun sen? Cade uyuşturucuya karşıdır. Onu öyle bir şey yaparken görmedim hiç."

"O zaman senden çok iyi saklamış."

"Buna inanmıyorum," dedim. "Sen nereden biliyorsun ki?"

"Stajyerlerden biri çekmecesinde bir yığın Vicodin ve Percocet bulmuş. Kız zımba arıyordu ama bir yıla yetecek kadar narkotik madde buldu."

"Bu hiç mantıklı değil," dedim. Ama bir yandan da mantıklı gelecek diye korkuyordum. Cade son zamanlarda kendinde değildi. Geçen gün ellerinin neden titrediğini sormuştum. O da kan şekerim düştü diye olmuştur demişti, madde bağımlılığından da kaynaklanıyor olabilir miydi?

James, "Biliyorum," dedi. "Ama mantıklı olmayan başka bir şey de böyle şeylerin devam etmesine izin vermek."

"Onunla bu konuda konuştun mu?"

"Konuştum," dedi. "Tabii ki hepsini inkâr etti."

"Belki birisi ona tuzak kurmuştur?"

James, "Mümkün değil," dedi. "Kabul etmesi zor biliyorum ama bilmeni istedim. Böylece ortaklığı ayırdıktan sonra da ona destek olabilirsin."

"James, lütfen," dedim. "Bunu yapamazsın."

"Yapmak zorundayım," dedi. "Şirket yetkilileri toplandı. Cade'in hisselerini satın almaya karar verdik. Çok bir şey tutmaz, zaten şirket şu anda pek değerli değil."

"Cade'in bunu kabul etmesi mümkün değil," dedim.

James, "Onu ikna etmeye çalışacağız," dedi. "Belki sen de denersin?"

"Meteliksizken kurduğu şirketi bırakması için mi ikna edeceğim onu?"

"Cade'in şirketteki süresi doldu," dedi James. "Ya hisselerini satacak ya da birikimini toparlayıp bu işi mahkemede çözecek. Ama aklı başında bir yargıç, Cade'in hareketlerinin işletmeye zarar verdiğini görecektir. Kailey, şirket Cade'in sevmediği bir şeye dönüştü. Sevdiği şeyleri yapmaya devam etmesi lazım." İç geçirdi. "Bir de yardım alması tabii."

Aramaya zahmet etmedim. Doğruca Cade'in evine gittim. Saat öğleni geçmişti ama kapıyı açtığında daha yeni uyandığını anlamıştım.

Gözlerini ovuşturarak, "Saat kaç?" diye sordu.

"Neredeyse *bir,*" dedim. Sözlerimin bu kadar suçlayıcı olmasından nefret ediyordum ama James'le yaptığım konuşma beni üzmüştü.

Esneyerek, "Gece geç yattım," dedi. Elini alnına koydu. "Çok başım ağrıyor. Advil yoktur değil mi yanında?"

Kollarımı göğsümde kavuşturarak, "Hayır," dedim. "Ama senin çekmecelerinde daha ağır bir şeyler olabilir belki."

Yüzü dondu. "James'le konuşmuşsun."

"Konuştum."

Mutfaktaki bir dolabı karıştırdı ama eli boş döndü. "Ona gerçekten inanıyor musun?"

"Neye inanacağımı bilmiyorum, Cade. Geç saatlere kadar dışarıdasın. Sızana kadar içiyorsun ve gündüzleri uyuyorsun. Aylardır kendinde değilsin." Sesim titremeye başlayınca durdum. "Benim hakkımda neler hissettiğini bile bilmiyorum."

Bana doğru yürüdü. "Kailey, tatlım, seni sevdiğimi biliyorsun. Seni hayatın kendisinden bile daha çok seviyorum. Lütfen, James'in söylediği şeylerin sana aksini düşündürmesine izin verme." Oturma odasındaki jaluzilerden süzülen güneş ışığı yüzünden suratını buruşturdu. "Off, bu baş ağrısı."

İç geçirerek kafamı çevirdim.

"Bak," dedi. "Birkaç değişiklik yapmam gerektiğini biliyorum. Yapacağım da. Senin için. İkimiz için." Omzundaki dövmeyi ovuşturdu. "Ne gerekiyorsa yapacağım."

Sol gözünün altında yeni bir morluk vardı. "Bu ne?" diye sordum, hafifçe yüzüne dokunarak.

"Hiçbir şey," dedi, uzaklara bakarak.

"Nasıl hiçbir şey?"

Başını salladı. "Eski bir dostla bir kavgaya girdim."

"Kiminle? Bir grup üyesi mi? Ben tanıyor muyum?"

"Fark etmez," dedi, başını sallayarak.

"Fark eder, Cade," dedim, beni kendine çekerken. "Senin için endişeleniyorum."

"Her şey düzelecek," dedi. "Söz veriyorum."

Kafamı salladım.

"James seni şirketten atacak."

"Ne yapacak ne yapacak?"

"Yönetimin karara vardığını, hisselerini satın alıp seni ortaklıktan çıkaracaklarını söyledi."

Cade kanepeye otururken suratı bembeyazdı. Eddie kanepede yanına atladı ve yüzünü Cade'in kucağına sürdü. Sözlerimin kalbini kırdığını biliyordum. Keşke geri alabilseydim.

Yanına oturup Eddie'nin kulaklarının arkasını kaşırken, "Seni hiçbir şeye zorlayamazlar," dedim. Cade, Eddie'yi yeni yıl arifesinde aldığından beri, ikimizin dairesi arasında götürüp getiriyorduk.

Cade boşluğa bakıyordu. "Ben hepsi için bir engelim," dedi. "James haklı. Ayrılsam daha iyi olacak."

"Hayır," dedim. "Bunun doğru olmadığını biliyorsun. Cade..."

Kapı çalınca ikimiz de kafamızı kaldırıp baktık. Cade kıpırdamadı. Ben kalkıp kapıyı açtım. Kapının önünde taş çatlasa yirmi bir yaşında bir kadın duruyordu. Sakızını patlattı ve sağ omzundaki pembe sutyen askısını düzeltti. Bana şaşkın şaşkın baktı. "Pardon, yanlış yere geldim herhalde." Bir adım geriledi, tuğla binanın kenarındaki adrese baktı. Sonra elindeki kağıdı kontrol etti. "Evet, burası işte." Durdu, kendi kendine güldü. "Bir dakika, sen *karısı* filan değilsin, değil mi? Öyleyse çok tuhaf olur da."

Cade kapıya geldi.

Kadın ona doğru bir adım atarak, "Selam," dedi.

Cade hem utanmış hem de kafası karışmış görünüyordu. "Kusura bakmayın," dedi. "Sizi hatırlamıyorum."

Kız, "Dün gece tanıştık," dedi. "Barda. Ben Jenny. Bugün gelip plak koleksiyonuna bakmamı söylemiştin. Ben plakları çok severim." Sarı saçları ve neşeli bir sesi vardı. Lise boyunca kilise gençliğine katılan, sonra üniversitede müzik grubu olan bir çocukla çıkmaya başlayıp burnunu deldiren kızlara benziyordu.

Cade, tekrar, "Kusura bakmayın," dedi. "Sizi gerçekten çıkaramadım. Ben..."

Kız, "Tamam," dedi ve sakızını kaldırıma tükürdü. "Numaram var sende." Cade'in pantolonunu gösterdi ve gülümsedi. "Cebine koymuştun."

Cade önce cebine, sonra bana baktı.

"Beni ara."

Kızın sözcükleri, içeri döndükten uzun süre sonra bile beynimde yankılanmaya devam etti.

Gözlerim yaşlarla doldu. "Anladım," dedim. "Ben senin için yeterli değilim."

"Kailey," diye yalvardı. "Sen yeterliden de fazlasısın. Sen benim her şeyimsin."

"O zaman *o* neydi?" diye ağladım. "*O kız* kimdi?"

"Kimse değildi," dedi. "Bana güvenmek zorundasın. Kızlar her zaman gelir bana. Sen de biliyorsun. Bir şey yaptım mı hiç?"

Kollarımı savurdum. "Nereden bileceğim ki?"

Elime uzanarak, "Biliyorsun," dedi. "Sen benim kalbimi tanıyorsun."

Kafamı salladım. "Hayır, eskiden tanıyordum," dedim. Eddie'nin zincirine uzandım ve zinciri tasmaya bağladım. "Artık tanımakta zorlanıyorum."

Kapıya doğru döndüm.

Cade, "Kailey, bekle," dedi. "Lütfen gitme. Bu şekilde gitme."

Ona bir kez daha baktım. Hüzünlü mavi gözleri benimkileri delip geçiyordu. Onu her hücremle seviyordum, hep sevecektim. Ama şimdi gitmek zorundaydım. Cade kaybolmuştu ve ben artık onun yolunu aydınlatamıyordum.

Artık onun haritası olamazdım. Kendi pusulasını bulması gerekiyordu.

Sokağın sonuna ulaştığımda yanaklarımdan yaşlar süzülüyordu. Köşeyi dönmeden önce son bir kez arkama baktım. Cade'i sokakta bana doğru koşarken, ismimi bağırırken bulmayı umuyordum ama o yoktu. Hiçbir yerde yoktu. Eddie ve ben yürümeye devam ettik.

21. Bölüm

12 Aralık 2008

Güneşli bir sabahtı. Cade'i kontrol etmek için Harborview'a uğradım.

Kapıdan kafeteryadaki diğer iki kişiyle birlikte kahvaltı edişini izledim. Daha güçlü, daha zinde görünüyordu. Personelden biri elindeki tabaktan simit uzatınca gülümsedi ve bir parça aldı.

Dr. Branson, "Önünde daha uzun bir yol var ama gelişme gösteriyor," dedi. "Yeni bir ilaca başladık. Endikasyon dışı kullanıyoruz ama geçtiğimiz yıl yapılan bir araştırma, bu ilacın beyin travması geçiren hastalarda çok etkili olabileceğini gösterdi. İşe yarayıp yaramadığını görmek için daha çok erken ama beyin taramalarında iyileşmeler görmeye başladık bile."

"Bunu duyduğuma çok sevindim," dedim. "Yarın Meksika'ya gidiyorum. Onu biraz görebilir miyim?"

Doktor saatine bakıp başını salladı. "Evet, sabahı boş."

"Bir de onu eski bir arkadaşına götürsem nasıl olur diyecektim."

"Kim bu arkadaş?"

"En yakın çocukluk arkadaşı ve eski işortağı," dedim.

Dr. Branson, "Bilmiyorum," dedi. "Zor bir karar. Bu kişinin Cade'in geçmişindeki travmatik olaylarla bir ilgisi varsa tavsiye etmem."

"Ama amaç da bu zaten," dedim. "Cade'e ne olduğunu bilmiyorum ve James'le yeniden bir araya gelmesi öğrenmemize yardımcı olabilir."

Dr. Branson, "O zaman kararı size bırakıyorum," dedi. "İyileşmenin bir kısmı da dünyaya dönmektir. Hastalarımızı hayattaki zor şeylerden koruyamayız." Duraksadı. "Burada inisiyatifinizi kullanabilirsiniz."

Ona teşekkür ettim. Cade'in kahvaltısını bitirmesini bekledim. Koridora çıktığında bakışlarını yakaladım. "Merhaba," dedim.

"Merhaba," dedi.

Elimdeki kâğıt torbayı kaldırdım. "Sana birkaç şey getirdim."

"Teşekkürler," dedi.

Koridorun sonundaki asansöre baktım. "Bu torbayı dairene bırakmak ister misin?"

Başını salladı. Birlikte asansörle üçüncü kata çıktık. Küçük odasındaki büyük pencerelerden güneş giriyordu. İkili koltuğa oturdum. Cade de yatağın kenarına oturdu.

"Program nasıl gidiyor?" diye sordum. Sözcükler kafamın içindeyken normal gelmesine rağmen, kulağıma tuhaf ve kibirli gelmişti.

Cevap olarak başını salladı.

"Senin için çok endişelendim," dedim. "Umarım bu senin için iyi bir seçim olmuştur. Burayı sevdin, değil mi?"

"Evet," dedi.

Sırıtarak, "Çok sevindim," dedim. "Seveceğini düşünmüştüm."

Torbayı tezgâhın üstüne bıraktım. "Kısa bir süre sonra hatırlamaya başlayacaksın. Hayatını geri alacaksın, Cade. Biliyorum." Torbadaki kıyafetleri çıkardım; iki kot pantolon, bir kazak, üç tişört. Bunları sehpanın üstüne düzenli bir şekilde yerleştirdim. "Bu arada," dedim. "Bugün James'i görmeye gidebiliriz diye düşündüm. Eski arkadaşın James."

Cade isimden etkilenmemiş gibiydi. Sanki sözcüğü denemek ister gibi, "James," dedi.

"Siz ikiniz birlikte büyüdünüz," dedim. "O senin işortağındı."

Cade başını salladı.

"Dr. Branson 1998 yılında hastaneye yatmış olabileceğini söyledi. Hastane kayıtlarına göre James'in parafına sahip biri seni taburcu etmiş."

Cade sessizce oturuyordu.

"Bütün bunların çok ağır şeyler olduğunu biliyorum ama oraya gidersek hafızanı biraz tazelemiş oluruz diye düşündüm."

Cade, "Tamam," dedi.

James'in sokağına doğru ilerledik. Sonra Dördüncü Cadde'ye döndük ve sokağa park ettik. "Ofisi onuncu katta," dedim.

Cade binaya dikkatli bir şekilde baktı. Elini sıktım. "Sorun olmayacak," dedim.

Asansöre bindik. Hafif bir sallantıyla onuncu katta indik. James'in ofisi tam karşımızdaydı; huysuz, papyonlu asistanın yerinde olmadığını görünce rahatladım.

Cade'e, "Buradan," dedim. James'in ofisi görünmüştü. James masasına oturmuş, telefonda konuşuyordu. Sırtını cam kapıya dönmüştü.

"Tık tık," dedim. Kapıyı açtım ve kafamı içeri uzattım.

James döndü. Cade'i görünce gözleri irileşti. Telefonda her kimle konuşuyorsa, "Seni tekrar arayacağım," dedi. "Kailey ve... Cade. Vay canına."

Gülümseyerek, "İşte burada," dedim.

James, Cade'in yanına geldi. Elini uzattı. Sonra tuhaf bir şekilde güldü ve kollarını açarak eski arkadaşını kucakladı. Cade'in kolları yanlarında kaskatı bir şekilde duruyordu.

James, "Çok uzun zaman oldu," dedi. "Nasılsın?"

Cade boşluğa bakmaya devam etti.

James, "İyi görünüyorsun, dostum," dedi. "Kailey bana senin... kötü durumunu anlatınca sanırım her şeyin biraz daha... farklı olacağını düşündüm."

"Cade bir rehabilitasyon programında," dedim. "Harborview'da."

James'in gözleri parladı. "Harika. Yardım aldığını duyduğuma sevindim. Yapabileceğim bir şey varsa haber verin yeter."

Normalden daha hızlı konuşuyordu. Son ziyaretimi düşününce, Cade'e yardım teklif etmesine şaşırmıştım. O zaman Cade'in Seattle'da olduğunu duyunca rahatsız olmuştu.

Cade dinliyorsa da bir şey belli etmedi. Ofisin duvarına doğru yürüdü. Çerçeveli fotoğrafları ve hatıraları inceledi. Güzel aile portreleri. Başarı belgeleri. James'in George W. Bush'la el sıkışırkenki fotoğrafı. Cade'in bakışlarının,

Alexis ve James'in yatlarında çekilen fotoğraflarını görünce donduğunu gördüm. Bu yatı son gördüğüm zamanı hatırlıyordum. Cade yıllar boyunca Dördüncü Cadde'de, paslı bir çöp tenekesinin yanında kıvrılıp yatarken, onların Union Gölü'nde bu yatta şampanya yudumlayarak ne kadar eğlendiklerini hayal edebiliyordum.

"James, sana bir şey sormak istiyorum," dedim.

"Tabii," dedi.

Sesimi alçalttım. "Cade'in doktoru eski kayıtları kontrol etti. Onun görünüşüne uyan biri 1998 yılı Ağustos'ta Harborview'a kabul edilmiş. Önemli bir travma geçirmiş. Bir süre komada kalmış. Sonra hastaneden taburcu olmuş." Derin bir nefes aldım. "Senin parafına sahip birine teslim edilmiş."

James omuz silkti. "Bu hiç mantıklı değil," dedi. "Onu ben teslim alsaydım neden sana söylemeyeyim ki? Böyle bir şeyi neden saklayayım?"

Ona şüpheli bir şekilde bakarak, "Bilemiyorum," dedim. "James, bana söylemediğin bir şey mi var?" Cade hâlâ duvardaki fotoğraflara bakıyordu. Fısıldayarak, "Lütfen," dedim. "Sen bir zamanlar onun kardeşi gibiydin. Ben sadece hayatını geri almasına yardım etmeye çalışıyorum. Sen de bana yardım eder misin?"

James masasının etrafından dolaştı ve çekmeceden bir çek defteri çıkardı. "Tabii ki," dedi. "Ne kadar lazım? Araba alabilmesi için bir miktar belki? Böylece işe gidebilir? Ya da mutfak masrafları için? Ne kadar lazım?"

Kafamı salladım. "Ben buraya para için gelmedim," dedim. "Ben buraya Cade'in başına neler geldiğini anlamama yardım edebilirsin belki diye geldim."

James kafasını salladı. "Sana ona ne olduğunu söyleyeyim. Erkek arkadaşın kafayı sıyırdı. Sinir krizi geçirdi ve Element Plak'tan ayrıldı. Hisselerini satın almayı teklif ettiğimizde karşı çıkmadı bile. Sana söylediğim gibi, o da ayrılmak istedi. Parçaları ve geri kalanları toplamak da bana kaldı. Şunu da söyleyeyim, geriye pek de bir şey kalmamıştı. Sen de burada durmuş, ona bir şeyler borçlu olduğumu söylüyorsun. Kusura bakma, Kailey ama ben yemem bunları."

"Şişşt." Kolunu çekiştirdim ve onu koridora çıkardım. "Cade aptal değil. Söylediklerini *duyuyor.*"

James, "Bırakalım da duysun o zaman," dedi.

Kapıyı kapattım.

James, "Cade McAllister," diye devam etti. İsmi sanki ünlü birinin adıymış gibi söylemişti. Sesinde hem nostalji hem öfke vardı. "Herkesi etkileyebilirdi. Etkilerdi de. Seni de etkiledi, değil mi? Her zaman bir yolunu bulurdu. Şirket logosu. İşe alma ve işten çıkarmalar. Ofisimize bir *pinball* makinesi koydurmuştu. Altı bin dolara mal oldu. Ortağından izin istemiş miydi? Hayır. Kendi kendine yapmıştı. Böyle biriyle çalışmak nasıl bir şey biliyor musun? Benim tek yapabildiğim şirketi suyun üstünde tutmaktı. Sonra mali durumumuzla ilgili onunla konuştuğumda kendini kaybetti. Şirketimiz batıyordu ve o bunu inkâr ediyordu. Her zaman da inkâr etti."

Kafamı salladım.

"Bütün bunlara inanmak istemediğini biliyorum ama gerçek bu," dedi.

"Cade gerçekten sinir krizi mi geçirdi?"

James başıyla onayladı. "Üzgünüm ama gerçekten geçirdi. Hayatımın en kötü günlerinden biriydi. Bütün personel gördü. Sonun başlangıcıydı."

"O gün onu hastaneden sen teslim almadıysan kim aldı?"

James yorgun görünüyordu. İlk kez gözlerinin altındaki koyu renk halkaları, kaşlarının arasındaki derin kırışıklıkları fark ettim. "Kim bilir," dedi.

"Tamam," dedim. "Biz gidiyoruz."

Tekrar çek defterini gösterdi. "En azından bir çek yazayım."

"Kalsın," dedim. "Dediğin gibi, sen yeterince şey verdin."

Cade'i dairesine götürdüm ve saat ikideki seansı başlamadan önce ikili koltukta biraz oturdum.

"Bugün için özür dilerim," dedim. "James... Arkadaşlığınızda karmaşık olan bir sürü şey var." Ona döndüm ama bakışlarını pencereden dışarı odaklamıştı. "Sanırım bir şirketi iki kişi yönetince böyle oluyor." Bir süre durdum. "Bu görüşmenin seni böyle etkileyeceğini düşünüp endişelenmiştim ama senin için anlamaya çalışıyorum."

Bana döndü ve konuşmaya başladı. "O benim arkadaşım mıydı?"

İlk defa bir veya iki kelimeden daha çok konuşuyordu. Cümle kurduğunu duymak beni öldürmüştü.

Kolunu sıktım. Gülümseyerek, "Evet," dedim. "İnanması zor ama bir zamanlar birbirinize çok yakındınız, kardeş gibiydiniz."

Başını salladı. "Hatırlamaya çalışıyorum. Ama çok zor."

Sözcüklerine sıkı sıkıya tutundum. "Evet," dedim. "İnsanın hafızasını kaybetmesi nasıl bir şey hayal bile edemiyorum. Çok korkutucudur. Ama baksana. Buradasın ve gelişme kaydediyorsun. Seninle gurur duyuyorum."

Gülümsedi. "Gurur." Sözcüğü anlamaya çalışır gibi yüksek sesle söylemişti.

"Gurur," dedim.

"Kailey," dedi.

Gözlerim yaşlarla doldu.

"Hatırlıyorum."

"Çok mutluyum. Hafızan geri gelene kadar her adımda yanında olacağım. Hafızana kavuşacaksın. Biliyorum." Bir an durdum. Meksika gezimi hatırladım. İçten içe gitmek zorunda olmasam keşke diyordum. Ama Ryan'a söz vermiştim. "Cade, yarın bir yolculuğa çıkacağım. Sadece beş günlüğüne gidiyorum, bu sırada yanına gelemeyeceğim. Ben..."

"Meksika," dedi.

Gülümsedim. "Meksika."

Tam o sırada kapı çalındı.

"Girin," dedim. Takım elbiseli bir adam kapıda belirdi. Kırmızı papyonunu hemen fark ettim.

"Merhaba, ben Dr. Freidman, nöroloji grubundan," dedi. Boynundaki yaka kartını gösterdi. "Bugün sizinle ben çalışacağım, Bay McAllister."

Cade'in gözleri irileşti. Hemen ayağa kalktı, tuhaf bir şekilde tedirginleşmişti. Dr. Freidman, Cade'e doğru adım attıkça Cade bir adım geriliyordu. Ta ki pencereye yapışana kadar.

Doktor, "Her şey yolunda mı, Bay McAllister?" diye sordu. Önce bana, sonra Cade'e baktı.

Cade, "Hayır!" diye çığlık attı. "Hayır! Yapma. Yapma. Yapma!"

Cade birden paniklemiş ve korkmuştu. Dr. Friedman ona doğru temkinli bir adım daha atınca Cade daha çok korktu. Yere yattı ve fetüs pozisyonuna geçti. Dizlerini göğsüne çekti ve başını kollarıyla kapattı.

Hemen yanına gittim. "Cade, bir şey yok," dedim. "Dr. Friedman sana asla zarar vermez."

Cade sürekli, "Hayır, hayır, hayır!" diye çığlık atıyordu.

Sakin kalmak için elinden geleni yapan Dr. Friedman'a baktım. Sabit, sakin bir sesle, "Kriz geçiriyor," dedi. "Hastalarımızın hafızalarında geri dönüşler ve kafa karışıklıkları yaşamaları, geçmişteki travmatik bir anıyı günümüze aktarmaları olağandışı değildir."

"Cade," diye fısıldadım. Sesimin onu günümüze getireceğini ve kayıp gittiği o kötü yerden çıkaracağını umuyordum. "Benim, Kailey. Dr. Friedman da burada." Temkinli bir şekilde bize baktı. "Sana kimse zarar veremeyecek. Korkmana gerek yok."

Dr. Friedman, Cade'e elini uzattı.

"Bir şey yok," diye fısıldadım. "Söz veriyorum."

Cade başını salladı ve doktorun elini tuttu.

Dr. Friedman, "İşte oldu," dedi. "Hazırsan şimdi seni randevuna götüreyim."

Cade derin bir nefes aldı. Son bir kez bana baktı.

Sesimdeki titremeyi gizlemeye çalışarak, "Çok iyi olacaksın," dedim. "Sen daha farkına varmadan dönmüş olacağım."

22. Bölüm

13 Aralık 2008

Ryan, Cabo'da uçaktan inerken elimi tuttu. Hava sıcak ve kuraktı. Son anda kot pantolon yerine yazlık, pamuklu, beyaz elbisemi giydiğime sevinmiştim. Otele taksiyle gittik. Kapıda, elinde kenarları tuzlu iki bardak margarita olan bir görevli tarafından karşılandık. Adam bizi, üçüncü kattaki okyanus manzaralı odamıza götürdü.

İçeri girdiğimizde hayranlık içinde, "Gerçekten mükemmel," dedim.

"Seveceğini düşünmüştüm," dedi.

"Harika," dedim. Odayı inceledim. Gerçekten harikaydı. Şık ve modern ama aynı zamanda samimiydi. Maun direkli yatak, beyaz kolalı kuştüyü yorgan ve pembe, turkuvaz işlemeli yastıklarla lüks görünüyordu. Bir perdeyle ayrılan banyoda iki kişilik bir küvet ve buharlı duş vardı. Her şey harikaydı ama insanların sokakta nasıl yaşadığını düşününce, Cade'in çok uzun süre öyle yaşadığını düşününce, kendimi kötü hissetmeden edemiyordum. Güzellik ve karanlığın dünyasını tam ortadan çekilen bir çizgi ayırıyordu.

Barda, kaliteli tekila, limon ve bir kâse kaju fıstığı vardı. Ryan ikimize de birer tane doldurduktan sonra balkona çıktı, burada bir sonsuzluk havuzu vardı. Ryan şortunu giydi. Ben de hemen mavi bikinimi giydim. Birlikte ılık suya atladık.

Ryan, gülümseyerek, "Bize," dedi.

"Bize," dedim ve bardağı tepeme diktim. Alkol boğazımı yaktı ama aynı zamanda içimde sıcak ve rahatlatıcı bir his yarattı.

Balkondan baktım ve dalgaların kıyıya vuruşunu izledim. Kudretli ve güçlüydüler, hiç hafiflemeden tekrar tekrar kuma vuruyorlardı. Etkileyiciydi. Bizim kontrolümüzün ötesindeki güçlere hayran kalmıştım. Güneşin batışı ve ayın doğuşu. Gel-gitin oluşması. İnsanlara duyduğumuz çekimi düşündüm. Yıllar önce Cade'e nasıl çekildiğimi. Çekimimiz manyetikti, inkâr edilemez bir şeydi.

Tabii ki Ryan'a karşı da en başından beri bir çekim hissediyordum ama bu farklı bir şeydi. Bizimki daha sakin, daha nazik bir çekimdi. Bu onu daha kötü veya iyi yapıyor muydu? Onu hâlâ çok seviyordum ve hayatımı ona adamıştım. Ama yine de bizim dalgalarımız daha yumuşaktı. Kendi denizimizde yüzebiliyorduk. Cade'le gel-gitler plajı mahvederdi.

Ryan bana daha çok sokuldu ve kollarını belime doladı. Her zamanki gibi varlığının tadını çıkardım ve yüzümü boyun çukuruna gömdüm. Sevgisini içime çektim, dinlendim.

"Burada olduğumuz için çok mutluyum," dedi. Ağzına bir kaju attı. "Bazen evin değerini anlamak için uzaklaşmak gerekiyor."

Ona döndüm. "Birlikte kurduğumuz hayatı sevmediğimi mi düşünüyorsun?"

"Tam olarak öyle değil," dedi. "Birlikte hayal kurduk, geleceğimizi birlikte planladık. Uzun zamandır tasarladığımız ev gibi. Sen pencereleri seçtin. Ben ön kapıyı seçtim. Banyonun düzeni ve seramikleri konusunda tartıştık ama en sonunda bir uzlaşma noktası bulduk. Ve şimdi temeli atmaya hazırız. Bütün izinler çıktı. Çimento kamyonları ve buldozerler hazır bekliyor." Durdu ve gözlerime baktı. "Ama ben senin temeli atmaya hazır olduğunu düşünmüyorum."

Haklıydı ve bunu biliyordu. Hayatımda ilk kez, dikkatli olmazsam bu güzel, harika adamı kaybedebileceğimi fark ettim. Onu kaybetmek istemiyordum. Ama onu nasıl yanımda tutabileceğimi de bilmiyordum.

Meksika'da hoş bir sakinlik vardı. Havuzun kenarında, şezlongda uzanıp Ryan'ın yüzüşünü izlerken bunları düşünüyordum. İki margarita daha almak için bara gitti. Her şey çok güzeldi ama kalbimde, her adımımda hissettiğim bir sızı vardı.

"Bu ikisini alsak olur mu?"

Kafamı kaldırdım ve benim yaşlarımda bir çiftin tepemde dikildiğini gördüm. Kadın beyaz bir bikini giymiş ve siyah bir pareoyu beline şık bir şekilde bağlamıştı. Yanındaki adam uzun boylu ve bronzdu. Lacivert bir şort giymiş, Ray-Ban Wayfarer gözlük takmıştı.

"Tabii," dedim. "Alabilirsiniz."

Kadın, "Teşekkürler," dedi. "Ben Allie."

"Merhaba, ben Kailey."

Kadın gülümsedi ve elindeki meyveli kokteylden bir yudum aldı. "Siz de balayında mısınız?"

Ryan yanıma şezlonga oturdu ve çifte gülümsedi.

"Hayır," dedim. "Biz... tatildeyiz sadece."

Ryan sohbete dahil oldu. "Yakında evleniyoruz," dedi. "Buna balayı pratiği diyebiliriz."

Allie güldü. Yanındaki adama bakarak, "Keşke Ray de bunu düşünseydi," dedi. "Cumartesi günü evlendik."

Ryan'ın bakışlarını üstümde hissettim. "Tebrikler."

"Gerçek balayınız için de buraya mı geleceksiniz?"

"Bilmiyorum," dedim. "Daha tam olarak karar vermedik."

"Gerçekten mi?" Allie şoke olmuştu. Kocasına sevgiyle bakarak, "Biz bu tatili bir buçuk yıl önceden planladık," dedi. "Neyse, düğün işini atlattığımız iyi oldu. Ray'e kocam diyebilmeye bayılıyorum. Hiçbir şey bunun yerini tutmuyor." Önce önüne baktı, sonra da bana döndü. "Ama düğünü planlamayı da çok sevmiştim. On iki nedimem vardı."

"Vay," dedim. "Oldukça... çokmuş."

"Evet, altı yüz davetli vardı," dedi.

Birdenbire sersemlemiştim. Nemli avuçlarımı birbirine sürttüm. Barmen margaritamı duble filan mı yapmıştı?

Allie, "Gelin buketimde gül ve süsen vardı," diye şakıdı. "Ah bir de pastamız! Beyaz çikolata ve şekerlemeli, beş kat. Ray'le birinci yıldönümümüzde yemek için bir kısmını ayırdık."

Kalp atışlarım hızlandı. Kendimi tuhaf hissediyordum. Sanki küçücük bir yere sıkışmış gibiydim.

Allie, "Her şey çok güzeldi," dedi. "Gelinliğimi de çok sevmiştim. Fotoğrafını görmek ister misin?"

Hayır.

Gelinliğinin fotoğrafını filan görmek istemiyordum. Hayır, onun düğününden veya benim düğünümden bahsetmek istemiyordum. Hiçbir *sonsuza kadar mutlu yaşadılar* hikâyesinden bahsetmek istemiyordum.

Birden ayağa kalktım. "Kusura bakmayın. Sanırım... çok güneşte kaldım veya içkiler fazla geldi ya da ikisi birden. Kendimi pek iyi hissetmiyorum. Gidip biraz odada uzanacağım."

Başım dönüyordu. Alnımda ter damlaları birikmişti.

Ryan, endişeli bir şekilde, "Ben de seninle geleyim," dedi ve çantamı aldı.

Allie, "Geçmiş olsun," dedi. Sesinde hem şaşkınlık hem endişe vardı.

Odada iki temizlikçi yatağı düzeltiyordu. Ryan onlardan kibarca çıkmalarını rica etti. Yatağa uzandım.

Ryan yanıma uzanarak, "Al bakalım," dedi. "Biraz su iç. Güneş yakıcıydı. Susuz kaldın."

Bardağı aldım ve tepeme diktim. Keşke beni rahatsız eden şey suyla geçebilseydi.

O gece yemekte Ryan, Napa'daki en sevdiğimiz üzüm bağlarından birinden bir şişe şarap ısmarladı. Neşelenmeye çalışarak, "Caymus," dedim.

"Ellerinde olması ne kadar güzel, değil mi?"

Çıkmaya başladıktan beş ay sonra Napa gezisiyle beni nasıl şaşırttığını hatırlayarak gülümsedim. İkimiz de küçük şaraphaneye bayılmıştık. Rüzgârlı yol, kır çiçekleriyle süslüydü. Ryan'dan gelincik toplayabilmem için bir kenarda durmasını istemiştim. Şimdi o günleri özlüyordum.

Bana bir kadeh şarap koydu. Havuzdaki arkadaşlarımızın da orada olduğunu gördüm. Yemek salonunun diğer tarafında oturuyorlardı. O kadar yakın oturuyorlardı ki burunları birbirine değiyor gibi görünüyordu.

Ryan, kadehini elinde çevirerek, "Kız kardeşim nişan kutlama partimize gelecek," dedi ve şarabından büyük bir yudum aldı.

"Harika," dedim. Şu ana kadar kutlama partisini tamamen unutmuştum. Ryan, Serafina'yı ayarlamıştı. Burası Seattle'ın Eastlake mahallesinde, ikimizin de sevdiği bir restorandı. Restoranı Ryan'dan önce de seviyordum. Aslında şehrin her yanında anılarım vardı. Hayatımın başka bir döneminin anıları.

"İnternetteki davetiyede John ve Katie'nin de geleceğini gördüm," dedi. "Ta Portland'dan gelebileceklerini sanmıyordum."

Orada olacak onca insanı düşündüm. John ve Katie. Mike ve Lisa. Evie ve Jonathan. Jan. Tracy. Ryan'ın patronu. Kız kardeşi Danielle. Bizim sokağın köşesindeki evde oturan ve ilk çocukları aralık ayında doğacak olan o tatlı çift. Hepsi bizim aşkımızı kutlamaya gelecekti. Çantamda telefonumun titrediğini fark ettim. Çantayı karıştırıp telefonu buldum. Dr. Branson'a numaramı vermiş ve ona Cade'in herhangi bir sorunu olursa beni aramasını söylemiştim.

Ryan, yumuşak bir sesle, "Kailey," dedi.

Kafamı telefonumdan kaldırdım. Tracy'den mesaj gelmişti, o kadar.

"Bu geceyi tamamen bana ayırmanı istesem çok şey mi istemiş olurum?" dedi. "Seni kimseyle paylaşmak istemiyorum. Telefonunla. Geçmişinle. Hele de kalbine hâlâ sahip olması ihtimali olan eski erkek arkadaşınla."

Kendimi zorlayarak gülümsedim ve masanın üstünden elini tuttum. Gözyaşlarımı tutarak, "Tabii ki," dedim. "Ryan, ben sana aidim."

"Öyle mi?" diye sordu. Sesi kırılgan, savunmasızdı.

Elini sıkarak, "Evet," dedim. "Evet."

Ertesi gün uyandığımda saat dokuzu geçiyordu. Ryan'ın kollarındaydım ve ayrılmak istemiyordum. Teninin sıcaklığını, bana sarılışını seviyordum. Kendimi bütün dünyadan uzakta, güvende hissediyordum. Ama telefonum çalmaya başladı. Ryan'ın kollarından kurtulurken o da olduğu yerde döndü.

Numarayı tanımıyordum. "Alo?"

"Kailey, ben Dr. Branson. Rahatsız ettiğim için özür dilerim. Ülke dışında olduğunu biliyorum ama konu Cade."

"Ne oldu?"

Ryan yatakta doğruldu.

Dr. Branson boğazını temizledi. "Gitti ve onu bulamıyoruz."

"Ne demek *gitti?*"

"Burada her saat personelimiz var," dedi. "Ama ön taraftaki eleman dün gece lavaboya gittiğinde çıkmış sanırım. Güvenlik kamerası sabah dört civarı çıktığını gösteriyor."

"Bu çok kötü," dedim.

"Evet," dedi. "Ama bence paniğe gerek yok. Geri dönmesi olası. Hastane güvenliğine söyledim. Çevreye bakacaklar."

Balkona açılan kapılara baktım. Dalgalar aşağıdaki kumsala vuruyordu. Bu sahnedeki her şey huzurlu ve sakindi. Ama içimde hissettiğim tek şey dehşetti. Cade yeniden sokaklardaydı. Bense ondan kilometrelerce uzaktaydım.

"Erken geleceğim," dedim. "Ben onu bulurum. Nerelere gittiğini biliyorum."

"Bunu yapmak zorunda kalmanız çok kötü," dedi doktor. "Ama..."

"O benim için aynısını yapardı," dedim.

Telefonu kapattığımda Ryan hiçbir şey söylemedi.

"Cade kayıpmış," dedim. "Muhtemelen duymuşsundur."

Başını salladı ve arkasındaki yastıklara yaslandı.

"Çok özür dilerim," dedim. "Ama gitmek zorundayım. Onun tekrar sokaklarda olduğunu bilirken burada kalamam. Kaybolmuş, Ryan. Yardımıma ihtiyacı var. Anlaman zor biliyorum ama ona yardım etmek zorundayım."

Ryan başını salladı ve bilgisayarını çıkardı. Ben de eşyalarımı topladım ve bileti değiştirmek için havaalanını aradım. Hemen bir taksiye atlarsam Seattle'a giden on bir uçağını yakalayabilirdim.

Şort giydim ve saçlarımı atkuyruğu yaptım. Valizimi kapıya götürmeden önce yatağa gittim. Ryan hâlâ üstsüz bir şekilde örtünün altında yatıyordu.

"Gitmek istemiyorum," dedim. "Ama mecburum."

Uzun bir süre bana baktı, sonra beni kendine çekti.

"Anlamıyor olabilirim," dedi. "Gitmeni de kesinlikle istemiyorum. Ama seni engellemeyeceğime söz veriyorum. Ne yapman gerekiyorsa yap, tatlım. Ben seni sevmeye devam edeceğim."

Ona veda öpücüğü verirken gözlerim yaşlarla doldu. "Teşekkürler. Bunun benim için ne kadar önemli olduğunu bilemezsin, Ryan."

Uçakta huzursuzdum. Bir sürü değişik pozisyon denedim, uçaktaki film ilgimi çekmedi, uyumaya çalıştım ama uyuyamadım. Perişan durumdaydım. Uçmak, 30 bin fit yüksekte, orasıyla burası arasında asılı durmak, belli bir yerde olmamak, beni her zaman büyüleyen bir şeydi. Eskiden bana huzur veren bu düşünce, şu anda aynı etkiyi yaratmıyordu. Pilot bu şeyi yeterince hızlı uçuramıyordu ve pencerenin dışındaki bulutları izledikçe endişeyle doluyordum. *Cade, geliyorum, geliyorum.*

Gümrükten, bagajdan çabucak geçtim ve hemen bir taksi çevirdim. Harborview'ı aradım ama beni Cade'in binasına bağladıklarında telefona kimse cevap vermedi. Ben de taksiciden beni oraya götürmesini istedim. Beni beklemesini söyledim ve resepsiyona koştum. Cade hâlâ ortalarda yoktu.

Şehre doğru ilerledik, Le Marche'ı, eski evini, Dördüncü, Beşinci Cadde'yi defalarca aradık.

Trafik ışığında duran taksici, "Hanımefendi, sizi başka bir yere götürmemi istiyor musunuz?" diye sordu.

Bu hayatım boyunca yaptığım en pahalı taksi yolculuğuydu ama umursamadım. Ona şehri bir kez daha dolaşmasını söyledim. Dolaştık ama Cade hâlâ hiçbir yerde yoktu.

Adama adresimi verdim ve, "Artık beni eve götürebilirsiniz," dedim.

On dakika sonra evin önündeki sokağa park ettik. Ücreti ödedim. Taksici valizimi arabadan indirdi. Taksi uzaklaşırken kaldırımda dikildim, sonra eve doğru döndüm. Mor salkımların altında, verandamın ikinci basamağında oturan adamı görünce gözlerim irileşti.

Onu görünce çantamı yere düşürdüm. Elleri yanlarındaydı, dizlerini hafifçe bükmüştü. "Cade!"

Beni görünce yüzü aydınlandı. "Merhaba," dedi.

"Cade, neler oldu? Neden buradasın?"

Alnını ovuşturdu. "Bilmiyorum. Ben... Ben... seni özledim."

İçimde bir şeyler patladı sanki. İlk kez limon tadı almaya benziyordu. Yoğun ve tüketici bir duyguydu. "Gerçekten mi?"

"Çok uzun süre yoktun," dedi.

"Sadece üç gün," dedim. Ellerine uzandım. "Dr. Branson arayıp senin kaybolduğunu söyleyince hemen geldim."

"Özür dilerim," dedi. "Ben sadece..."

"Tekrar gitmeyeceğim. En azından bir süre için. Sen iyice alışana kadar gitmeyeceğim. Çok güzel gelişme kaydediyorsun. Yeni ilaç tedavisi işe yarıyor gibi."

Evin içine doğru yürüdük. Bavulumu almaya çalıştı. Önce kafamı salladım. Ama ısrar edince taşımasına izin verdim.

Cade başını salladı. "Hatırlıyorum. Gittikçe daha fazla şey hatırlıyorum."

"Ne hatırladın mesela? Bir şey söyle bakalım."

Gülümsedi. "Seni mesela. Ve botları."

"Botları mı?"

Başını salladı. "Feribota binmiştik, değil mi? Bir adaya gitmiştik."

"Evet," dedim. Cebimden telefonumu çıkardım ve kayıtlı fotoğraflar arasından yıllar önce Cade'in beni feribottayken çektiği fotoğrafı buldum. "Bunu hatırlıyor musun?"

Gözlerini kırpıştırdı, sonra telefona uzandı. Eline aldı ve fotoğrafa özlem dolu bir ifadeyle baktı.

"Evet."

Kendi kendine gülümsedi.

"Bulanık bir rüya gibi."

"O gün benim hayatımı kurtarmıştın," dedim. "Hatırlıyor musun?"

Başıyla onayladı.

"Sana ne hatırlıyorsun diye sorduğumda 'botları' demen çok garip."

Birden yüzü asıldı. Kanepeye oturdum. O da yanıma oturdu.

"Ne oldu?"

"Hatırladığım bir şey var," dedi.

"Ne?"

Yüzü gergindi. Sanki beyninin örümcek ağlı kısmına geri göndermek istediği bir korku filmini hatırlıyor gibiydi. Bunu yapmasını ben de isterdim ama içimden bir his bu anının önemli olduğunu söylüyordu.

Elimi koluna koyarak, "Cade," dedim. "Anlat hadi."

Karşıya bakmaya devam etti. "Karanlıktı. Su vardı. Bir kadın sesi vardı." Elimdeki eli titredi. "Kafama bir şeyin vurduğunu hissettim."

"Bir şey mi? Ne mesela?"

"Bilmiyorum," dedi. "Soğuktu. Dalgalar her yerdeydi. Ağzımda kan tadı vardı."

"Cade, emin misin? Dr. Branson anılarının geri geleceğini söyledi ama bazen karışabilirlermiş de."

"Bilemiyorum," dedi. "Olabilir."

"Başka bir şey var mı? Daha belirgin bir şey?"

Bir an sessiz kaldı. Sessizliği bozmak için gevezelik etmedim. Ona hatırlaması için zaman vermek istiyordum.

"Prenses," dedi.

"Ne?"

"Yatın kenarında bu sözcük yazıyordu."

"Emin misin?"

Başını salladı. "Evet. Lacivert harflerle yazılmıştı."

Telefonumu çıkardım ve internete girdim. "Belki de bir yat türüdür." Google'a "Prenses Yatları" yazdım. Bu isimde bir şirket vardı.

"Tamam," dedim. "Bunu inceleyeceğim."

Cade, "Sence bütün bunlar ne demek?" diye sordu.

"Emin değilim," dedim. "Ama sana söz veriyorum, öğreneceğim."

Cade'i Harborview'a geri götürdüm. Birlikte asansörle üçüncü kattaki dairesine çıktık.

Dr. Branson'dan onay aldıktan sonra, ona aldığım kahve makinesinde bana bir fincan kahve yaptı. Fincanı uzatırken gülümsedim. "Eskiden kahveyi çok severdin," dedim.

"Öyle mi?"

Sırıttım. "Kocaman bir La Marzocco espresso makinesi almıştın. Hani şu kafelerde filan olur ya, ondan."

"Öyle mi?" Güldü.

"Evet. Kırmızı renkti."

İkili koltuğa oturdu. Ben de yanına oturdum. Alan çok geniş değildi. Bacaklarımız ve kollarımız birbirine değiyordu. Cade, birden düşüncelere dalmıştı. "Nasıl biriydim?" diye sordu.

"İnanılmazdın," dedim. "Müziği, içine peynir doldurulmuş zeytinleri ve votka martinileri çok severdin."

Kaşlarını kaldırdı.

"Seyahat etmeyi ve insanları severdin. Bir sürü plağın vardı. Çok komik hikâyeler anlatırdın. Seninle birlikte olduğum iki yıl boyunca anlatacak hikâyelerin hiç bitmedi ve beni güldürmekten hiç vazgeçmedin."

Biraz hayranlık biraz da pişmanlık dolu bir sesle, "İki yıl," dedi.

"Evet," dedim. "Ve ben her gününü çok sevdim. En sonlardaki zor günleri bile."

"O günler niye zordu?" diye sordu. Cade'in aklı adeta yanıyordu, sorularla dolup taşıyordu. Beyninin devreleri o kadar hızlı çalışıyordu ki konuşması düşüncelerine yetişmekte zorlanıyordu.

Element Plak'ta yaşanan olayları anlattım. İçki içmeye başlamasından bahsettim. James'in suçlamalarını anlattım.

Tekrar bana döndü. Gözleri o kadar iri ve içtendi ki onu kendime çekip sımsıkı sarılmak istedim. "Keşke seni yine güldürebilsem." Başını salladı. "Eskiden yaptığım gibi."

"Ah, Cade," dedim. Bir anda bir sürü duygunun akınına uğramıştım. "Seni tekrar bulduğuma çok sevindim. Seni özledim. Sen gittiğinden beri her gün. Seni bu şehrin her köşesinde aradım. Her zaman aradım, kalbim artık durma zamanı geldi dediğinde bile. Ölmüşsün gibi yasını tutmak zorunda kaldım. Veda etmek zorunda kaldım. Ve o zamandan beri hiçbir zaman eskisi gibi olamadım."

Yanağıma dokunarak gözyaşımı sildi.

"Otel odalarındaki tablolarla oynadığımız oyunu hatırlıyor musun?" dedim.

Kafası karışık ama aynı zamanda meraklı görünüyordu.

"Bunu sen bulmuştun. Kart ve raptiye getirirdin. Oteldeki sıradan tablolara isim ve fiyat verirdin." Duvarı gösterdim; seri üretim, çerçeveli bir ayçiçeği tarlası tablosu asılıydı. Ayağa kalktım ve mutfak çekmecesinden kâğıtla bant aldım. Kağıdı yırtıp küçülttüm ve üstüne yazdım:

Sonsuz Ayçiçeği
Orijinal Akrilik
675 Dolar

Cade güldü. "Komikmiş."

Oturdum. "Asıl komik olan insanların buna inanması," dedim. "Düşünsene; Omaha'dan gelen Rick ve Barb otel odalarına giriyorlar ve bu çok nadir orijinal tabloyu satın alabileceklerini görüyorlar. Hem de sadece 675 dolara. Hemen resepsiyonu arıyorlar. 'Sonsuz Ayçiçeği'ni satın almak istiyoruz,' diyorlar. Resepsiyondaki kişi de, 'O ne ya?' diyor."

Cade güldü. "Bu oyunu ben mi buldum?"

"Tabii sen buldun," dedim. "İnanılmaz eğlenceliydi."

Gülümseyerek tekrar ikili koltuğa oturdum. "O zamanlar çok eğleniyorduk."

Birden, "Çok şanslıymışım," dedi.

"Nasıl yani?"

"Hayatımda sen olduğun için."

"Ben hâlâ senin hayatındayım."

Beni kendine çekti. Dudakları benimkilere dokunduğunda çekilmedim. İçgüdüsel olarak daha çok sokuldum ve öpücüğüne karşılık verdim. Kollarım kollarına, bacaklarım bacaklarına dolandı. Beni kucağına çekti. Vücutlarımızı birbirine bastırmıştık ama yine de ona daha yakın olma ihtiyacı hissediyordum. Geçmiş, gelecek... şu anda hiçbiri önemli değildi. Sadece biz vardık. Sadece bu an vardı.

Kapının çalındığını duyunca hemen geri çekildim ve ayağa kalktım. Parmaklarımı gergin bir şekilde az önce Cade'in ellerinin gezindiği saçlarımdan geçirdim.

Cade kapıyı açtı. Gelen Dr. Branson'dı.

"Cade," dedi. "Döndüğünü görmek çok güzel. Umarım bizi tekrar terk etmezsin."

Cade başını salladı, sonra bana baktı.

"Cade'in yerleşmesine yardım ediyordum," dedim.

Doktor, "Tabii ki," dedi ve koridora doğru geriledi. "Sizi fazla tutmayacağım ama bu öğleden sonra birkaç test yapmak istiyorum."

Doktor gittikten sonra sessizce durduk. Kendimi suçlu hissediyordum, korkmuştum. Ona dönmeyi, kaldığımız yerden devam etmeyi, hâlâ hissettiğim aşkla onu sarmayı ne kadar çok istesem de bunun doğru olmadığını biliyordum. Ben Ryan'la evlenecektim.

Buz gibi sessizliği bozarak, "Özür dilerim," dedim. Sözcüklerim, güneşli bir gündeki buzlu bir göl gibi çatladı. "Bunu yapmamamız gerekiyordu."

Kafası karışmıştı ama başını salladı.

Kapıya doğru bir adım attım.

"İstersen... kalabilirsin," dedi.

Sesinde özlem vardı. Ona gitmek, kalbimdeki boşluğu bir zamanlar bana özgürce sunduğu aşkıyla doldurmak istiyordum ama yapamazdım.

"Gitmem gerek," dedim. "Ben..."

Oturdu ve pencereden dışarı bakmaya başladı.

"Lütfen," dedim. "Kalmak istemediğimden değil. Ama... kalamam."

Ben kapıya ulaştığımda, o hâlâ sessizce oturmaya devam ediyordu.

"Yarın öğleden sonra geleceğim. Söz veriyorum."

Eve giderken Ryan aradı.

"Alo," dedim. Sesim çok yorgun çıkıyordu. Öğleden sonra üç hayat birden yaşamış gibiydim.

"Kayıp berduşunu buldun mu bakalım?"

Ryan'ın ses tonu beni bir an için kızdırmış olsa da ona kızmaya hakkım olmadığını biliyordum. "Evet," dedim. "Onu buldum ve Harborview'a geri götürdüm."

"Güzel," dedi. "Bugün eve gelmeyi düşünüyordum ama şu noktada otelin iadesi yok. Ben de kalıp biraz güneşin tadını çıkarayım diyorum."

Arabanın ön camına yağmur damlaları vuruyordu. Dışarıdaki her şey griydi. Işıklar. Bulutlar. Kaldırım. Dünya kasvetliydi.

"Kal," dedim. "Güneşin tadını çıkar."

Ryan, "Seni seviyorum," dedi.

"Ben de seni seviyorum," dedim.

Telefonu kapattıktan sonra sözcükler beynimde yankılandı. Direksiyonu daha sıkı kavradım ve ağlamaya başladım.

23. Bölüm

17 Aralık 2008

Jan ertesi sabah ofiste, "Yazı dizinin son makalesinden oldukça iyi dönüşler aldık," dedi. "Editör sayfası için iyi malzeme oldu."

İç geçirdim.

"Belki de bu işi burada bıraksak iyi olur. Sonuçta iki tarafı da ele aldım. Hem evsizleri savunanlar hem de müteahhitler söyleyeceklerini söylediler."

Jan kafasını salladı. "Ama hâlâ eksik bir parça var." Bakışları benimkileri delip geçiyordu. Haklı olduğunu biliyordum.

"Ne zaman okutacaksın bana?"

Cade'le ilgili yazımı kastettiğini biliyordum. Bu konuda gelişme kaydetmiştim ama daha tamamlamamıştım.

"Yakında," dedim. Bakışlarım Ryan'la benim, masanın üstünde duran çerçeveli nişan fotoğrafımıza kaydı.

"Kutlama partiniz bu haftasonu, değil mi?"

Başımla onayladım.

"Gelmeye çalışacağım," dedi. "Kısa bir süreliğine de olsa."

Gülümsedim.

"Kailey, istemiyorsan zorla yapmak zorunda değilsin."

"Ryan'la evleneceğim, Jan," dedim. "Onunla evleneceğim, onu seveceğim, çocuklarını doğuracağım. Sen de bizim onuncu, yirminci ve ellinci evlilik yıldönümlerimize geleceksin."

"Kailey," dedi. Bakışları sevecendi. "Ben senin arkadaşınım. Hayatın nasıl görünürse görünsün, bu yolun her adımında yanında olacağım."

Cade'i görmeye gitmeden önce Tracy'yle öğle yemeği yedim. Trent adında bir adamla çıkmaya başladığını söyledi.

"Onun her şeyini beğeniyorum," dedi. "İsmi hariç."

Gülmeden edemedim. "'Trent' isminin nesi kötü?"

"Her şeyi kötü," dedi. "Trent ismine sahip insanlar hiçbir zaman iyi olmazlar. Ya alınlarına dökülen düz kâküllü sıkıcı muhasebecilerdir bunlar ya da ağır metal veya *rock* dinleyen adamlar."

Gülümsedim. "O zaman dünyanın en iyi Trent'ini bulmuşsun."

Tracy, "Aynen öyle," dedi. "Trent Onur Listesi'nde olması lazım. Adam tatlı, akıllı. Üstelik teknesi var. Ayrıca astrolojik olarak da çok uyumluyuz."

Kocaman bir gülümsemeyle, "Senin adına çok sevindim," dedim. "Cumartesi günü partime onu da getirecek misin?"

Tracy, "Evet," dedi. "Tanıştıracağım sizi. O gece çalışmayacağıma inanabiliyor musun? Yani, o gece için birilerini öldürmem gerekebilirdi."

Sırıttım. "En yakın arkadaşımdan da bu beklenirdi."

Cade konusunda son bilgileri verdim. Tabii dün dairesinde yaşananları söylemedim.

"Ryan bu olanları normal karşılıyor gibi görünüyor," dedi. "O çok iyi bir adam. Hep çok anlayışlı davranıyor. Daha azını beklemezdim."

Hüzün dolu bir halde, "Evet, çok anlayışlı," dedim.

Cade'in bir yata bindiğini anımsadığını söyledim.

"Emin mi?"

"Bilemiyorum," dedim. "Doktoru hafızasının karışabileceğini söyledi. Detayların hepsi birbirine uyacak, bağlantılı olacak diye bir şey yokmuş."

Tracy, "Anladım," dedi. "Amnezisi olan bir hastam vardı. Hafıza çok komik bir şey. Biri çocukken başına gelmiş bir şeyi hatırlıyor ve bunun kırk üçüncü yaşgününde olduğuna yemin ediyor."

"Evet," dedim. "Henüz bir sonuca varmak istemiyorum ama yine de bu işte bir bityeniği var. Parçaları birleştirmeye çalışacağım."

Cade'in yanına gittiğimde onu binanın ortak salonunda buldum. Hastalardan biriyle satranç oynuyordu. Beni görünce gülümsedi.

"Merhaba," dedim.

"Merhaba," dedi.

Oyunu bitirmesini bekledim. Sonra diğer hasta, yaşlı bir adamdı, kalkınca gidip yanına oturdum.

"Aklıma ne geldi," dedim. "Noel gelmek üzere, dairene bir ağaç almamız lazım."

Yüzü aydınlandı.

"Gidip birlikte bir ağaç seçelim mi?"

"Olur," dedi.

Cade'i dışarı çıkardıktan sonra birlikte arabama yürüdük ve Capitol Hill'deki şişme bir kardanadamı olan ağaç pazarına gittik.

Arka taraftaki küçük bir ağacı göstererek, "Şu nasıl?" diye sordum.

Ağacı dikkatli bir şekilde inceledi, sonra başıyla onayladı. Çevremizde aile ve çiftler vardı. Sarı saçları iki yandan örülmüş, pembe kauçuk yağmur çizmeleri olan küçük bir kız ağaçların arasında koşturuyordu.

Babası, neşeyle, "Grace!" diye bağırdı. "Seni görebiliyorum!"

Cade, kızın ismini duyunca şaşırarak bana baktı. O da benim gibi hatırlıyordu. Kollarımdaki tüyler diken diken oldu.

Ağacın parasını ödedim. Çalışanlardan biri ağacı arabama bağlamama yardım etti. Bir mağazaya gittik, süslemelerin olduğu kısmı bulduk. Alışveriş arabamızı renkli ışıklar, en sevdiğim kırmızı ve gümüş süslemeler ve ağaç ayaklığıyla doldurdum. Bir hevesle, bir paket gümüş simli şerit aldım.

Tezgâhtar, "Mutlu Noeller," dedi ve para üstünü uzattı. Yolda giderken parayı Kurtuluş Ordusu zangoçlarının kırmızı kovasına attım.

Cade'in binasına döndüğümüzde ağacı ve süslemeleri asansöre, oradan da dairesine taşıdık. Ağacı ayaklığın üstüne koydu. Ben de birkaç hafta önce getirdiğim radyoyu açtım. Cade'in bir zamanlar sahip olduğu ses sisteminin yanına bile yaklaşamazdı ama yine de müzik çalıyordu. Bu da yeterliydi.

Big Crosby'nin sesinden *White Christmas* şarkısını duyunca radyo kanalını değiştirmedim. Cade ağacı pencerenin önüne koydu. Birlikte ışıkları paketlerden çıkardık ve dalların etrafına sardık. Süslemeleri takarken Cade işine odaklanmıştı. Son olarak gümüş simli şeridi astık.

Süsleme işi bittiğinde ışıkları kapattık ve ikili koltuğa oturup küçük ağacımıza baktık. Hafif sola yatmıştı, yıldızı yoktu. Altında bir hediye veya hediyelik yoktu. Ama yine de harikaydı.

24. Bölüm

18 Aralık 2008

Ertesi sabah işe gitmek üzere hazırlanırken banyodan, "Ryan," diye seslendim. "Hiç tanıdığın adli muhasebeci var mı?"

"Tabii, neden?" diye sordu. Kravatını bağlarken kafasını banyodan içeri uzattı.

"Cade'le ilgili bir konu. İşortağının her şeyini elinden almış olması muhtemel."

"Vay," dedi. "Bunu bir incelemek lazım ama Kailey, o adamlar hiç ucuz değildir."

Ryan'dan Cade'in iyiliği için daha fazla para harcamasını beklemenin adil olmayacağını biliyordum. Harborview'ın masraflarından haberdardı ve sorgulamamıştı. Bu yüzden ona minnettardım.

"Belki bazıları komisyonla çalışır? Bulduklarına ve kazandırdıklarına göre?"

Telefonunu cebinden çıkardı ve rehberinde gezindi. "İşte burada," dedi. "Davis, Emmerson ve Barrett. Bruce Barret'la konuş. Kendisi avukattır ama sürekli böyle işlere bakan bir grup adli muhasebeciyle çalışıyor. Belki seninle görüşürler, bir şeyler bulabilirsin." Omuz silkti. "Bilgilerini atarım sana."

"Teşekkürler," dedim.

Uzun bir süre bana baktı. Aklına girebilseydim Cade'i kendi haline bırakmamı ne kadar çok istediğini görebileceğimi biliyordum. Onu sistemin ellerine bırakmamı. Onun için endişelenmeyi kesmemi, hayatıma, hayatımıza odaklanmamı. Ama bunu yapamazdım. Ryan da biliyordu. Ben de biliyordum.

Serafina'dan içeri girdiğimde Ryan sırıtarak, "Çok güzel görünüyorsun," dedi.

"Sen de çok yakışıklı olmuşsun," dedim. Ryan her zaman yakışıklıydı.

Tracy'nin kır saçlı çekici bir adamla birlikte olduğunu gördüm. El salladım ve yanına gittim.

"Şu haline bak," dedi. "Elbisene bayıldım!"

Gülümseyerek, "Teşekkürler," dedim. "Bu Trent olmalı."

"Evet," dedi ve erkek arkadaşına döndü. "Trent, bu benim en iyi arkadaşım Kailey. Onunla ilgili her şeyi biliyorsun tabii."

Trent elini uzatarak, "Sonunda tanıştık," dedi. El sıkışı sağlam, bakışları nazikti. Onu hemen sevdim.

"Teknen varmış diye duydum," dedim. "Yelkenli mi?"

"Eskiden yelkenle açılırdım," dedi. "Ama sonra kırk yaşıma geldim ve tembelleştim."

Tracy, "Trent alçakgönüllülük yapıyor," dedi. "Çok güzel bir yatı var."

"Ne güzel," dedim.

"Seni ve nişanlını ağırlamak isterim."

"Çok güzel olur," dedim. Ryan da yanıma geldi ve kolunu belime doladı.

Trent'e, "Ben Ryan," dedi. "Tanıştığımıza memnun oldum."

"Ben Trent," dedi.

Ryan'a, "Trent'in yatı hakkında konuşuyorduk," dedim. "Bizi davet etti."

Ryan, "Harika," dedi. "Ben teknelerde büyüdüm. Kailey'yi kendi yatımızı alma konusunda ikna etmeyi umuyorum. O zamana kadar seninkiyle idare edeceğiz."

"Trent," dedim. "'Prenses' markasını biliyor musun?"

"Prenses Yatları'nı mı? Tabii ki. Kaliteli bir markadır. Bende Sunseeker var ama Prenses de saygın bir markadır."

Ryan yeni gelen bir işarkadaşına el salladı ve yanağımdan öptü. "Bir saniye izninizi rica ediyorum," dedi. "Trent, seninle tanıştığıma çok memnun oldum."

Ryan gittikten sonra konuşmama devam ettim. "Birisi 1998 yılında bir Prenses yatı almışsa bunu takip etmenin bir yolu var mıdır?"

"Tracy bana senin gazetede çalıştığını söyledi," dedi. "Araştırmacı gazeteci misin?"

Gülümseyerek, "Evet ama su sporlarından ziyade sosyal konularda yazıyorum," dedim. "Bu daha kişisel bir mesele."

"Kişi yatı sıfır olarak almışsa bu konuda kesinlikle bilgi bulabilirsin. Eskiden yat satışlarında çalışan bir arkadaşım var. Ona sorabilirim."

"Bu harika olur," dedim. "Teşekkürler."

*

Parti güzel geçiyordu. İnsanlar gülümsüyor, içiyor, gülüyordu. Bunlar, neşenin ayrılmaz üçlüsüydü. Bir an için bunun arkadaş buluşması değil de düğün partisi olduğunu unutmuştum. Ama sonra bir mikrofon sesi duyuldu. Oda sessizliğe gömüldü.

Ryan, "Bu şey çalışıyor mu?" diye sordu.

Herkes güldü. Arkadaşlarından bir tanesi benim pek anlamadığım bir espri yaptı.

"Evet, bu gürültülü kalabalığın dikkatini çektiğime göre," diye şaka yaptı Ryan, "güzel müstakbel karım Kailey'ye kadeh kaldırmak istiyorum."

Odadaki herkesin bakışları bana dönünce yanaklarım ısındı. Gülümsedim ama çok zorlama olmuştu, yanaklarım gerilmişti. Kaslarımı geriyor gibiydim.

"Benim güzel sevgilim," dedi. "Seninle tanıştığım gün işim bitmişti. Tam kalbime gelmişti ok. Senin olmuştum. Milyonlarca sebebim vardı; gülümsemen, nezaketin, güldüğün zaman burnunu hafifçe kırıştırman, tarhun otu ve kekik arasındaki farkı ve tarihteki bütün baharatları bilmen gibi."

İlk randevularımızdan birini anımsadım. Ona Belltown'daki eski dairemde akşam yemeği hazırlamış, baharat ve otlar konusunda ders vermiştim.

"Burada bahsedemeyeceğim kadar çok şeyini seviyorum. En çok ve özellikle de ruhunu ve kalbini seviyorum. Hayatını benimle geçirmeyi kabul ettiğin için onur duyuyorum." Boğazını temizledi. "Bizi bu ana getiren yol her zaman güllük gülistanlık değildi. Sen benden daha çok zorluğa katlandın." Kadehini kaldırdı. "Kadehimi senin için kaldırıyorum, Kailey, yolunda gitmeyen planlara, bu yol boyunca yaşanan başarısızlıklara ve hatalara, sapmalara. Onlar olmadan yaşadığımız bu hayat, hissettiğimiz bu aşk, mümkün olmayacaktı. Hayal kırıklığı, daha iyi şeylere, en iyi şeylere giden yolda sadece bir basamak." Duraksadı ve gözlerindeki yaşı sildi. Sonra bana döndü. "Kailey, yaşadığın ve yaşadığım bütün sapmalarda, en güzel varış noktası sendin. Yolum sana çıktığı için minnettarım, her zaman."

Herkes alkışladı. Ryan'a gidebilmem için insanlar bana yol verdiler. Ryan'ı öptüm. Dudaklarımın titrediğini fark etmemesini umuyordum. "Teşekkürler," dedim. "Bu, çok güzeldi."

Ryan, iki arkadaşı yanına gelip sırtını sıvazlamadan önce, "Her sözcüğü içimden gelerek söyledim," dedi.

Tracy'yi gördüm ve ona doğru ilerledim. Salonun diğer tarafındaki Jan'e ve *Herald*'dan bir işarkadaşıma el salladım.

Tracy, "Trent kızını almak için erken ayrılmak zorunda kaldı," dedi.

Elbisemi çekiştirdim. Tracy'nin gözlerine bakamıyordum.

"Kailey, sen iyi değilsin," dedi. "Ryan konuşurken izledim seni."

"Ben iyiyim," diye yalan söyledim. Çenemin ve alt dudağımın titremesini engellemeye çalışıyordum.

"İyi değilsin, biliyorum." Koluma uzandı. "Lütfen, ben senin en iyi arkadaşınım. Bana karşı dürüst olmazsan kime olacaksın? Kailey, bunu yalnız yapmak zorunda değilsin."

Başımı salladım.

"Onunla evlenemezsin, Kailey."

Başımı kaldırarak, "Ama evleneceğim," dedim. Uzaktan Ryan'a baktım. Çok yakışıklı, özgüvenliydi. Her şeyi çoktu. "Tracy, onu seviyorum. Gerçekten seviyorum."

"Evet," dedi. "Ama canım, ikimiz de ondan daha çok sevdiğin biri olduğunu biliyoruz. Ve o biri, kalbinin sahibi."

Kafamı kaldırıp baktığımda Ryan'ın bana doğru geldiğini gördüm. Cade konusunda endişe ediyorsa da korkularıyla baş etmekte başarılıydı. Bana güvenmeyi seçmişti ve bu, içimde bir boşluğa sebep oluyordu.

"Selam," dedi ve yanağımdan öptü. Tracy'ye gülümsedi.

Tracy, beni kurtararak, "Konuşmanın ne kadar güzel olduğundan bahsediyorduk," dedi.

Kendime gelerek, "Harikaydı," dedim.

Kiraladığımız caz grubu, enstrümanlarının başına geçti ve çalmaya başladı. Şarkıyı ilk başta tanıyamadım ama sonra anladım: *All of Me,** büyükannemin sevdiği o eski şarkı.

"*Her şeyimi, neden her şeyimi almıyorsun, bebeğim?*"

Ryan beni kendine çekerken gözyaşlarımı tuttum. O anda, ne kadar denersem deneyeyim, Ryan'a hiçbir zaman her şeyimi veremeyeceğimi biliyordum.

---

* Her Şeyim. (ç.n)

25. Bölüm

20 Aralık 2008

Ryan'ın önerdiği avukat Bruce Barrett'tan randevu almayı başardım. Saat dokuzda Cade'le beni ofisinin resepsiyon kısmında karşıladı. Kır saçları ve kocaman sırıtışıyla iri bir adamdı. Tüvit bir takım elbise giymiş ve papyon takmıştı. Elimi o kadar sert sıktı ki içten içe yüzümü buruşturdum. Sanırım Cade de bu yüzden huzursuz görünüyordu.

"Bizimle görüştüğünüz için teşekkürler," dedim.

Adam, "O zevk bize ait," dedi. Bizi küçük bir koridordan bir konferans salonuna götürdü. Masada birkaç su şişesi ve bir kutu naneli şeker vardı.

"Buyurun," dedi. Ondan daha genç, daha ciddi görünümlü bir adam içeri girdi. "Bu Tom Lawton, bizim mükemmel adli muhasebecilerimizden biridir. Tom her taşın altına bakar, hiç şüpheniz olmasın."

Ellerini kavuşturarak, "Elinizde önemli bir dava var," dedi. "Tom'a bilgi verdim. O biraz araştırma yaptı bile. Şu ana kadar bulabildiği şeylerin sizi memnun edeceğini düşünüyoruz." Bir dosyayı açtı ve bir parça kağıdı bize doğru itti. Eğildim ve kağıdı aldım. Cade sayfadaki sözcükler ve rakamlar hiyeroglifmiş gibi bakıyordu.

Bruce, "Bay McAllister," dedi, "ortadan kaybolduğunuzda oldukça zengin bir adammışsınız."

Cade şüpheyle önce bana sonra Bruce'a baktı. "Element Plak'ın yarısı sizinmiş. Ayrıca bir arabanız, Pioneer Square'de daireniz, şehirdeki iki binada hakkınız varmış."

Başımla onayladım. "Ama Element Plak iflasın eşiğindeydi," dedim. "Şirket ayakta kalma savaşı veriyordu."

Bruce başını salladı. "Ya da birileri sizin şirketin ayakta kalma savaşı verdiğini *düşünmenizi* istedi." Tekrar kocaman sırıttı. "Aslında şirket iyi durumdaydı, en azından çoğu insanın standardına göre."

"O zaman ne oldu? Cade'in birikimleri nerede? Şirket hisselerine hâlâ erişimi vardır herhalde."

"Aslında yok," dedi. "Bay McAllister'ın birikimleri yok olmuş. Dairesini Element Plak devralmış. Zaten şirket de bir süre önce tasfiye edilmiş."

Kalp atışlarım hızlandı. "Yani birisi her şeyini almış mı?"

"Her şeyini almış," dedi. "Bu kadar basit."

Kafamı salladım. "Ama bunu nasıl yapabilmişler?"

Bruce, "Kolay," dedi. "Sizin bir ortağınız var mıydı, Bay McAllister?"

Cade bana baktı.

"Evet," dedim. "Adı James Keatley."

"Bütün belgelerde, sözleşmelerde onun adı mı yazıyordu? Vekaleti var mıydı? Fonları o mu yönetiyor?"

"Evet," dedim. "Şirketin mali işlerini o idare ediyordu. Cade işin yaratıcı kısmıyla ilgileniyordu."

Bruce tekrar gülümsedi. "Tamam o zaman."

Ninja muhasebeci Tom başka bir belge çıkardı ve bize bir kopyasını uzattı.

"Bay McAllister, sizin en az sekiz milyon dolar alacağınız olduğuna inanıyoruz. Dairenizin ve kişisel mülklerinizin piyasa fiyatını belirlediğimizde, muhtemelen daha bile fazla çıkacak."

Cade'in gözleri irileşti. Masanın altından elini sıktım.

"Bütün bunları bir ihtarla söylüyorum," dedi. "Bu parayı size borçlular ama böyle bir para hâlâ *duruyor* mu durmuyor mu işte onu kimse bilmiyor. Bunu yapan kişi hepsini harcamış olabilir. Daha da kötüsü, onları takip ettiğimizi anladıklarında hemen iflas ilan edebilirler."

"James yapmıştır," dedim. "Böyle bir şeye erişimi olan başka kim olabilir ki?"

"Bunu kanıtlaması zor olacak," dedi. "Şimdilik banka hesap numaralarını ve şirketlerini inceleyeceğiz. Ama tüm bunların arkasında birileri var. Sadece kim olduğunu bulmamız gerek."

Her sözcüğünü dikkatli bir şekilde dinliyordum.

Tom, "Biraz araştırmam gerekti ama Element Plak'ın iş hesabından Tennessee'deki özel bir hesaba bir dizi havale yapıldığını buldum."

"Tennessee mi?"

"Oradan kimseyi tanıyor musunuz?"

"Hayır," dedim. "Sanmıyorum."

"Eyalet sınırlarını aştığı için takibi daha zor olacak," dedi. Bruce'a döndü. "Ama elimizden geleni yapacağız."

"Biz de," dedim. "Telefon konuşmamızda anladığım kadarıyla, geri alabildiğimiz miktarın yüzde onunu siz alıyorsunuz?"

Bruce, "Evet," dedi.

"Sorun değil," dedim. Onay için Cade'e baktım.

Bruce gözlerini kıstı. Bize doğru eğilirken yüzünde gülümsemeden eser yoktu. "Ortağıyla yüzleşmeye çalışmanız konusunda sizi uyarmam lazım," dedi. "Bu davayı çözmek için şaşırtma avantajına ihtiyacımız var. Onları hazırlıksız yakalamak en iyisi."

Gergin bir şekilde, "Ama ben onunla iletişime geçtim bile," dedim.

"Bir avukat ve muhasebeciyle görüştüğünüzü biliyor mu?"

Başımla reddettim.

"Güzel. Öyle de kalsın." Önce Cade'e sonra bana baktı. "Sizin de kendinizi korumanız gerekli. Bu miktarda bir para tehlikede olduğunda, insanlar akıllarını kaybedip ağıza alınmaz şeyler yapabilirler. Para çirkin bir mesele." Ürperdiğimi hissettim. "Kendinize dikkat edin," dedi. "Ortalığı karıştırmayın. Bırakın bu meseleyi biz halledelim."

Cade'i tekrar Harborview'a götürdüm. Saat ikideki seansına girince Dr. Branson'ın ofisine uğradım.

Kafasını bilgisayarından kaldırarak, "Aa, Kailey," dedi. "Seni görmek ne güzel." Arkasında bir düzine, hatta belki daha fazla insan beyninin çerçevelenmiş, sanatsal sunuları vardı.

Masasının yanındaki sandalyeye oturdum. "Cade çok iyi gidiyor," dedim. "Bugün bir randevudan dönerken çok sevdiğim bir Robert Frost şiirinden alıntı yaptı."

Doktor gülümsedi. "Hangi şiir?"

"Altın hiçbir şey kalmaz geriye."

"Hımm," dedi. "Benim de sevdiğim şiirlerden biridir." Sanki dizeleri beyin loplarından birinden çıkartmaya çalışır gibi gözlerini kapattı. "Şafak böyle söker güne."

Son dizeyi birlikte söyledik. "Altın hiçbir şey kalmaz geriye. Tıp hazırlık dersleri almaya karar vermeden önce edebiyat okuyordum." Gülümsedi. "Çok güzel dizeler. Her zaman hayata karşı gerçekçi bir bakış açısı olduğunu düşünmüşümdür ama biraz da karamsar bir açı."

"Neden?"

"Altın hiçbir şey kalmaz geriye," diyerek kelimeleri havaya bıraktı. "İyi şeylerin bir sonu olduğunu söylüyor. Ama ben bu düşünceye katılmıyorum. Ben iyi şeylerin devam edebileceğine, edeceğine inanıyorum."

Şüpheli bir şekilde, "Acaba gerçekten öyle mi?" dedim. "Emin değilim. Belki de iyi şeylerin doğasında vardır bu. Onlara sadece bir an için sahip olabiliyoruzdur." Yazın açan ve solan çiçekleri, sonbaharda altının tonlarına bürünen, sonra da dallarından dökülen yaprakları düşündüm. Vefat eden anne babaları. Yitip giden aşkları. Dünyada da, benim hayatımda da altın hiçbir şey kalmıyordu geriye.

Doktor kafasını salladı. "Buna inansaydım tıp okumazdım ve beynin iyileşip düzelmesine odaklanamazdım. Tabii ki hiçbir şey sonsuza kadar sürmez ama uzun bir süre var olmaya devam edebilirler. Ben de bunların mümkün olduğu kadar uzun süre var olmasına yardım etmeye çalışıyorum."

Gülümseyerek, "Beni inandırmak üzeresiniz," dedim. "Cade için çok güzel şeyler yaptınız."

"Bu haftalarda gösterdiği gelişme gerçekten kayda değer," dedi. "Beyin bilimi, tıbbın son sınırıdır. Bazı hastaların tedaviye niye cevap verdiğini, bazılarının da niye cevap vermediğini bilemiyoruz. Ama Cade konuşuyor, konuşması akıcı. Anıları geri dönüyor. Taramalara göre beyninde iyileşme işaretleri var."

"Biliyorum," dedim. "Neredeyse eski haline dönüyor. Neredeyse."

Dr. Branson düşünceli görünüyordu. "Her zaman bu halde de kalabilir."

Eskiden tanıdığım Cade'i düşünerek başımı salladım. Ona bakar bakmaz beni etkileyen, beni hemen güldüren veya bir anda Big Sur'a götüren Cade.

Doktor, "Gelişiminin devam etmesini bekliyorum," dedi. "Normalde hastalarımızın bir yıllık programı tamamlamasını istiyoruz ama devam ettikçe yeni şeyler öğreniyoruz. Cade hayatına geri dönme konusunda başarılı olabilir. Muhtemelen iş bulma ve bir eve yerleşme konusunda ne gibi planları var bunları konuşmaya başlayabiliriz. Cade'in ne gibi işlere başvurabileceğini düşündünüz mü hiç?"

"İş mi?" dedim.

"Evet, belki bakım işleri olabilir ya da restoranda bir iş?"

Cade'in bir restoranda bulaşık yıkadığını veya bir dişçinin ofisinde halı temizlediğini düşünmek zordu. "Cade eskiden milyon dolarlık bir şirketi yönetiyordu," dedim.

"Evet," dedi. "Ama şu anda daha basit işler yapmak onu daha mutlu edebilir."

"Tamam," dedim. Bu sabah avukatla yaptığımız görüşmeyi düşündüm. Cade'in alacaklısı olduğu paraların en azından bir kısmını alabilmelerini umuyordum.

Doktor ayağa kalkarak, "Saat ikideki seansıma geç kaldım," dedi.

Peşinden koridora çıktım. Doktor bir kez daha bana döndü. "İyi şeyler kalıcı olabilir," dedi. "Bunu unutma."

*

Ryan o gece mutfak masasında, "Bugün kim düğüne geleceğini haber verdi bil bakalım," dedi. Bugün gelen kartlardan birini bana doğru attı.

"Josh Graham mı?"

"Evet," dedi. "Yale'den eski arkadaşım."

Burnumu kırıştırarak, "Daha önce onun hakkında bir şey duymamıştım," dedim.

"Eski bir üniversite arkadaşım," dedi. "Şu anda karısı ve iki çocuğuyla New York'ta yaşıyor. Serbest fon yönetiyor ve gayet güzel geçiniyor."

Josh Graham'dan gelen zarfa baktım. İki kişi olarak geleceklerdi. İki kişilik biftek servisi. Zarfı ilgisiz bir şekilde masaya fırlattım.

Ryan, "Bir şey mi oldu, tatlım?" diye sordu.

İç geçirdim. "Bilmiyorum," dedim. "Acaba davetli listesini yakın arkadaşlarımız ve ailemize indirgese miydik diye düşünüyorum."

"Ama Josh benim yakın arkadaşım."

"Üniversiteden beri görüşmediniz."

Biraz daha savunmacı bir tavırla, "Tamam ama arada bir e-postalaşıyor ve telefonda konuşuyoruz," dedi. Biraz kırgın bir şekilde zarf yığınına döndü.

"Ben sadece... Sanırım düğünümüzün daha küçük ve samimi olmasını umuyordum."

"Josh ve karısını davet edince samimi olmuyor mu?"

Zarf yığınına uzandım ve karıştırmaya başladım. "Bay ve Bayan Wyatt Hartman."

Ryan, "Annemlerin en yakın arkadaşları," dedi.

Başımı salladım ve bir sonraki zarfa geçtim.

"Hugh ve Rachel Hoffman," dedim.

"Annemlerin arkadaşları."

"Rich ve Nancy Graves."

Ryan iç geçirdi.

"Kailey ne bekliyordun ki? Düğünün parasını annemler ödüyor." Ayağa kalktı, mutfağa gitti. Dolabı açtı ve bir bira aldı.

"Biliyorum," dedim. "Özür dilerim. Seni üzmek istemedim."

Ryan bir yanıt veremeden telefonum çalınca rahatladım. Bugünlerde tek konuştuğumuz şey düğün gibiydi. Her etkileşim gerilimliydi, her konuşma stresliydi.

Arayan numarayı tanıdım: Harborview. Belki de Dr. Branson arıyordu. Telefonu açtım. "Alo?"

"Alo, ben Cade."

"Merhaba," dedim. Bilgisayarında bir şeyler yazan Ryan'a döndüm.

"Rahatsız ediyorsam özür dilerim," dedi.

Oturma odasına ilerledim. "Sorun değil. Bir şey mi oldu?"

"Ben... Ben..."

"Cade, sorun ne?"

Ryan bilgisayarından başını kaldırdı. Bakışları bir an benimkilerle buluştu, sonra kafasını çevirdi.

"Galiba... seni özledim," dedi. Sözleri kalbimi delip geçiyordu. Bana ilk kez beni özlediğini söylediği zamanı hatırladım. Çıkmaya başladıktan üç ay sonra beni bir akşam aramıştı. Ağzından bu iki sözcük çıkmış ve beni bir perşembe gecesi koltuğumda otururken perişan etmişti. Şimdi yine telefonda sesini duyuyordum. Dünya değişmişti ama sözcükleri beni yine yıllar önce etkilediği kadar, hatta belki daha fazla etkilemişti.

"Oraya gelmemi ister misin?"

"Gelebiliyorsan," dedi. "Sana zahmet olmayacaksa."

"Tabii ki olmaz," dedim. Saate baktım. Yedi buçuktu. "Sekizde gelebilirim."

Ryan'a, "Arayan Cade'di," dedim. "Zor bir gece geçiriyormuş. Gidip bir ona bakacağım."

Ryan bir şeyler mırıldandı ama kafasını bilgisayarından kaldırmadı.

"Uzun sürmez," dedim. "Hemen gidip geleceğim."

Anahtarlarımı ve çantamı aldım. Ryan hoşçakal demedi.

Seattle bu gece çok güzeldi. I5 yolunda ilerlerken şehrin silueti gölün üstünde parlıyordu. Bu şehri, bütün köşelerini, karakterini ne kadar çok sevdiğime şaşırdım. Tracy'yle bütün eşyalarımızı arabasının arkasına atıp geldiğimiz günden beri burayı çok seviyordum. Yağmurdan ıslanan sokaklarına, Puget Boğazı'nın tuzlu kokusuna, Elliot Körfezi'ndeki feribotların kornalarına, restoran ve barlardan duyulan müzik seslerine, her köşede yeni bir yeteneğe, keşfedilmeyi bekleyen seslere hayrandım.

Ama bu şehre duyduğum sevginin çoğu Cade'e bağlıydı. Her şarkı. Her mahalle. Küçük kafeler. Birlikte bu şehirde izimizi bırakmıştık. O anılar olmadan Seattle da Chicago, Los Angeles, New York ya da gezegendeki diğer metropoller gibi olacaktı. Cade, Seattle'dı. Seattle da Cade'di.

Cade'in binasına vardığımda resepsiyondaki güvenlik görevlisine, "Merhaba," dedim. Adamın ismini hatırlamaya çalıştım. Chris'ti sanırım. Evet, Chris'ti.

Chris, "Sizi gördüğüne çok sevinecek," dedi. "Zor bir gece geçiriyor."

"Ne oldu?"

Bana doğru yaklaştı.

"Birisi korkudan ödünü koparmış."

"Nasıl yani?"

Chris, "Saat dört gibi yürüyüşe çıkmıştı," dedi. "Bir saat sonra gerçekten sarsılmış bir şekilde döndü."

"Neden yürüyüşe gitmesine izin verdin ki? Gözetim altında olması gerekiyor sanıyordum?"

"Dr. Branson yürüyüşe gitmesinin uygun olduğunu söyledi," dedi. Elindeki kağıdı gösterdi. "Bakın, çıkmasına izin verdi."

Başımı salladım. "'Sarsılmış' derken ne kastediyorsun?"

"Birinin onu kovaladığını, ona zarar vermek istediğini söyledi."

"Sence gerçek mi, yoksa Dr. Branson'ın dediği gibi travma sonrası stres yüzünden mi?"

Chris omuz silkti. "Bilmem ama gerçekten ödü patlamış. Sürekli omzunun üstünden bakıyordu. Arkasında biri var sanıyordu."

"Çok kötü," dedim. "Yalnız kalmak istememesine şaşmamalı."

Chris, "Gelmeniz çok iyi oldu," dedi. "Bir şeye ihtiyacınız olursa haberim olsun." Asansöre doğru yürüdüm.

Üçüncü kata çıktım. Kapısını çaldım. Hemen açtı.

Ona sarılarak, "Merhaba," dedim.

Beni iyice kendine çekerek, "Merhaba," dedi. "Özür dilerim."

"Dileme," dedim. "Aradığına sevindim. Şimdi neler olduğunu anlat bana. Peşinde biri mi vardı?"

"Sen nereden biliyorsun?"

"Chris anlattı."

Boş boş baktı.

"Güvenlik görevlisi."

"Ha, tamam," dedi. "Kailey, dışarısı benim için güvenli değil."

"Otur hadi," dedim. "Ne demek istiyorsun?"

"Peşimde birileri vardı. Ben daha hızlı yürümeye başlayınca onlar da daha hızlı yürümeye başladılar. Ben koşmaya başlayınca onlar da koşmaya başladılar."

"*Seni* takip ettiklerinden emin misin?"

"Evet," dedi.

"Kim olduklarını görebildin mi?"

"Hayır," dedi. "Karanlıktı. Ama Kailey..."

"Ne?"

"Sanırım papyonlu adamdı."

"Papyonlu adam mı?"

Başıyla onayladı.

"Beni daha önce döven adam."

"Nasıl yani? Daha önce ondan bahsetmemiştin ki."

Başını ovuşturdu. "Kusura bakma. Hafızam... beni zorluyor."

"Biliyorum," dedim. Elimi koluna koydum. "Hatırladıklarını anlat bana."

Uzun uzun iç geçirdi. "Bir ara sokağa çekildiğimi ve dövüldüğümü hatırlıyorum. O adamdı."

"Cade, kimdi?"

"James'in ofisindeki papyonlu adam."

Duyduklarıma inanamayarak kafamı salladım. "Resepsiyondaki adamı mı diyorsun?"

"Evet."

"Emin misin?"

Başıyla onayladı.

"Bu akşam peşindeki kişinin de o olduğunu mu düşünüyorsun?"

"Evet."

"Bunlar doğruysa seni korumamız gerek. Lütfen, yanında biri olmadan binadan çıkma. Neler oluyor bilmiyorum, bu insanlar sana neden zarar vermek istiyor bilmiyorum ama bu işi çözene kadar burada kalıp kendini koruyacağına söz ver."

Başıyla onayladı. "Burada olduğun için çok mutluyum. Sen yanımda olduğunda her şey daha güzel."

Yanıt verme fırsatı bulamadan Cade'in odasındaki telefon çaldı. "Ben açarım," dedim.

"Alo?"

"Kailey?"

"Evet?"

"Ben resepsiyondan Chris. Burada seni görmek istediğini söyleyen bir adam var."

"Adam mı? Kim?"

"Adının Ryan olduğunu söylüyor."

Ryan'ın burada ne işi vardı?

"Tamam," dedim. "Aşağı iniyorum."

Chris, "Aslında şimdi asansöre bindi. Onu durdurmaya çalıştım ama nişanlın olduğunu söyledi," dedi.

"Evet," dedim. "Doğru. Sorun değil."

Cade'e, "Bir dakika sonra geliyorum," dedim ve koridora çıktım. Ryan da asansörden iniyordu. Yüzü bembeyazdı.

"Ryan, burada ne işin var?" diye sordum.

"Seni görmek de çok güzel," dedi.

"Ryan, ne oluyor?"

Kollarını savurdu. "Ne mi oluyor? Bence sen ne olduğunu çok iyi biliyorsun."

"Şişşt," dedim. "Lütfen, duyacak şimdi."

"Kailey," dedi. "Şu noktada *onun* beni duyup duymaması umurumda değil."

Başımı öne eğdim.

Ryan, "Bıktım artık," dedi. "Bu saçmalıklar beni rahatsız etmiyormuş gibi yapmaktan bıktım çünkü rahatsız ediyor. Sen benim sevdiğim kadınsın ve ben kırıntılarla yetinirken, oturup her boş zamanını, duygusal enerjinin tamamını bu adama ayırmanı izlemek zorundayım. Kailey, beni gerçekten sevdiğinden emin olsam, senin de benimle benim seninle olmak istediğim şekilde olmak istediğine inansam kırıntılarla da idare ederdim." Kafasını salladı. "Ama emin değilim. Aslında bence Cade dünyada olduğu sürece, ben senin kalbine asla sahip olamayacağım."

Gözlerim irileşti. "Ryan, bunu *yapmış olamazsın.*"

Bakışları benimkileri inceledi.

"Neyi yapmış olamam?"

Şimdi aklıma gelen düşünce daha önce hiç aklımdan geçmemişti. Ama Ryan'ın gözlerinde daha önce hiç böyle bir öfke görmemiştim. Ondan böyle tutkulu bir tepki almamıştım. Bu gece eve de geç gelmişti. Kalbim göğsümde gümbür gümbür atmaya başladı. "Bana Cade'e zarar vermediğini söyle."

"Sen neden bahsediyorsun?"

"Bu akşam birileri onu takip etmiş. Ona zarar vermek istemiş."

Kollarını kaldırdı. "Buna inanamıyorum. Şimdi bile. Ben burada durmuş sana korkularımı anlatıyorum, sen kalkmış *onun* için mi endişe ediyorsun? Hatta daha da kötüsü, beni ona *zarar* vermekle mi suçluyorsun?"

Ona doğru bir adım attım. "Ama ben..."

Zorlama bir şekilde gülümsedi. "Sorun değil," dedi. "Bunun senin için zor olduğunu biliyorum. Zaten benim tek isteğim hayatı senin için kolaylaştırmaktı. Ben sadece senin mutlu olmanı istemiştim. Cade'le mutluysan onunla birlikte olman gerek."

"Ryan, lütfen. Ben..."

"Hoşçakal, Kailey. Seni seviyorum." Ben gitmemesi için yalvaramadan asansöre bindi. Kapılar kapandıktan sonra yere düştüm ve ağlamaya başladım.

Kendimi toparlayana kadar birkaç dakika geçti. Yanaklarımdaki yaşları sildim ve Cade'in odasına gittim. "Cade?" Dairede kimse yoktu.

"Cade!" diye bağırdım. Sehpanın üstünde Cade'in elyazısıyla yazılmış bir not buldum.

Şöyle yazıyordu:

Sevgili Kailey'm,

Sen beni kurtardın, sana olan borcumu ödememin tek yolu hayatını mahvetmemek. Veda etme zamanım geldi.

Seni her zaman seveceğim. Ne kadar yakın veya uzak olursak olalım.

Cade

"Hayır," diye bağırdım. "Cade, hayır."

Ben Ryan'la konuşurken gizlice odadan çıkıp merdivenlerden inmiş olalıydı. *Her şeyi duymuş muydu? Üzülmüş müydü?*

Asansörü beklemedim. Merdivenlere yöneldim. Ayaklarım beton merdivenlerde gümbürdüyor, ses duvarlardan yankılanıyordu. Birinci kata vardığımda hemen resepsiyona koştum.

"Cade gitti mi?"

Chris başını salladı. "Yaklaşık beş dakika önce gitti."

Kafamı salladım. "Neden onu durdurmadın?"

"Neticede burası bir sağlık merkezi, hapishane değil. Hastalarımızın özgür iradesi var."

Başımı salladım. "Nereye gittiğini söyledi mi?"

"Söylemedi, şu tarafa gitti." Sağ tarafı, şehrin içini gösterdi. Kalbim sıkıştı.

Eve gittiğimde saat onu geçiyordu. Aklıma gelen her yerde Cade'i aradım ama bu sefer gerçekten gitmiş gibiydi. Ryan da ortada yoktu. Arabası evin önünde değildi. Eve girdiğimde hissettiğim yalnızlık havasında bir kalıcılık vardı. Ben farkına varmadan, ben istemeden bir devir kapanmış gibiydi. Yok olup gitmişti.

Mutfağa yürüdüm. Sabahleyin mutfak masasında Ryan'ın olmayacağını biliyordum. Ona en son ne zaman omlet yaptığımı hatırlamıyordum bile. Çarşamba mıydı? Pazar mı? Ispanak ve pırasa mı, yoksa mantarlı mıydı? Yaşadığımız her şeyin sonuncusunu düşündüm. Son öpücüğümüz. Salonda son dansımız. Son el ele tutuşuşumuz. Son birlikte gülüşümüz. Detayları hatırlayıp bunlar için yas tutmak istiyordum.

Bir yanım, Cade'in bu gece gidişinin sebebi Ryan olabilir mi diye merak ediyordu. Ryan onu korkutmuş muydu? Onu incitmiş olabilir miydi? Bu imkânsızdı. Ya da öyle miydi? Dünya zalim, üzücü ve karmaşık geliyordu. Sevdiğim her şey bir yığın kuma dönüşmüştü ve parmaklarımın arasından kayan her parçada irkilirken kumu elimde tutmak için her şeyi yapmam gerekiyordu.

Kapı çalınınca şaşırdım. Kapıda James'i görünce daha da çok şaşırdım. Yağmur yağıyordu ve James'in saçları ıslaktı. Önündeki saçları alnına yapışmıştı. Perişan görünüyordu, endişeliydi.

"Seni evinde rahatsız ettiğim için özür dilerim," dedi. "Wallingford'da oturduğunu söylemiştin. Adresini internetten bulmak zor olmadı."

"Ne söyleyeceğimi bilemiyorum."

"Kailey, konuşmamız lazım," dedi. Bakışları üzgün ve yalvarır gibiydi.

Başta onu göndermek istedim. Ona güvenmiyordum ve söyleyecek bir şey kaldı mı bilmiyordum. Ama bakışlarındaki bir şey bana onu içeri almamı söyledi. Ben de öyle yaptım.

Kanepeyi göstererek, "Otur," dedim. Yorgun bir şekilde oturdu. Sanki omuzlarına ağırlık bağlanmış gibiydi. Gözlerinin altında koyu renk halkalar vardı. Başını ellerine gömdü. "Nereden başlayacağımı bilemiyorum," dedi.

Kalp atışlarım hızlandı. Bana ne söyleyeceğini bilmiyordum ama bunun uzun ve sancılı bir hikâye olacağını biliyordum. "Ne söylemen gerekiyorsa söyle, James. Lütfen."

Kafasını kaldırdı ve başını salladı. "Cade'le her zaman karmaşık bir ilişkimiz vardı," dedi. "Bunu sen de biliyorsun."

"Biliyorum."

Derin bir nefes aldı. "Element Plak bizim bebeğimizdi. İkimiz de onunla gurur duyuyorduk ve ikimiz de şirkete farklı şeyler kattık." Kafasını kaldırıp eski günleri düşünür gibi tavana baktı. Ben de bir şişeye uzandım ve ona bir kadeh viski doldurdum. Kadehi aldı. "Cade'in bir becerisi vardı. Yetenek avcısıydı. Bunun altıncı his gibi bir şey olduğunu söylerdim. Bir odaya girer ve bir sonraki Nirvana'nın kim olacağını sezerdi. Uzun bir süre dokunduğu her şey altına döndü. Ben de saf saf bunun sonsuza kadar süreceğini sandım. Ama bu aptalca bir düşünceydi. Her şeyin bir döngüsü var. İnişler, çıkışlar. Cade inişe geçti. İlk başta tek tük gruplardı. Bir grupla sözleşme imzalar ve onlara inanılmaz bir ön ödeme verirdi. Ama grup bizim planladığımız gibi yüz bin değil, on bin albüm satardı. Bir sanatçıyı pazarlamak için elli bin dolar harcardık ama sadece iki bin kopya satardık." Başını salladı. "Bu böyle devam etti. Ama Cade hep daha çok, daha çok yatırım yapmak istiyordu. Çabalarının bir sonu yoktu. Sürekli büyük patlamaya çok yakın olduğumuzu, ona güvenmemi ve endişelenmeyi kesmemi söyleyip duruyordu."

"Ama sen ona güvenmeyi bıraktın."

James, "Evet, birçok açıdan," dedi. "Yeteneğini kaybetmiş gibiydi. Üstelik gittikçe daha çok içiyordu. Kontrolden çıkıyordu, Kailey."

"Biliyorum," dedim. "Ben de oradaydım. Ama senin göstermeye çalıştığın kadar kötü müydü durum?"

"Bazı açılardan öyleydi, bazı açılardan değildi," dedi. "Sana çok uzun zamandır taşıdığım bir yükü anlatmam lazım."

"Neymiş o?"

"Hatırlıyor musun, sana stajyerlerden birinin Cade'in çekmecesinde hap bulduğunu söylemiştim?"

"Evet," dedim.

James kafasını salladı. "Onları oraya Alexis koymuş."

"Ne?"

Gözlerini sımsıkı kapattı. "Dün itiraf edene kadar benim de haberim yoktu."

"İnanamıyorum," dedim. "Ne söyleyeceğimi bilemiyorum."

"Cade'in şirketi batırdığını düşünüyordu. Sanırım tuhaf bir şekilde de olsa beni korumaya çalışıyordu. Doğru bir şey olmadığını biliyorum."

"Doğru mu?" dedim. "Bu yasadışı bir şey ve muhtemelen Cade'in kariyerini mahvetti."

Kollarını savurdu. "Biliyorum. Gerçeği bilseydim engel olurdum. Ama ikimiz de Cade'in o günlerde sorunlu olduğunu biliyoruz. İçki problemi. Dengesiz davranışları. Kendini toparlayabilir miydi? Belki. Bilemiyorum." İç geçirdi. "Ama bir şeyler yapmam gerekiyordu. Ben de şirketi yeni bir yöne götürmeye başladım. Pop sanatçılarla sözleşmeler imzaladım, şirketin odak noktasını biraz değiştirdim. Bu Cade'i mahvetti. Yenilgiyi kabul edecekti neredeyse."

Kanepede ona doğru eğildim.

"James, Cade'in başına neler geldiğini biliyorsun, değil mi?"

Ağır ağır başını salladı. "İşler iyiye gitmeye başladı. Umut vaat eder gibi görünen birkaç grupla daha sözleşme imzaladım. O yıl kâra geçecek gibiydik. Ağustostu, birikimlerimle bir yat aldım. *Stella May.*"

"Hatırlıyorum," dedim.

"Alexis'le birlikte yatla ilk seferimize çıkacaktık. Tam açılmak üzereyken Cade marinaya geldi. Sarhoştu, saldırgandı. Keşke gelmeseydi. Kızgındı ve Alexis'e aklından silmeyi başarabileceğinden bile emin olmadığım çirkin şeyler söyledi." Bir an durdu. "Onu sakinleştirmeye çalıştım ama tartıştık ve işler kızıştı. İlk kim kime vurdu hatırlamıyorum ama en sonunda yatın üstünde kavgaya tutuştuk. Ben de en az onun kadar kötü durumdaydım. Alexis durmamız için yalvardı. Ama ikimiz bir ömürlük kinini ortaya döken kardeşler gibiydik. İkimiz de geri adım atmayacak ve hatalarımız için özür dilemeyecek kadar inatçıydık." Sesi titredi. "Keşke özür dileseydim, Kailey."

"Dilemediniz ve bir şey oldu."

İç geçirerek, "Evet," dedi. "Cade dengesini kaybetti ve kafasını çarptı. Alnında kocaman bir kesik oluştu."

"Yarası," dedim, alnında gördüğüm pürüzlü izi hatırlayarak. "Demek bu şekilde oldu."

Başını salladı.

"Çok kan vardı. Orada ölecek sandım."

"Neden yardım çağırmadın?"

"Çağırmak istedim," dedi. "İmdat çağrısı yapacaktım ama..."

"Ama ne?"

"Ama yapmadım."

"Neden?"

James yüzünü ellerine gömdü. "Alexis hamileydi, Kailey. Bir gün önce öğrenmiştim. Bu beni mahvetmişti. Onunla hiçbir zaman evlenmek istemedim ama başka seçeneğim yoktu. Ailem Katolik, Katolikler böyle yapar." İç geçirdi. "Kendimi kapana kısılmış gibi hissediyordum, Alexis benim çocuğumu taşıyordu."

"Seni yardım çağırmamaya ikna mı etti?"

"Yardım çağırırsak ve Cade ölürse benim adam öldürmeden tutuklanacağımı ve çocuğumuzun babasız kalacağını söyledi." Ellerine sanki hâlâ Cade'in kanı varmış gibi baktı. "O zaman Cade baygındı. Ölmüş olabileceğini düşündüm. Sonra kendine geldi. Ayağa kalktığını görünce o kadar sevindim ki. Ama çok kötü yaralanmıştı ve hâlâ kan kaybediyordu. Dalgalar o gece çok kuvvetliydi," dedi ve duraksadı. "Her şey çok hızlı oldu."

"Ne? Ne oldu?"

"Ona doğru yürüdüm," dedi. "Nasıl olduğuna bakacaktım. Sonra dengesini kaybetti. Yattan düştü." James ağlamaya başladı.

"Ve sen onu kurtarmaya çalışmadın mı?"

Kafasını salladı. "Öldü sandık. Alexis onu orada bırakıp gitmemizin daha iyi olacağını söyledi. Kıyıya vuracaktı ve bizim onunla hiçbir bağlantımız olmayacaktı."

"Bunun iyi bir fikir olduğunu nasıl düşünebildin ki?"

"Korkuyordum, Kailey. O gece aklım başımda değildi."

"Sen onu ölüme terk ettin," dedim.

"Ama ölmedi."

"Bunu biliyordun ve ona yardım etmeyi denemedin."

"Bilmiyordum," dedi. "Yemin ederim. O gün sen ofisime girip yaşadığını söyleyince şoke oldum."

Kafamı salladım. "O gün onu hastaneden alan sendin."

"Ben değildim," dedi. "Başka biriydi."

Gözlerim irileşti. "Kim?"

"Alexis."

Duyduklarıma inanamayarak kafamı salladım. "Yani onu sokaklara bırakan Alexis'ti."

Başıyla onayladı. "İtiraf etti. O zamandan beri bu suçlulukla yaşıyorum. Beni yiyip bitiriyor."

"Cade'i döven adam kimdi peki?"

"Alexis asistanım Wade'e yaptırdı bunu," dedi.

"Ama neden?"

"Wade, Alexis'in kardeşi," diye cevapladı James, başını sallayarak. "Yalnız ve hayatlarının çoğunda ortada olmayan bir anneyle büyümüşler. Onu Alexis büyüttü sayılır. Ona bir iş vermemi istediğinde verdim. Wade onun için her şeyi yapar."

"Bütün o paralar ne oldu, James? Cade'in parasını aldınız mı?"

"O zaman muhasebe işleriyle Alexis ilgileniyordu. Cade ortadan kaybolunca onun varlıklarını da şirket hesabına geçirdi. Kimse bunu sorgulamadı çünkü kimsenin haberi yoktu." İç çekti. "Yanlıştı. Bunu biliyorum. Ama üzerinden çok uzun zaman geçti. Gittiğini sanmıştım, en azından Alexis her şeyi anlatana kadar."

Kafamı salladım. "O varlıklara ne oldu?"

"Yatırım yapıldı onlarla."

"Nasıl yani?"

"Element Plak'ı altı sene önce sattık. Sony satın aldı."

"Ne kadara?"

"Yirmi milyon ve hisse senetleri," dedi.

"James, o gece ortadan kaybolduğunda Cade'in en az sekiz milyonu vardı. Ben bir avukat ve adli muhasebeci tuttum. Cade'in hakkını geri alacaklar."

James, "Alsınlar da zaten," dedi. "Ben çok uzun zamandır bu utanç ve suçlulukla yaşıyorum. Yaptığımız şey yanlıştı. Ama nasıl başa çıkacağımı bilemedim. Kötü idare ettim. Edemedim."

Boğazımı temizledim.

"Polisi aramam gerek."

James, "Sana yalvarıyorum," dedi. "Beni ihbar et ama Alexis'i karıştırma."

Kafamı salladım. "Bunca zaman onunla olmak istemiyordun. Şimdi onun suçunu üzerine mi alacaksın? Onu mu koruyacaksın?"

"O zamanlar onu sevmiyordum," dedi. "Bu doğru. Ama o çocuklarımın annesi."

İç geçirdim.

"Ama James, bütün bunların arkasında olan Alexis. Cezayı hak eden de o."

"Hayır," dedi. "Çocuklarımın annesinin hapse girmesine izin verirsem bununla yaşayamam." Bakışlarını benimkilere kilitledi. "Ben kendim teslim olacağım. Onlara her şeyden benim sorumlu olduğumu söyleyeceğim. Lütfen, Kailey. Bırak da bunu yapayım."

"Ama o bunu yapmana izin verecek mi?"

James, "Burada olduğumu bilmiyor," dedi. Birden gözleri parladı. Sanki aklına aniden bir şey gelmiş gibiydi. "Cade nerede?"

Kafamı salladım. "Bilmiyorum. Bu gece nişanlım Ryan'la kavga ettik. Cade her şeyi duydu ve gitti."

"O zaman dışarıda bir yerlerde mi?"

"Evet," dedim. "Onu aradım ama bulamadım."

"Onu bulmak zorundayız." Yüz ifadesi endişeli, gergindi.

"Biliyorum ama neden bu kadar endişelendin?"

"Çünkü Alexis ve Wade onu arıyor olabilirler."

"Hayır," dedim. "Yapamazlar..."

Ağır ağır, "Yaparlar," dedi. Omurgamda bir ürperti hissettim. "Alexis beni ve hayatımızı korumak için her şeyi yapar. Her şeyi."

26. Bölüm

20 Aralık 2008

Arabama koşarken, "Sence nerede olabilir?" diye sordum. "Şehir merkezini, eski dairesini ve her zamanki yerleri kontrol ettim."

James aniden canlanarak, "Bir fikrim var," dedi. "I5 yoluna gir."

Çevre yoluna giriş şeridine geçtim. Kalbim her saniye daha hızlı atıyordu. James bana Stuart Caddesi çıkışına girmemi söyledi. Gaza bastım. "Pazar," dedi. "Pazardadır."

"Pike Place Pazarı mı?"

"Evet," dedi. "Cade orayı çok severdi."

Tabii ki. Pike Place Pazarı. Anılar birbiri ardına akın etti. Akşamları pazarda yaptığımız yürüyüşler. Her zaman uğradığı küçük şarap dükkânı. Ortak kalkan balığı sevdası sayesinde arkadaşlık kurduğu balıkçı. Her cuma öğleden sonrası bir ellilik attığı sokak kemancısı. James'le birbirimize baktık ve aynı anda konuştuk.

"Telefon kulübesi," dedik.

Yeterince hızlı gidemiyor gibiydik. Pazara vardığımızda girişteki bakır domuzun yanına park ettim. Karanlıktı ama yağmur suyuyla kaplı kaldırım taşları sokak lambalarının altında parlıyordu. Girişte bir dizi ışıklı Noel ağacı vardı. Pike Place sembolünün altında bir çelenk asılıydı.

Arabayı kilitlemekle uğraşmayarak koşturdum. James de arkamdaydı. Sağa sola baktık. Buraya gelmeyeli uzun zaman olmuştu. Sebebi de belliydi. Burada çok fazla anı vardı. James'e, "Ne taraf?" diye sordum. Normalde insanla kaynayan yerde şimdi, tepemizdeki uyuyan güvercinlerin çıkardığı sesten başka bir şey yoktu.

James ileriyi göstererek, "Aşağı taraf," dedi.

İşte o zaman hatırladım. Merdivenlerden indim, loş bir geçitten eskiden çok sevdiği eski tavernanın ve havayı tarçın ve köri kokularıyla süsleyen baharatçı dükkânının yanından geçtik. Üstünde siyah harflerle "telefon" yazan kırmızı telefon kulübesine geldik. Kulübe, Londra'dan getirilmişti.

Telefon kulübesi, tabii ya. Cade burada daha iyi düşünebildiğine yemin ederdi. Bu yüzden 1998 yılında aynısından alıp evinin çatı katına koymuştu.

Telefon kulübesi tam karşımızdaydı. Karanlık olmasına rağmen içeride birinin olduğu ve muhtemelen uyuduğu belliydi.

Ona doğru koşarak, "Cade!" diye bağırdım. Elimi küçük demir kapı koluna koydum. Cade kafasını kaldırıp baktı. Bakışlarımız buluştuğunda yüzü aydınlandı. Ama James'i görünce yüzündeki gülümseme silinmeye başladı.

"Cade," dedim. "Korkma. James'le konuştum. Her şeyi biliyorum. Sana yardım etmeye geldik."

Cade dikkatli bir şekilde kalktı, kulübeden çıktı ve karşımızda durdu.

James, ona doğru bir adım atarak, "Özür dilerim, dostum," dedi. "Keşke her şey daha farklı olsaydı. Hayatımın geri kalanında bunlarla yaşayacağım."

Cade başını salladı. "Hatırlıyorum."

"Biliyorum," dedi. "Benim..."

Arkamızda ayak sesleri duyunca sustu. Döndüğümüzde Alexis ve Wade'in bize yaklaştığını gördük.

Cade bir adım geriledi.

James, "Alexis," dedi. "Burada ne işin var?" Wade bir bana bir Alexis'e baktı.

Kadın, kocasına doğru bir adım atarak, "James," dedi. "Bunca zaman sadece seni korumak istediğimi biliyorsun."

James kafasını sallayarak,"Tatlım, bu iş yeterince uzadı," dedi.

Alexis, sevgi dolu bir ifadeyle kocasının yanağına dokundu. "James, senin aklın başında değil," dedi. "Eve git. Bırak da bu işi Wade'le ben halledeyim."

Wade'in arka cebinde bir kabarıklık fark ettim. Titreyen ellerle cep telefonumu çıkardım ve 911'i aradım. James ve Alexis tartışırken telefon kulübesinin arkasına gizlenerek, "Yardım edin," diye fısıldadım. "Pike Place Pazarı'nın alt katındayız. Çabuk gelin."

Cade'in yanına dönünce Wade bana baktı. James, Alexis ve Wade'le aramızda duruyordu.

Alexis, "Öylece durup tekrar hayatımıza girmesine ve sahip olmak için bu kadar uğraştığımız her şeyi elimizden almasına izin vermeyeceğim," dedi. Çaresizdi, çıldırmış gibiydi. Sesini bile tanıyamıyordum. "Element Plak'ı o hale *biz* getirdik."

James, "Hayır, Alexis," dedi. "Yanlış düşünüyorsun. Şirketin fikir babası Cade'di. O olmasaydı şirket de olmazdı. Yaptığımız yanlıştı. Bunca yıldan sonra Cade adaleti hak ediyor."

Alexis, "Ciddi olamazsın, James," dedi. "Bütün bunlar çok saçma." Wade'e baktı. "Müdahale etmek zorundayız."

Wade bize doğru bir adım attı. Cade'in elini sıktım.

James, "Lütfen, Wade," dedi. "Arkanı dön ve git. Bu çirkinliğin bir parçası olmak zorunda değilsin. Git sadece." Wade uzun bir süre Alexis'e, sonra James'e baktı. Sonra topuklarının üstünde döndü ve yürümeye başladı. Polis sireninin sesini duyunca koşmaya başladı.

Birkaç dakika sonra dört polis memuru geldi. Silahlarını çekmişlerdi. "Herkes ellerini arkaya alsın, yüzüstü yatsın."

Hepimiz çöktük. Yanağımı pazarın eski ahşap zeminine dayadım. Zemin sertti ve tenime soğuk soğuk vuruyordu. Bir dakika sonra bir polis memuru üstümü aradı.

Birisi, "Herkes temiz," dedi. "Ayağa kalkın."

Ayağa kalktık. Alexis süklüm püklüm bir halde ayaklarına bakıyordu.

En uzun polis memuru, "Burada neler oluyor?" diye sordu. Bana, Cade'e, sonra Alexis ve James'e baktı. "Zor durumda olan birinden bir telefon aldık."

James, "Memur bey, ben teslim olmak istiyorum," dedi.

"Neden?"

Cade'i göstererek, "Bu adam benim en iyi arkadaşımdı," dedi. "Birlikte bir şirketimiz vardı." Derin bir nefes aldı. "Bir gece yatımda kavgaya tutuştuk. Çok kötü yara aldı ve en sonunda yattan düştü. Karım gidip arayalım dedi ama ben reddettim. Onu ölüme terk etmeye karar verdim."

Alexis'in yüzü bembeyaz oldu.

James, "Bunca yıl ölü olduğunu sanıyordum," dedi. "O yokken onun şirket hisselerini harcadım ve yatırımlar yaptım."

Memurlardan ikisi not alırken kalbim gümbür gümbür atıyordu. Yumuşak bir sesle, "James," dedim. Omzuna dokundum.

James omuzlarını iyice dikleştirdi. "Bu sırrı çok uzun süre sakladım. Artık suçlarımın cezasını çekme zamanım geldi."

Uzun memur, "Bu şekilde bir itirafla her zaman karşılaşmıyoruz," dedi. Omuz silkti ve ortağına baktı. "Sanırım kelepçeyi takıp içeri almamız gerek."

James'e kelepçe takılırken, Alexis gözyaşlarına boğuldu. "Hayır," diye bağırdı. "Onu benden almayın. Size yalvarıyorum. O yanlış bir şey yapmadı."

James karısına, "Şişşt," dedi. "Her şey düzelecek."

Alexis, "Ama James..." diye ağladı. "James..."

Koyu renk saçları olan memur, "Hanımefendi geri çekilmeniz gerek," dedi.

Alexis söyleneni yaptı. Memurlardan bir diğeri telsize bir şeyler söylüyordu. "Gitmeden önce hepinizin ifadesini almam lazım. Ama önce buradaki herkesin iyi olduğundan emin olmak istiyorum. Tıbbi müdahaleye ihtiyacı olan var mı?"

Kafamı salladım. James'i de alıp yürümeye başladılar. James son bir kez Cade'e döndü.

Gözyaşları içinde, "Çok özür dilerim," dedi. "Böyle olsun istememiştim."

Cade, "Biliyorum, dostum," dedi.

Biraz sonra James de, Alexis de gitmişti. Gece ne kadar yoğun geçse de bir hafiflik hissi vardı. Geçmişteki hayaletlerin gömüldüğünü biliyorduk. Cade'in elini tuttum. Bir sonraki dönem için, bizim dönemimiz için hazırdım.

"Hazır mısın?" diye fısıldadım.

Elimi tutarak, "Evet," dedi.

Bu sefer, ikimizin de ellerimizi bırakmayacağımızı hissediyordum.

Harborview'daki asansörden inerken Cade elimi tuttu. Kendimi hem kaybolmuş, hem bulunmuş, hem güvende hissediyor, bir yandan da korkuyordum.

Dairesine girerken kulağıma, "Bu gece benimle kal," diye fısıldadı. Dokunuşu o kadar yoğundu ki neredeyse geri çekilmek istedim. Ama geri çekilmedim, o beni kendine çekince ona teslim oldum.

İşte buradaydık, birlikteydik. Bu hastane dairesi yuvamız değildi. Ama Wallingford'da bir zamanlar evlenmeye karar verdiğim adamla birlikte aldığımız ev de yuvamız olamazdı. Yine de Cade neredeyse yuvamın orada olduğunu biliyordum. Belki de bunu her zaman biliyordum.

İçerisi, pencereden süzülen ışıklar hariç karanlıktı. Bizim Seattle'ımız. Hastanenin karşısındaki yüksek binalardan birinde, biri penceresini Noel ışıklarıyla süslemişti. Gülümseyerek yıllar önce Cade'in merdivenini ışıklandırdığımız zamanı anımsadım.

Müzik yoktu ama melodi vardı. Bizim melodimiz. Birlikte salınırken Cade'in ne kadar yol kat ettiğini düşündüm. Bu mücadele zahmetli olmuştu. Belki de hep öyle olacaktı. Anılar hâlâ rehindi. Zihinsel belirsizlik. Kaybolan yıllar. Söylenen, karışan sözcükler. Kafa karışıklığı. Hepsinin farkındaydım, hepsini kabul ediyordum. Çünkü onu seviyordum. Bütün benliğimle seviyordum.

"Cade," dedim. "Seninle bir konuda konuşmam lazım."

Cevap olarak yanağıma hafifçe dokundu.

"Seninle ilgili bir yazı yazdım. *Herald* gazetesi için. Senin hikâyenle ilgili bir yazı. Ama senin hikâyenden fazlası; sokakta yaşayan, kendini şans eseri sokakta bulan herkesin hikâyesi. Hayatları planlandığı gibi gitmeyen herkesin hikâyesi." Durdum. "Yayımlamak zorunda değilim. Ben..."

"Yayımla," dedi. "Bu benim olduğu kadar senin de hikâyen." Boynumu öptü. Dudakları çeneme ve yanağıma doğru hareket etti. Sonra beni kendine çekti. Eskiden yaptığı gibi kolunu belime doladı, bir elini saçıma götürdü.

Boynumu tekrar öperken sırtım büküldü. Kendimi ona doğru bastırdım. Ona yeterince yakın olamıyordum sanki. Bu adama hiçbir zaman yeterince yakın olamamıştım.

Ben bunları düşünürken tişörtümü kollarımdan çıkardı. *Toujours* yazısı ortaya çıktı. İkimiz için kurduğum hayalleri düşündüm. Büyüteceğimiz çocukları. Deniz kenarındaki bahçemizde yetiştireceğimiz çiçekleri. Kol kola bir halde saçma veya tatlı surat ifadeleri yaparak poz vereceğimiz aile fotoğraflarını.

Cade dizlerinin üstüne çöktü, kot pantolonumun düğmesiyle uğraştı. Dudakları tenime dokununca vücudum titredi.

"Seni sevmekten hiçbir zaman vazgeçmedim," diye fısıldadım.

"Seni daima sevdim," dedi.

Daima. Gözlerim yaşlarla doldu.

Beni kollarına aldı. Çıplak göğsü ve vücudu karşımdaydı. Beni yatağa bıraktığında sanki dünyadaki son günümüzmüş gibi öpüştük. Belki de öyleydi. Yarın ne olacağını kim biliyordu? Hayat bana bir şey öğrettiyse bu, yarının hiçbir zaman olmayabileceğiydi. Ya da daha kötüsü, kalbinizi ellerinde tutan insanın bir gün ortadan kaybolabileceğiydi. Bugün burada, yarın yok. Tıpkı Bermuda Şeytan Üçgeni'ne giren, kaybolan bir gemi gibi.

Ama Cade şu anda buradaydı. Onun nefesini, tenini içime çekiyordum. Elleri vücudumun her noktasını araştırıyordu. Elleri vücudumun bazı noktalarında durunca nefesim kesiliyor ve çığlık atıyordum.

Vücutlarımız birleştiğinde ömrümün geri kalanı boyunca tek istediğimin bu olduğunu biliyordum. Tek istediğim bu aşktı. Her gün istiyordum. Sabah ve akşam istiyordum. Bu aşkın içinde boğulmak istiyordum. Daima.

Bunca insanın içinde bir insanın sizi bu kadar derinden etkilemesinin ne kadar güzel ve trajik olduğunu düşündüm.

Cade'in vücudu bir yükselip bir alçalırken gözlerimi sımsıkı kapattım ve bir daha hiç gitmemesi için dua ettim. Bu aşkın, bu altın, gerçek aşkın, hiç bitmemesi için dua ettim.

27. Bölüm

Üç Ay Sonra

Trenin penceresinden dışarıyı göstererek, "Şu manzaraya bak," dedim. Fransa'nın kırsal kesimleri, çocukluğumda, büyükannemlerle yaptığım o büyülü yolculukta hatırladığım kadar güzeldi. "Amerika'da hiçbir zaman böyle bir yer göremezsin."

Cade gülümsedi ve elimi sıktı. Bir düzine tüylü beyaz koyunla bezeli bir otlağın yanından geçiyorduk. Arkalarında çok eski bir malikâne vardı. Bakımsız olsa bile asil görünüyordu. Sanki geçmişinde bir sürü ziyafete ve şişelerce şaraba ev sahipliği yapmış gibiydi.

Fransa'daydık. Burada olduğumuza inanmak zordu. Birlikte olduğumuza. Breton'da trenden iner inmez, deniz kenarındaki yuvamız dediğimiz küçük taş eve gidecektik.

Pioneer Square yazı dizisindeki son yazımı yayımlamış ve ardından gazeteden istifa etmiştim. Noktayı hem kişisel hem can alıcı bir makaleyle koymak hoşuma gitmişti. Bu yazı, her detayıyla Cade'in hikâyesini anlatıyordu. Benim hikâyemi de. Jan yazıyı çok beğenmişti. Cade de öyle. Yüzlerce okuyucu da aynı şeyi belirtmişti. Cade'in eski dairesinin yanındaki evsizler barınağı olduğu yerde kalacaktı. Burayı birlikte kurtarmıştık.

James teslim olduktan sonra Alexis de polisle işbirliği yapmıştı. Dokunulmaz olmak koşuluyla kendi hikâyesini James'inkine uydurmuştu. James böyle istemişti. Bazıları, sessiz kaldığı bunca yıl için on iki yıl hapis cezasını hak ettiğini söyleyebilirdi. Ama ben böyle düşünmüyordum. Ben keşke serbest kalabilse diye düşünüyordum. Bence Cade de böyle düşünüyordu ama sistem böyle işlemiyordu. Çocuklarını Alexis büyütecekti. En küçükleri Benjamin, babası serbest kaldığında bir ergen olacaktı. Bu çok trajikti. Ama Cade'in hayatı da trajik olmuştu. Alexis'in Element Plak'ın parasıyla alınan Queen Anne Hill'deki o güzel evde yaşamaya devam edecek olması da pek doğru değildi.

İç geçirdim. Bunlar geçmişte kalmıştı. Avukatımız Bruce Barrett on milyon dolardan fazla bir miktarı geri alabilmişti. Bu para Cade'in banka hesabına aktarılınca çok sevdiğimiz Seattle'ı bırakıp yeni bir hayata başlamaya karar vermiştik. İkimizin de ilk aklına gelen yer Breton olmuştu.

Cade, ayağa kalkarak, "Bir şey ister misin?" diye sordu. "Atıştıracak bir şeyler veya bir şişe su?" Konuşması eskisinden daha yavaştı. Hayat onun için daha ağır akıyordu ama gelişme kaydediyordu. Dr. Branson tedavi devam ettikçe iyileşmenin devam edeceğini düşünüyordu.

Gülümseyerek, "Hayır, teşekkürler," dedim. Midemin şu anda hiçbir yiyeceği kaldırabileceğini sanmıyordum.

Paris'te otelden ayrılırken kraker yemiştim. Sabah bulantılarımı uzak tutmak için bu yeterli oluyordu. Karnımda bir bebeğin büyüdüğünü bir haftadır biliyordum. Cade'e söylememiştim ama yakında, doğru zaman geldiğinde söyleyecektim.

Cade yemekli vagona doğru ilerlerken ben de Fransa'daki hayatımızın nasıl olacağını düşündüm. Küçük mutfağımızda güzel yemekler pişirecektim. Pencereleri açacak, içeriyi deniz ve küçük bahçemizde verandanın yanında yetişen bitki kokularıyla dolduracaktım. Her çarşamba Cade'le birlikte Dr. Branson'a göre Paris'in en iyi nöroloji uzmanı olan doktora gidecektik. Bu sırada bebeğimiz doğacaktı. Eğlence, neşe ve eski ahşap zeminde küçük ayak sesleri olacaktı.

Sol parmağımdaki yüzükle oynadım. Bir dizi safir ve elmasla kaplı platin bir yüzüktü. Cade'in büyükannesine aitti. Ryan'ın verdiği devasa taşa göre basitti ama ben seviyordum.

Düğün törenimiz de küçük ve hızlıydı. Bainbridge Island'daki küçük şapelde bize Tracy ve erkek arkadaşı eşlik etmişti. Büyükannem de gelmişti. Cade'in teyzesi Fay'in öldüğünü öğrenmiştik ama o da ruhuyla yanımızdaydı. Varlığını hissettik.

Cade takım elbisesinin içinde her zamanki gibi çok yakışıklıydı. Bense arkası çapraz kesimli sade beyaz ipek bir elbise giymiş ve elime bir buket zambak almıştım. Her şey mükemmeldi. Neredeyse.

Tam kiliseden çıkarken Ryan'ı gördüm. Beyaz BMW'sine yaslanmıştı. Geçmişimden gelen bir hayalet gibiydi. *Düğünü nereden biliyordu? Neden gelmişti?* Bakışlarımız buluştuğunda kalbim duracaktı. *Düğünü görmüş müydü? Kilisenin arka tarafından izlemiş miydi?*

Cade, yola çıkmadan önce, "Onunla vedalaşmak ister misin?" diye sordu.

Gözlerim doldu. Kafamı kaldırıp kocama baktım. "Gerçekten mi?"

"Tabii ki," dedi. "Ben yokken sana o göz kulak oldu."

Doğru söylüyordu. Ryan beni gerçekten, her şeyimle sevmişti. Başımı salladım ve Cade'in elini bıraktım. Otoparktan caddeye, Ryan'ın beklediği yere doğru yürüdüm.

Gelinliğimle ona doğru yürürken, "Merhaba," dedim. Gelinlik, basit beyaz ipek bir elbiseydi. Ryan'la evlenirken giymeyi planladığım detaylı Vera Wang gelinliğinden çok farklıydı. Elimde hâlâ buketim vardı. Beni bu şekilde görmesinin ona verdiği acıyı yalnızca tahmin edebilirdim. Damadı kendisi olmayan bir gelin.

"Çok güzel görünüyorsun," dedi. "Senin en güzel gelin olacağını her zaman biliyordum."

Gözyaşlarımı tutmaya çalışarak yutkundum. Ona koşmak, eskiden yaptığım gibi sarılmak istiyordum. Ama o günler sona ermişti. O bunu biliyordu. Ben bunu biliyordum.

Onun yerine gülümsedim. Özür diledim.

Başını salladı. Arabasına binmeden önce son bir kez bana döndü. "Umarım seni benim sevdiğim gibi sever," dedi.

Bu, gerçek aşka en yakın şeydi. Birini, aşkına karşılık vermediği zaman bile sevmek. Ryan arabasına binip uzaklaşırken patlayacakmışım gibi hissettim. Onun için, kendim için, Cade için.

Arabaya döndüğümde Cade, "Teşekkürler," dedi.

"Ne için?" dedim. Buketimi arka koltuğa koydum.

"Beni seçtiğin için," dedi. Ryan'ın arabasının çıkardığı ses hâlâ duyuluyordu.

Gözümdeki yaşı sildim. Tanıştığımız bütün o insanları düşündüm. *In My Life* adlı Beatles şarkısı bu durumu çok güzel özetliyordu. Cade'i her zaman daha çok sevmiştim. Her zaman daha çok sevecektim, bu kadar basitti. O benim ilk aşkımdı, son aşkım olacaktı.

Gözyaşlarıyla, "Seni seçtiğim için teşekkür mü ediyorsun?" dedim. "Cade, sen seçeceğim tek kişisin."

Cade, elinde bir kruvasan ve kahveyle yanımdaki yerine döndü. Hayatım bu hale geldiği için, o uzun ve dönemeçli yol bizi tekrar bir araya getirdiği için minnettardım.

Tren bizi küçük bir kasabada bıraktı. Çantalarımızı indirip bir arabaya yükledik. Satın aldığımız ama daha görmediğimiz küçük eve gitmek için bir taksi tuttuk.

Cade, "Yirmi dakikalık bir mesafe olması lazım," dedi. Fransızca bir şeyler mırıldanan taksiciye telefondaki haritayı gösterdi. Konuşmaları anlamak için elimden geleni yapıyordum ama lise seviyesindeki Fransızcam yeterli olmuyordu.

Güneş kısa bir süre sonra batacaktı. Çabuk olursak yeni evimizi günışığının son dakikalarında görebilirdik. Sürücü, kumsalı sarmalayan dönemeçli yolda ilerlerken açık pencerelerden içeri sıcak hava giriyordu. Küçük bir kasabanın yanından geçtik, ondan sonraki manzarada vahşi lavantalar, zeytin ağaçları, yüzyıllardır oradaymış gibi duran birkaç taş evden başka bir şey yoktu.

Sürücü yavaşladı ve kıyıya giden toprak bir yola döndü. Kalp atışlarım hızlandı. Yol –vahşi biberiye ve adaçaylarıyla çevrelenmiş yolumuz– bir sağa, sonra sola döndü. Sonra ağaçların arasından çıktık. Evimiz tam karşımızdaydı. Kum rengindeki taştan duvarları güçlü ama samimi görünüyordu. Girişin her iki tarafındaki lavanta çalılarına uysun diye mor renge boyanan kapı insanı kendine çekiyordu.

Sürücüye parasını verdik ve çantalarımızı taş yola indirdik. Birlikte, el ele, yeni evimizin önünde durduk.

Cade bana, "Hadi," diye fısıldadı. Elimi tuttu ve beni kapıya götürdü. Anahtarımızı kilide soktu ve beni kollarına aldı. Yeni evli büyükbabalarımızın yıllar önce yaptığı gibi beni eşikten kucağında geçirdi.

"Ah, Cade," dedim. Beni yere bıraktı. "Burası harika."

Birlikte küçük evde gezindik. Deniz havasını almak için pencereleri açtık. Taş bir şöminenin hâkim olduğu samimi oturma odası mutfağa bağlanıyordu. Ellerimi güzel mutfak tezgâhında gezdirdim. Eski bakır ocağı yakmak için sabırsızlanıyordum. Burada yıllar, yüzyıllar boyu pişirilen kişleri, güveçleri düşündüm.

İki yatak odasından büyük olana çocuklarımız ve arkadaşlarımızın çocukları için birkaç yatak, hatta birkaç ranza sığardı. Tracy'yi düşündüm. Geçen hafta bana son haberleri vermişti. Nişanlanmıştı ve ikiz bebekleri olacaktı. Gülümsedim. Hayat. Ne kadar komik ve güzel olabiliyordu.

Diğer yatak odası daha küçüktü ama denize bakan büyük pencerelerle aydınlık ve güzeldi. Cade'e, "Burayı yatak odamız yapalım," dedim. O da başını salladı ve denemek için yatağa sırtüstü yattı. Ben de aynısını yaptım.

"Fena değil," dedim. Tabii ki biraz tadilata ihtiyacı vardı. Yeniden boyanmaya. Yeni mobilyalara. Tercihen keten perdelere. Ama yine de burası yuva gibiydi. Bizim yuvamız.

Dışarıdaki avluya çıktık. Kumsala o kadar yakındı ki rüzgâr nedeniyle bahçenin kenarında kum birikmişti. Ahşap masa ve sandalyelerin yanındaki çömleği gösterdim. "Bak," dedim. "Küçük bir limon ağacı."

Dalgalar kıyıya yumuşak bir şekilde vuruyordu. Güneş batıyordu. Güneş ışığı turuncuya dönmüştü. Cade'e baktım. Gözlerini okyanustan ayıramıyordu. Elini tuttum.

"Dikkatli olman gerek," dedim. "Lisede şampiyon bir yüzücü olabilirsin ama yüzmeyi henüz tekrar öğrenmedin, unutma."

Gülümsedi. "Yeniden öğrenmen gereken milyonlarca şey var."

Ben de gülümsedim.

"Adım adım," dedi.

"Evet," dedim. Ama yine de onu dünyadan korumak istiyordum.

"Sence o kumsal ne kadar uzak?"

"Hangi kumsal?" diye sordum.

Boynumdaki altın zincirden sarkan madalyonu tuttu. "Büyükbabanın bu deniz kabuğunu bulduğu kumsal."

İleriyi gösterdim. "Sanırım şu tarafta, birkaç kilometre uzakta. Yerleşince birlikte gidelim."

Başını salladı. İkimiz avludaki bankta oturduk. Başımı omzuna yasladım. Hiçbir aşk mükemmel değildi. Cade'e duyduğum aşkta her zaman bir ıssızlık olacağını düşünüyordum. Bir pişmanlık, hatta üzücü bir yan. Ama o benimdi, ben de onundum. Bana onu ne zamana kadar seveceğimi sorsanız cevabım gökyüzündeki yıldızlar kadar, kumsaldaki kumlar kadar olurdu.

Toujours.

28. Bölüm

16 Eylül 2050

Breton, Fransa

Addie çayları koydu. Ben de bir dilim limon aldım. Avludaki çömleklere dikilmiş küçük limonları hep çok sevdim. Tıpkı eve büyüyen bir karın ve patlayacakmış gibi hissettiren aşk dolu bir kalple adım attığım ilk gün sevdiğim gibi.

Bu limonlar özeldi, Amerika'da marketlerden aldığınız limonlara benzemiyorlardı. Kabukları güzeldi; hem ekşi hem tatlıydı. Limonu çay bardağıma sıktım. Uzun yıllar önce aynen bu şekilde, denize bakan bu odada çay içiyordum. Sabah bulantılarını sadece limonla geçirebileceğimi keşfetmiştim.

Konuşmak için ağzımı açtım ama hiçbir şey söylemedim. Bu kadar zaman kalbinde sakladığı bir hikâyeyi nasıl anlatırdı ki insan? Nereden başlardı?

Ama artık zamanının geldiğini biliyordum. Benim ne kadar anlatmam gerekiyorsa, bu hikâyenin de o kadar anlatılması gerekiyordu.

Addie elimi tuttu. Derin bir nefes aldım ve doğru sözcükleri buldum. "Uzun bir süre önce, bir adamı sevdim," dedim. Sözcükler dudaklarımdan her gün kalbimde tekrar ettiğim bir şiirin başlangıcı gibi dökülüyordu.

Gözlerim doldu. "Adı Cade'di. Onun gibisi yoktu, hiç olmadı." O anda, onun pürüzlü ve kararlı yüzünü, yanık tenini, vahşi bakışlarını ve insanı yatıştıran sırıtışını görebiliyordum. O hayattı. İnanılmazdı. Gözlerimi kapattım ve o son günü anımsadım...

Cade, gözlerini açtıktan sonra bana döndü ve, "Çok tuhaf bir rüya gördüm," dedi. Bir saattir onun uyuyuşunu izliyordum. Her nefesinin bilincindeydim.

Elimi kolunda gezdirdim ve yumuşak bir sesle, "Anlatsana," dedim. Cade'i o gün La Marche'ın önünde bulduğumda çok zayıftı. Ama gücünü yeniden kazanmıştı. Teninin altındaki kaslara bakmayı çok seviyordum. Eskisinden daha küçüktüler ama yaptığım yemekler ve sevgim sayesinde gittikçe güç kazanıyorlardı.

Pencerenin kenarındaki sandalyeyi göstererek, "Sen orada oturuyorsun," dedi. "Çok yaşlısın, perdelerden güneş vuruyor. Çok güzelsin."

"Yaşlı bir kadın olarak mı?"

"Evet," dedi. "Yüzün kırışıktı, saçların ağarmıştı ve şey yapılmıştı... Neydi onların adı?"

"Topuz mu?"

"Evet, topuz," dedi. "Çok komik bir sözcük, değil mi?"

Hafifçe güldüm. Dr. Winthrop, hafızasını yeniden kazanan birine sözcüklerin yabancı, hatta komik gelebileceğini söylemişti. "Evet, öyle."

İkimiz de aynı anda, "Topuz," dedik.

Parmaklarını benimkilere doladı.

"Mutlu muyum?" diye sordum.

Yüz ifadesi şaşkındı, bakışlarını benimkilere odakladı. "Rüyanda," dedim. "Hayatımın sonuna geldiğimde mutlu görünüyor muyum?"

"Tam olarak bilmiyorum," dedi. "Ama yüzünde bir ışıltı var."

Başımla onayladım. "Sen de orada mısın?"

"Oradayım," dedi. "Ama senin yanında değilim."

"Yanımda değil misin?"

"Hayır," dedi. "Ben seni sahilden izliyorum."

"Sahilden mi?"

"Evet," dedi. "Rüyamda bütün hayatım boyunca seni aramışım. O anda, en sonunda seni, pencereden dışarı bakarken buluyorum."

"Ben seni görüyor muyum?"

"Hayır," dedi. "Ama ben senin dikkatini çekmeye çalışıyorum. Yanında başka biri var."

"Kim?"

"Bilmiyorum. Sadece siluetini görebildim." Bir an durakladı. Sanki sahneyi hatırlıyor gibiydi. "Rüzgâr çanlarının sesini duyabiliyorum. Bir köpek havlıyor. Bacaklarımın ıslandığını hatırlıyorum. Sanırım denizin kenarında duruyorum. Tek düşünebildiğim sana koşmak istediğim."

"Koşuyor musun peki?"

"Bilmiyorum," dedi. "Tam o anda gözlerimi açtım."

Yanağımı yastığa dayadım. Elini belime koydu. Teninin kokusunu alabiliyordum.

"Saat kaç?" diye sordu. Doğruldu ve esnedi.

"Sekize geliyor," dedim. "En az bir saat daha tembellik edelim hadi."

"Yapmam gereken bir şey var," dedi. Bacaklarındaki buruşuk beyaz örtüyü çekti.

"Neymiş?"

Ağır ağır gülümseyerek, "Sürpriz," dedi.

Onu tekrar yatağa çekerek, "Gitme," dedim. "Şu anda senden başka istediğim bir şey yok." Doğru söylüyordum. Benim için cennet her zaman ikimizin, daha doğrusu üçümüzün birlikte oluşu olacaktı. Ona bugün bebek haberini verecektim. Belki kahvaltıdan sonra söylerdim. Bir gün önce, İtalyan usulü omlet yapmak için manavdan domates ve kabak almıştım. Cade bu yemeği çok seviyordu.

"Bana yarım saat ver," dedi. "Hemen döneceğim."

Başımı salladım. Kot pantolon ve tişört giyişini, sonra yatak odasından mutfağa geçişini izledim. Bir an musluğun açıldığını, sonra kapının kapandığını duydum.

Dışarı çıktığı zaman endişelenmemeye çalışıyordum. Dünyada tek başına dolaşmak, yapması gereken bir şeydi; kumsalda bir yürüyüş ve bisikletle markete gitmek olsa bile. Sağlık durumu hayatımızda her zaman önemli bir yer tutacaktı. Benim için her zaman bir endişe, merak kaynağı olacaktı. Ya evin yolunu unutursa? Ya dengesini kaybedip düşerse? Ya birileri ondan faydalanmaya çalışırsa? Ama Cade kontrol altındayken asla mutlu olamazdı. Bu kontrol aşktan olsa bile.

Cade özgür olmalıydı. Onun özgür olmasına izin vermeliydim.

Giyindim ve kendi kendime Fransızca bir ninni mırıldandım. Doğduğunda bebeğime bu ninniyi söyleyecektim. İkinci yatak odasını bebek odası yapacaktık. Bitpazarında eski bir beşik bulurduk belki. Ertesi gün, günlerden çarşambaydı. Şehre gidip bir bakardık. Belki Seattle'daki kadar güzel istiridyeleri olan deniz kenarındaki o küçük kafede de dururduk. Kendime bir yudum şampanya içme izni verirdim. Sonuçta bu Fransız usulü bir hamilelik olacaktı.

Cade'i baba olarak hayal ettim. Güçlü kollarıyla bebeğimizi tuttuğunu, sevgi dolu gözlerini düşündüm. O ankinden daha mutlu olabileceğimi hayal edemiyordum.

Bir saat geçti. Saate baktım. Endişelerimi bastırmaya çalıştım. Evet, yarım saatliğine gitmişti ama belki de markete uğramıştı. Ya da yoldaki komşularımızdan biriyle konuşmak için durmuştu. Yolun yukarısındaki Fransız adam çok konuşkandı. Adı neydi? Evet, Mösyö Renault'ydu. Kahvaltıda kedisini ciğer püresiyle besleyen adam. Kendi kendime güldüm.

Mutfaktaki eski ocağın üstündeki raftan bir tava çıkardım. Ocağın üstüne koydum ve buz kalıbındaki tereyağına uzandım. Tavaya bol bol tereyağı koydum. Önce iki, sonra üç yumurta kırdım ve bunları çırptım. Sonra arka bahçeden bir tutam ot topladım. Keklik otu, mor adaçayı ve frenksoğanı.

Raftan Scrabble kutusunu çıkardım ve mutfak masasının üstüne koydum. Dr. Branson, Cade'le oyunlar oynamamı söylemişti. Cade'in ne kadar gelişme gösterdiğini, *birlikte* ne kadar gelişme kaydettiğimizi düşününce gülümsedim.

Bir on beş dakika daha geçti. Keşke artık dönseydi. Ona yavaş yavaş yemek yapmayı da öğretiyordum. Bu yeniden öğrenmesi gereken şeyler listesindekilerden biriydi. Hepsini öğrenecekti. Söz vermişti. Teker teker. Hayatını eski haline getirme, beynini iyileştirme konusundaki kararlılığı içimi sızlatıyordu.

Ocağı kapattım, tavayı ocaktan aldım. Omleti tezgâhın üstündeki tabağın üstüne aktardım. Lezzetli kahvaltımızdan çıkan buharı izleyerek sessiz mutfakta dikildim.

Bir saat sonra kahvaltı tezgâhın üstünde soğumuştu. Volta atmaya başlamıştım. Kalbim gümbür gümbür atıyordu. Hiç bu kadar uzun sürmemişti. *Çıkıp arasa mıydım? Birine haber mi verseydim? Çay dedim. Çay yapayım.*

Pencereden dışarı bakıyordum. Çaydanlık, gelişini haber veren bir tren gibi öttü. Dolaptan bir çay bardağı alırken ellerim sakarlaşmıştı sanki. Bu on ikili seti Avignon'daki küçük bir dükkânda bulmuştuk. Kemik rengi porselenin kenarlarında altın sarısı süslemeler vardı. Aynı dükkândan bir de mavi işlemeli masa örtüsü bulmuştuk. Küçük Fransız evimizi uzun Paris yolculuklarımızda verdiğimiz molalarda aldığımız şeylerle döşemeye bayılıyordum.

Çaya limon sıktım. Sıcak su dilimi yakmıştı. Masanın üstündeki telefonum titredi. Derin bir erkek sesi kulaklarıma ulaştı. Fransız bir polis memuruydu bu. İngilizce konuşuyordu.

"Bir kaza olmuş," dedi. Bu üç sözcük beni bıçak gibi kesti. Çay bardağını düşürdüm. Ellerimden düştü ve ayağımın altındaki döşemede üç yerinden kırıldı.

Bana numaramı Cade'in bilekliğinde bulduğunu söyledi. "Matmazel," dedi. "Çok üzgünüm."

Cade'in evimizin kuzeyindeki kayalıklı, dalgaların sahile şiddetli bir şekilde vurduğu, yıllar önce büyükbabamın gittiği kumsala gittiğini öğrendim. Eve dönerken orada mola verdiğimiz zaman da bu kumsala gitmek istemişti. "Hadi aşağı inelim," demişti.

Kafamı sallamıştım. "Bize biraz fazla gelir, tatlım."

"Ama deniz kabukları," demişti. "Burası senin sevdiğin yeşil deniz kabuklarının olduğu kumsal."

"Başka zaman buluruz," demiştim. "Deniz biraz daha çekildiğinde, sen biraz daha iyileşip birkaç yıl deneyim kazandığında."

Gönülsüz bir şekilde kabul etmiş ve denizin kenarındaki küçük evimize giden yola düşmüştük.

Memur, "Matmazel," dedi. Kendime geldim.

"O nerede? Cade nerede?"

"Çok üzgünüm," dedi. "Bir adam onu kıyıya vurmuş halde bulmuş. Kurtaramadık. Dalgalar bugün çok kuvvetliydi. Çok üzgünüm. Biz oraya vardığımızda her şey için çok geçti."

Dizlerimin üstüne çökerek, "Hayır," diye çığlık attım. "Cade yüzme bilmez. Ona dalgaların yanına yaklaşmamasını söylemiştim. Hayır, hayır. Tanrım, hayır." Gözlerimden yaşlar akmaya, dizlerimin altındaki ahşap döşemeye düşmeye başladı. İçimin en derin yerinden geliyordu yaşlar. Acı orada, merkez üssünde başladı ve karnıma, göğsüme, boğazıma doğru yayıldı. Boğazımdan pes, boğuk bir sesin kaçmasını engelleyemedim.

Yine ağlamaya başlamıştım ama Addie araya girene kadar farkına bile varmadım. "Büyükanne," dedi. Yanağımı peçeteyle siliyordu.

"Yüzme bilmiyordu," dedim. "Ama sudan da uzak duramıyordu."

Addie, "Çok üzüldüm, büyükanne," dedi. Bakışları derindi.

"Ben göremeden götürmüşler onu," dedim. "Bana cüzdanını ve cebinden çıkan şeyleri verdiler." Madalyonumu çektim ve kopçasını çıkardım. Yeşim rengindeki bir parça kabuğu avucuma bıraktım.

Addie, "Bakabilir miyim?" diye sordu. Başımla onayladım. Kabuğu dikkatli bir şekilde tuttu. "Çok güzelmiş."

"Çocukluğumdan beri bende bu," dedim. "Büyükbabam bunu savaş sırasında Breton'daki bir kumsalda bulmuş ama kırıldı. Ben de yıllarca bu parçayı madalyonumda taşıdım. Cade bana bundan kırılmamış bir tane bulacağına söz vermişti."

Kabuk parçasını ışığa tutarken onu izledim. Şeffaf, sihirli görünüyordu.

Anılarıma dönerek, "Deniz onu çeken bir mıknatıs gibiydi," dedim. "Denizden nefret ettiğimi düşünebilirsin. Sonuçta sevdiğim insanı elimden aldı." Kafamı salladım. "Ama hayır." Pencerenin dışındaki kumsalı gösterdim ve kendi kendime gülümsedim. "Artık Cade'in yuvası orası. Her zaman orada olacak. Senin büyükbaban. Benim aşkım."

Addie'nin gözleri doldu. "Büyükbabam mı?"

"Evet," dedim.

"Ama..."

"O biliyor," dedim. "Ryan her zaman biliyordu. Bu da onu Cade öldükten sonra kalbimin bir kısmını paylaşabileceğim tek adam yapıyor. Ben başkasını sevmeme rağmen, Ryan beni sevmeye devam etti. Onun aşkı daha büyük. Ben kederim ve acımda kaybolup gitmişken o annene ve bana göz kulak oldu. Her yaz Fransa'ya gelmemize izin verdi. Başka hiçbir adam gururundan bunu yapmama izin vermezdi. Ama Ryan öyle değil. Yıllarca süren acıma dayandı. Yalnızca gerçek aşk dayanabilirdi buna."

Addie kafasını omzuma dayadı. Birlikte dalgaların kıyıya vuruşunu izledik. Gözkapaklarım bugünlerde sık sık olduğu gibi yine ağırlaştı. Ama bir köpeğin havladığını duyunca hemen gözlerimi açtım. Meltem pencerelerden içeri süzülüyor ve yüzümü okşuyordu. Sonra onu duydum. Rüzgâr çanı.

"Addie, bu ses nereden geliyor?"

"Annem dün bir antikacıdan almış bunu. Senin seveceğini düşündüğüm için pencerenin altına astım." Ayağa kalktı. "Rahatsız ediyorsa gidip..."

Ayağa kalkarak, "Hayır," dedim. "Çok güzelmiş." Perdeleri iyice çektim ve deniz kıyısına baktım. Yaşlı gözlerim kumsalı inceledi. Çimlerin ötesine, kıyının kayalıklara doğru kıvrıldığı yere baktım. İşte o zaman uzakta birini gördüm. Deniz kıyısında duran bir adam. Beyaz tişörtü meltemde salınırken dalgalar bacaklarına vuruyordu.

Addie, "Ne oldu, büyükanne?" diye sordu.

"Kumsala gitmem lazım," dedim ve kapıya döndüm.

Addie beni durdurmaya çalışmadı. Kazağımı giymeme yardım etti. Kumsala giden küçük bahçeye adım atarken ayakkabı giymek aklıma bile gelmedi. Ayaklarımı sıcak kuma soktum. Vücudum eskisi kadar hızlı ilerlemiyordu ama her adımımın, her saniyemin farkındaydım. Toplayabildiğim bütün enerjiyle ilerliyordum.

Sis daha tam olarak kalkmamıştı. Deniz kıyısı hayal gibi görünüyordu. Belki de rüyaydı. Cade'in rüyasıydı ve ben de rüyanın içindeydim.

Addie'ye, "Biraz daha ilerleyeceğiz," dedim.

Cevap vermedi. Verdiyse de duyamıyordum. Deniz kıyısına odaklanmıştım. *Devam et. Birkaç adım daha.*

Deniz kıyısının kavis yaptığı kayalara ulaştığımda çevreme bakındım. Dalgalar keten geceliğime vuruyordu ama ne fark ediyor ne umursuyordum. Cade'i göremiyordum ama burada olduğunu biliyordum. Burada benimle olduğunu biliyordum.

Dizlerimin üstüne çöktüm. Deniz suyu yüzüme sıçrıyordu. Addie yanıma diz çöktü ve kolunu *toujours* sözcüğünün kırışık tenimdeki yerini koruduğu omzuma doladı. Sözcükler yıpranmış, eskimişti ama hâlâ oradaydılar, hâlâ okunabilir, hâlâ gerçektiler.

Titrek bir sesle, "Seni seviyorum, Cade," diye fısıldadım. "Her zaman sevdim, her zaman seveceğim."

Bir dakika geçti. Belki bir saat. Zamanın farkında değildim. Addie en sonunda konuştu. Bir iki metre ilerideki kıyıyı göstererek, "Bak, büyükanne," dedi.

Ayağa kalktı ve yürüdü. Önce ne yaptığını anlayamadım ama sonra onu takip edince gördüm. Dalgalar onu gelgitle birlikte itiyor, her seferinde biraz daha yaklaştırıyordu. Birkaç dalgadan sonra Addie onu kumdan aldı ve bana getirdi.

Avucuma bir deniz kabuğu bırakarak, "Bak," dedi.

Kabuğu madalyonuma koyarak, "Buna inanamıyorum," dedim. "Bunca yıldan sonra."

Ama inanabiliyordum. İnanıyordum.

Ona olan aşkım değişmez ve gerçekti. Okyanustaki dalgalardan daha şiddetli, gökyüzündeki yıldızlardan daha parlaktı. Hâlâ.

Her zaman da öyle olacaktı.

- SON -

Yazarın

diğer kitapları...